転生七女ではじめる異世界ライフ 2
万能魔力があれば学院生活も余裕で送れると思ったのですが?!

アトウッド家七女／アドラスヘルム王国女学院 魔法科1年
ミーリア
アトウッド家六女／アドラスヘルム王国女学院 商業科3年
クロエ
アドラスヘルム王国女学院 魔法科1年
アリア

アドラスヘルム王国女学院 選抜試験担当
アムネシア
アドラスヘルム王国女学院 学院長
ジェイムス
アトウッド家・次女
ロビン

「私の願いは……願いは……
可愛いお友達をこの手に……！」
「必ず魔法科の主席になります……
だから友達など作らず打ち込むことを
ここに誓います」

転生七女ではじめる異世界ライフ

万能魔力があれば学院生活も余裕で送れると思ったのですが⁈

2

Tensei nanajo de
hajimeru isekai life

四葉タト　Illust nyanya

Contents

1．女王陛下と謁見

アドラスヘルム王国・王宮――謁見の間。

ミーリアは赤絨毯《じゅうたん》にひざまずいて頭を真っ白にしていた。

（えっと、王都に到着して……アムネシアさんから報告があるって言われて……そのあと……なんかミーリアも来なさいと言われて……現在にいたる……んだっけ？　あれぇ？　緊張で記憶が……目の前には女王陛下……ほっ？）

ティターニアからもらったスカートとローブ姿のミーリアはごく普通の少女に見える。

ちらりと目線を上げると、玉座には女王が座っていた。

赤く分厚いマント、女性らしい豪奢《ごうしゃ》なドレス、王冠、手には王笏《おうしゃく》を持っている。

茶と金の混じった髪の毛をすべて後ろに流しているため、整った輪郭が目立つ。眉は意志の強さを強調するように斜め上にまっすぐ伸び、瞳には冷たい無機質な光と、得体の知れない熱のようなものが見えた。

（……怖すぎる……）

他人にも自分にも厳しそうな人物に、ミーリアは背筋がひやりとした。

「……リア……ミーリア、聞こえている……？　前へ……」

隣にいるアムネシアは緊張しきった顔で片膝をつき、小声で囁《ささや》いた。

彼女の長く美しい金髪が絨毯で渦を巻いている。

(……転移魔法で帰っちゃダメかな……)

この状況でできるものなら大した度胸だ。

「どうした、アトウッド家七女、ミーリア・ド・ラ・アトウッド。陛下が前へ出ろと仰《おつしや》っているのだぞ」

文官らしき人物が横から声を上げ、ミーリアは「はい!」と返事をして、弾《はじ》かれるようにして立ち上がった。

「おっとっと……あ……すみません……!」

よろけてしまい、すぐにピシリと背筋を伸ばして直立した。

「緊張しなくてよろしい」

女王のアルトボイスが響く。

それだけでミーリアはさらに背筋が伸びた。

「クシャナ・ジェルメーヌ・ド・ラ・リュゼ・アドラスヘルムだ」

「あ、あの、私はミーリア・ド・ラ・アトウッドです……」

ぺこりとミーリアが頭を下げ、女王陛下がうなずいた。

「ミーリア。そなたが魔古龍ジルニトラを討伐したと聞いた。その証明としてアムネシアからジルニトラの爪を受け取った」

女王が目配せをすると、綺麗《きれい》な身なりの小姓が銀のトレーにのせたジルニトラの爪を持ってきた。

「鑑定の結果、魔古龍ジルニトラの部位で間違いないと確認できた。一つ聞きたい。アムネシアの報告では一人で討伐したとのことだった。相違ないか？」

「はい……私が魔法で倒しました。嘘《うそ》ではありません」

「そうか」

女王がさらにうなずくと、周囲にいた魔法使いや、文官たちがざわめいた。

「あんな子どもが――」「まだ入学もしていない――」「本当ならばうちの嫁に――」「抜けていそうな子だが――」など、囁き始める。

皆、ミーリアが討伐したと信じられないようだ。

（たぶんジルニトラが弱ってたと思うんだよね……師匠なら瞬殺だと思うし……そんな大変なことなのかな……？）

周囲と自分の感覚のズレがいまいち理解できず、王宮に連れて来られた理由がよくわからなかった。

「あのぉ～、魔法袋に入ってるので、見ますか？」

首を引っ込めながら、ミーリアは周囲の人々に提案した。

謁見の間にいる全員が言葉の意味を理解できないとばかりに、囁きを止《や》めてミーリアを見た。

しかし女王だけは動じず、王笏で手のひらをポンと叩《たた》いた。

「魔法袋に入っているとはどういう意味だ？」

「えっと――」

ミーリアは手をバタバタさせながら、ポケットから魔法袋を取り出した。

「この中に魔古龍ジルニトラが入っています、陛下」

「中に？　その魔法袋は？」

「私の魔法袋です」

「ここに出せるか？」

（うーん、謁見の間は広いし、三十ｍぐらいだからいけるかな。床に血が落ちると怒られそうだから重力魔法で浮かせて……）

「ちょっと大きいんですけど、下がれば大丈夫……だと思います」

「出してみなさい」

女王が許可を出すと、近くにいた王宮魔法使いらしき女性が一歩前へ出た。

「陛下、おやめください。中から何が出てくるかわかりません」

「平気だ。問題ない」

「……御意」

女王の一言で女性の魔法使いらしき人物は引き下がった。

ショートボブほどの髪に縁無し眼鏡をしており、ローブの下には王宮魔法使いの証明である軍服を着用していた。女王の近衛兵《このえへい》であろうか。

いる。

「ミーリア……ミーリア……あんな大きな魔物の死骸を出すなんて……！」と、必死に囁いている。

背後で膝をついているアムネシアは肝をつぶし、どうにかミーリアに気づいてもらおうと

ミーリアが口をへの字にしてうなずいた。

「了解であります、です……！」

「出しなさい」

残念なことに彼女の声は、緊張しきった小さな魔法使いには届いていない。

ミーリアは玉座から距離を取り、拳を握った。

「ミーリア、出します！」

（魔法袋ちゃん、ジルニトラちゃんを出して！　それから——重力魔法発動！）

魔法袋から魔古龍ジルニトラの巨軀《きょく》が飛び出した。

重力魔法のおかげで巨軀は宙に浮き、風刃《ふうじん》で切断した首から血は流れていない。

「……！」

謁見の間にいた全員が驚愕《きょうがく》の表情を作った。

ふよふよと浮いているジルニトラが、悔しい最期だったのか苦しげに口を開いている。

シャンデリアの光がジルニトラの鱗《うろこ》に埋まっている魔石類に反射し、鈍く輝いた。

「………………」

重い沈黙が謁見の間に広がった。

（あの…………誰か何か言ってほしいんですが…………）

女王以下、再起動するまでに二分ほどの時間を要した。

○

謁見の間に漂っている魔古龍ジルニトラを見て、最初に声を上げたのはクシャナ女王だった。

「……一部だけかと思っていたのだが……丸々魔法袋に入っていたのだな……」

「そうです。倒してすぐ入れたので、まだあったかいと思います」

「そうか」

女王は何度かうなずいてみせると、ジルニトラを見て、ミーリアへ視線を戻した。

「ミーリアよ、魔古龍を買い取ろう」

「えっ？　陛下が買い取ってくださるんですか？　このあと街で売ろうと思っていたんですけど……」

「ハッハッハ！　街で出したら民が驚くだろう。覚えておくといい」

女王はさもおかしげに笑い声を上げた。

めったに笑わない女王の機嫌の良さに、謁見の間の空気が弛緩《しかん》した。

女王は人材登用に積極的な人物であった。王国の利益になりそうな人材であればどんな身分の者でも登用する。女学院を立ち上げたのも、男尊女卑の考えがベースになっているこの国の意識を打破する狙いと、優秀な女性を自由に働かせる目的があった。こと魔法使いにおいては人材が大いに不足しているため、ミーリアのような魔法使いは大歓迎である。

ただ、ミーリアが他を圧倒するほどの規格外な人物であることにまだ気づいていない。

「あ、そうですよね。わかりました！」

素直なだけあっていい返事をするミーリア。

女王はまっすぐに伸びた眉をやや下げて、ミーリアに微笑を向けた。

「これだけ大きな身体《からだ》であればいい素材となろう。表皮に付着している魔石もかなりの量だ。財務官——査定をしなさい」

財務官が数名飛び出してきて、メモを取り始めた。その眼《め》には金貨マークが浮かんでいる。

また、財務官に限らず、謁見の間にいる誰もがジルニトラを近くで見たいという顔をしていた。扉を守護している無骨な騎士たちでさえ、なんだかうずうずしているように見える。

一方、アムネシアはお咎《とが》めがなくて安堵《あんど》していた。

ミーリアの突拍子もない行動に寿命が縮んだ気分だ。

「ミーリアと言ったな？」

先ほど女王に意見した女性がミーリアへ顔を向けた。

「え？　あ、はい」

「私は王宮魔法使いのダリア・ド・ラ・ジェルメール男爵だ」

「アトウッド家七女、ミーリア・ド・ラ——」

「さっき聞いた」

ダリアがぴしゃりと言葉をさえぎった。

ミーリアは「すんませぇん」と声を上げそうになって、口を閉じた。

「今、重力魔法を使っているな？　どこで覚えた？」

ショートボブに眼鏡姿のダリアの視線は鋭い。

（師匠に教えてもらったとは言えないよね……）

「あの、自分で覚えました。空も飛べます」

「飛行魔法も使えると？」

「はい！」

「……アムネシア騎士」

「はっ」

今度はアムネシアが指名された。

「討伐の状況説明を頼む。簡潔に」

「承知いたしました」

アムネシアはミーリアが魔古龍ジルニトラの重力魔法を猫型魔法陣で防ぎ、黒猫を模した魔法によるアッパーカットで弾《はじ》き飛《と》ばして、動けなくなったところに爆裂火炎魔法を撃ち込んだこと——。その後、鱗の焼失した部分を風魔法で切断した旨を淡々と説明した。

実際に目の前で見たにもかかわらず、アムネシアは自分が作り話をしている気分になってきて、冷や汗が流れた。

猫型魔法陣や、黒猫アッパーや、爆裂火炎魔法など、意味不明な単語群をいったい全体誰が信じるというのであろうか。

「――という流れでございます」

「……」

ダリアが薄目でアムネシアを見つめた。

アムネシアは伯爵家三女でありながら、実力で女学院の騎士科教師役として抜擢《ばってき》された優秀な人材だ。女王直々の通達で試験官に任命されている。

よもやアムネシアが嘘をつくまいとダリアは思うも、信じがたい話だった。

「ミーリア。これから私が魔法を撃ち込む。その猫型魔法陣とやらで防げ」

「へっ？」

ダリアの予想外の言葉にミーリアは目が点になった。

彼女は腰につけた杖《つえ》を引き抜き、ミーリアへ向けた。

「陛下、よろしいですね？」

「構わない。私も見たい」

「ありがとうございます。ミーリア、準備はいいか？」

「え？　ええっ？」

「それとも重力魔法を使いながら防御するのは厳しいか？　王宮にいる魔法使いを呼んで、重力魔法を代わりにやらせるか――」

「あ、いえ、それは大丈夫なんですが……それよりも、あの、平気でしょうか？」

「何がだ」

「いちおうカウンター魔法なので、ダリアさんに猫が飛んでいきますけど……」

アムネシアが素早くミーリアの隣に来て、耳元で「ジェルメール男爵よ」と告げる。

「すみませんっ。ジェルメール男爵――」

「いい。ダリアさんでいい。些末《さまつ》なことだ。平気なら魔法を撃ち込むぞ」

ダリアは居ても立ってもいられないと言いたげに、せわしなく眼鏡を上げ、口元に笑みを浮かべている。

（いろいろとヤバげな人だよ⁉）

ミーリアは察した。深入りしてはいけない人ではなかろうかと。

「では――大火球！」

ダリアの杖からミーリアを飲み込む大きさの火の玉が出現。ゴオォッと物質が燃える音を唸《うな》らせて撃ち込まれた。

謁見の間から悲鳴が上がる。

「なんてこと――」「少女が丸焦げに――」「消火を――」

十人十色の言葉が響く中、ミーリアはティターニアとの修行の成果を発揮して、すぐさま迎撃の魔力を循環させた。

（めちゃくちゃな人だよ！　猫型魔力防衛陣――魔力充填……カウンター魔法発動！）

ミーリアが右手をかざすと、猫型の魔法陣が展開され、大火球を受け止めた。

燃え盛るバーナーに強風が当たったかのような音が漏れ、大火球が猫型魔法陣を突き抜けようと形を変える。

だが、抵抗むなしく魔法陣に取り込まれて赤い猫に変貌し、ダリアへと進路を変えた。

さながら猫が壁を蹴って跳んだかのようだ。

「――！」

ダリアはカウンター魔法に驚き、手に持っている杖を振った。

カシャン、と杖が剣に変形する。

「ハアッ！」

赤い猫は肉球パンチを繰り出したが、ダリアの剣によって真っ二つにされ「フニャアン」と寂しげに鳴いて空中にかき消えた。

（剣で魔法を……そんな対処法、師匠からも聞いたことがない……！）

ミーリアはダリアの洗練された動きに感動した。

「……私の魔法をたやすく弾《はじ》き返《かえ》すとは」

一方、ダリアも驚きを隠せないようだった。

「よくわかった。いきなり魔法を使ってすまなかった」

杖を元に戻し、ダリアがさっと頭を下げた。

「いいえ、私こそカウンターで魔法を――」

「では次に爆裂火炎魔法を披露してもらおう」

「えええええっ⁈」

(女王よりこの人のほうが厄介な気がする……)

「ここで使うのは、ちょっと……アハハ……」

ダリアは魔法を受ける気満々なのか、すでに身構えている。手をくいくいと動かした。

(人の話を聞かない人だね⁈)

これには見かねたアムネシアが前へ出た。

「ジェルメール男爵。ミーリアの爆裂火炎魔法は魔古龍の鱗をも消失させる、極めて強力なものです。謁見の間で使うのはさすがに無理があるかと愚考いたします」

「私が防ぐから大丈夫だ。かまわない」

「いいえ、これぱかりは首を縦に振れません。ミーリア、撃ってはダメよ」

アムネシアが必死な目でミーリアを見る。

ミーリアはもちろんです、とうなずいた。

「人に使う魔法じゃないです。ダリアさん、ごめんなさい。あっ――ジェルメール男爵、申し訳ございません」

「いい。ダリアさんでいい。わかった。今日のところは引き下がろう」

ダリアは眼鏡を指で上げ、定位置に戻った。

「次会ったときは頼むぞ」

「……アハハ～」

（絶対会わないようにしよう）

ミーリアはアムネシアと目を合わせ、互いに心の中で誓い合った。

「話は済んだな。査定の続きをする」

一連の流れを興味深そうに見ていた女王が口を開いた。

財務官が小姓に紙を渡し、小姓が玉座へと運ぶ。

受け取った女王は顔色を変えることなくミーリアに言い放った。

「魔古龍ジルニトラを金貨千八百枚で買い取る。金貨をここへ」

（はいぃぃ？？？）

ミーリアは耳がおかしくなったのかと思った。

自分の両耳にヒーリング魔法をかけて、再度確認する。

「女王陛下、あのぉ、金貨が……千ウン百枚と聞こえたような気が……」

「ん？　聞こえなかったか？　金貨千八百枚だ」

「せ、せせ……せん……はっぴゃく?!」

（……銀貨十枚で金貨一枚……だから……金貨千八百枚で、銀貨がえっと……一万八千枚?!）

「なんだ、不満か？　この私に交渉の申し出とは骨のある新入生だ。あいわかった。二千枚にしてやろう」

「ににに、にせん……」

（銀貨で二万枚⁉　ダボラちゃんの羽何枚分……⁉）

ミーリアはようやく自分がとんでもないことをしてしまった事実に気づき始めた。

（えーっと、金貨二千枚だから……）

ミーリアは脳内で計算をし始めた。

銅貨一枚をハマヌーレの街で使えば、肉団子が一つ入ったスープが飲める。

日本円に換算するならば、百円といった具合だ。

銅貨百枚で銀貨一枚――

銀貨十枚で金貨一枚――

つまり、銅貨一枚で百円、銀貨一枚で一万円、金貨一枚で十万円換算となる。

（金貨二千枚は……二億円ってこと⁉）

ちなみにではあるが、魔古龍ジルニトラでなく、別の龍種であれば鑑定金額は金貨十万枚ほどに跳ね上がる。百億円だ。

ジルニトラは瘴気《しょうき》をまとっていることから加工に費用と期間を要し、作業代を差し引きして金貨二千枚という金額だ。表皮に食い込んでいる複数の魔石は魔道具開発の研究に使われるであろう。女王の買い取りでなければ金額はもっと下がっていたかもしれない。

ともあれ、金貨二千枚だ。

（ど、どうしよう……クロエお姉ちゃん……）

ミーリアは恐ろしくなってきた。

前世では閉店間際のスーパーで割引シールが貼られるまで待っている生活を送っていた。転生してからは金銭とはほぼ無縁の生活だ。ハマヌーレでダボラの羽を売って受験費用を稼いではいたが、ティターニアには必要以上に稼ぐなと釘《くぎ》を刺されていた。

すべてはミーリアが金持ちになって身持ちを崩さないように、というティターニアの配慮である。いずれミーリアが誰よりも稼げる魔法使いになることをティターニアはわかっていたが、誤算であったのはこんなにも早く大金を稼いでしまったことだ。

『お金のことはクロエに聞きなさい。いいわね？』

ティターニアの言葉が脳内に響く。

「では、私の魔法袋に回収しよう。他の龍なら肉も食べられたんだがな……残念だ」

ダリアがジルニトラに近づいて、腰につけた魔法袋で回収した。浮かんでいたジルニトラが袋に吸い込まれる。ダリアは女王のもとへ戻った。

（魔石が食い込んでたし食べられないのは何となくわかってたよ……それよりも……）

小綺麗な服装をした小姓の持つトレーに、金貨が積み上げられていく。

重たいのか、小姓の腕がぷるぷるしていた。

（金貨って綺麗だね……すごいね……）

ミーリアは金勘定ができるしっかり系女子である。前世では、一人暮らしもある程度経験してきた。しかし、急に大金を手に入れた経験はない。

夢か現実か？

いや、現実なのであるが、目の前の光景がうまく処理できない。

（こんな大金、管理できない）

ミーリアは金貨から顔を上げた。

「陛下、あの……こちらのお金なんですけど……」

「どうした？　貴族であるなら金の使い方は学んでいるはずだが？」

「王国女学院に姉がおります。私ひとりではとても使い切れないので、姉のクロエ・ド・ラ・アトウッド宛に送ってくださいませんか……？」

女王は喜ぶどころか混乱しているミーリアを見て、アムネシアへ視線をずらした。

状況を理解したアムネシアが一礼した。

「陛下。ミーリアの姉、クロエは今期から三年生でございます。商業科で二年連続学年一位の成績。星《スター》の数は9個。品行方正で、大変優秀な学院生かと存じます」

「そうか、そうか。よろしい。財務官、金貨二千枚をクロエ・ド・ラ・アトウッドへ送金しなさい。王家の紋章印付きだぞ」

「御意」

財務官の一人が金貨をトレーに置くのをやめ、小姓とともに退出した。

クロエ、逃げて、と言いたい。

「魔古龍ジルニトラを野放しにしていたならば騎士団を出撃させるところであったな。民に大きな被害も出たであろう。ミーリア、立派な行いであったことをゆめゆめ忘れるな。金貨は好きに使え。よいな？」

「は、はい！　ありがとうございます！　お姉ちゃんと……えっと、クロエお姉さまと考えて使います！」

ミーリアは何度も頭を下げた。

やっと生き返った気分だ。

（金貨二千枚かぁ……何に使おうかな……？）

頭が回り始めたミーリアは王都にある店を色々と巡ってみたいと思った。焼き肉のタレ的な調味料があるかもしれない。

（お姉ちゃんと相談しよう！）

「しかし、ダリアと同等の魔法使いか。先ほどの個性的な魔法も実に面白い。この先が楽しみであるな」

「はい、誠に」

女王がダリアへ首を向けた。

「おまえなら単独でジルニトラを撃破できるか？」

「問題ないでしょう」

王宮きっての魔法使いダリアであったとしても、単独撃破には多大な時間と労力を使うだろう。何なら、返り討ちに遭う危険性もある。

　女王もダリアもミーリアの技量を測りそこねていた。ミーリアの戦闘時間は三分ほどだが、ここにいる全員が討伐に時間をかけたと思い込んでいる。アムネシアが「簡潔に」と言われて説明したのも勘違いの原因であった。

「して、ミーリア。おまえに爵位を授けようと思う」

「……しゃくい？」

「ダリア。ひとまず、騎士爵でいいか？」

「まだ十二歳にもなっていない学院生です。よろしいかと」

（騎士爵……ってうちと同じ？　私が？　貴族？）

　女王は今のうちに爵位を渡して囲い込む腹積もりであった。素直で腹芸のできないミーリアの性格にも好感が持てる。女王は早くもミーリアをお気に入り登録したようであった。

（貴族になったら色々呼び出されたりしちゃうよね……ここは断っておいたほうが……むしろ私よりお姉ちゃんのほうが相応《ふさわ》しい気が……）

　ミーリアは危機感を覚えた。

「陛下、恐れ入ります……あのぉ、爵位は必要ございません。私よりも姉のクロエ・ド・ラ・アトウッドにあげていただきたいです」

「ミーリア……断るなんてとんでもないわよ！」

　隣でずっとハラハラと様子をうかがっていたアムネシアが小声で諭した。女王が提案した授与の話を断るなど聞いたことがない。

謁見の間にいる家臣らも驚いていた。

フォローすべく、アムネシアが素早く口を開いた。

「恐れ入ります陛下。ミーリアはなにぶん世間知らずでございます。彼女の生活していたアトウッド家はあのアトウッド家でございます。田舎で何もなく、周囲を魔物領域に囲まれた閉鎖的な領地。ミーリアは家族から冷遇されて育った生い立ちでございます……突飛な発言はお目こぼしいただければ幸いでございます」

（突飛な発言……！　た、確かに女王さまからのいい話を断るとかっ……あかん！　アムネシアさんのフォローが胸に響くね……もうちょっと考えて発言しないと）

ミーリアは自戒し、深呼吸をした。緊張するとどうにも考えが一方通行になりがちだ。

「……家族に冷遇か……ミーリア、それは本当か？」

女王はミーリアの発言よりも家庭環境が気になるらしく、ぴくりと眉を動かした。

ミーリアは肩を小さくしてうなずいた。

「あの、はい……お恥ずかしいことに……」

「そうか。それはつらかったな。ミーリアが素直に育ったことは奇跡であろう。セリス神へ感謝せねばならんな」

「いえ……姉が、クロエお姉さまが可愛《かわい》がってくれましたので……」

「クロエという学院生もよほど優秀なのであろう。覚えておこう」

「ありがとうございます」

ミーリアはクロエの株を爆上げしていることに気づいていない。

「だが、爵位は受け取ってもらうぞ。皆への示しがつかんからな」

「そ、そうなのですか？」

「貴族とはそういうものだ」

断れば女王のメンツが丸つぶれになる。しかし、爵位はほしくない。

「保留……ということにはできませんでしょうか？」

ミーリアの最後の悪あがきに、アムネシアが顔を青くした。

「ミーリア、おかしなこと言わないでちょうだい……！」

（保留もダメなのか……！　でも、ここで粘らないと……）

「クロエお姉さまを差し置いて爵位をいただくなど……私にはできません」

一度思い込むと意地っ張りなミーリアであった。

謁見の間がしんと静まりかえる。

財務官、記録係、その他文官などが固唾《かたず》をのんで女王とミーリアを見守った。

「……あいわかった。ミーリアの提案を受け入れよう」

意外にもあっさり女王が折れた。それに、若干愉快そうな表情だ。

「陛下、よろしいのですか？」

ダリアが眼鏡を押し上げ、疑問を呈した。

「かまわん。魔古龍ジルニトラを討ち取った英雄の提案を無下にはできまい。ではミーリアよ、爵位は姉クロエが叙爵するまで、一時保留とする」

「ありがとうございます！」

（よかったぁ〜……あやうく本物の貴族になるところだったよ……。貧乏貴族の七女ってほうがまだ色々言われなくて済みそうだもんね。もし貴族になるならお姉ちゃんも一緒のほうがいいし……それに、魔法使いじゃないお姉ちゃんが貴族になるのはかなり難しいんじゃないかな？　だとすると、私が貴族になるのはまだまだ先になる。うん……保留にしてもらえてよかった……よね？）

ミーリアは胸をなでおろした。

しかし、女王はミーリアへの爵位授与をあきらめた顔はしていなかった。

「龍撃章《ドラゴンスレイヤー》の勲章と、星徽章《スターきしよう》を持て」

「はっ！」

女王の指示に小姓が退出して、金のトレーにのった勲章と星《スター》の徽章を持ってきた。

（ドラゴンスレイヤー？　星《スター》？）

勲章は龍を雷で貫いた様子を表した銀色の細工があしらわれており、星の徽章は星形で金色、親指の爪ぐらいの大きさだ。

「保留はないぞ」

女王がくっくっく、と厳しい顔つきを愉快げにして言った。

小姓がさっとミーリアに近づいて、胸もとに勲章と徽章をつけた。

謁見の間に拍手が鳴り響く。

「ドラゴンスレイヤー！」「最年少だ！」「素晴らしい！」「おめでとう！」「討伐感謝する！」

拍手は鳴り止《や》まない。

小姓の少年も尊敬の目でミーリアを見ている。

話題に事欠かない王宮であっても、魔古龍ジルニトラ討伐はセンセーショナルな出来事であった。

「勲章と徽章は女学院の制服に必ずつけよ。よいな？」

「えっと、はい！　わかりました！」

「そなたには女学院の大いなる謎を解いてほしい。学院長から沙汰がある。心しておけ」

「謎ですか？」

女王は一つうなずくと、謁見の間に響く声でこう言った。

「厳しい試験をよくぞ合格したな。アドラスヘルム王国ならびに王国女学院は心からそなたを歓迎するぞ！」

女王の宣言に、謁見の間に響いていた拍手がさらに大きくなる。

「ありがとうございます。すみません。ありがとうございます――」

（恥ずかしいけど嬉《うれ》しいよ！）

ミーリアは大勢の人に褒められたことがなく、顔を赤くして何度も頭を下げた。

誰かの役に立つことがこんなにも嬉しい気持ちになると初めて知った。

胸が熱い。

隣のアムネシアも謁見が無事終わる安堵から、柔和な笑みで拍手している。

こうして、女王との初対面は終了した。

来週にはアドラスヘルム王国女学院の入学式だ。

2. 王都観光とセリス大聖堂

クシャナ女王との謁見から数日が経過した。

ミーリアはアムネシアの案内を受けて入学に必要な制服、教科書などを買い集めた。普段使わない杖を買わされたりもしたがそれもようやく終わり、半日だけ余暇ができた。

（お姉ちゃんと早く会いたいけど……明日まで我慢しようかな。テンション上がって制服のまま お店から出ちゃったけど）

クロエとは二年ぶりの再会であるが、入学式前日のわずかな時間で会いに行くのは違う気がした。

（時計魔法――午後二時半か……よし、王都散策してみよっかな！）

これまでアムネシアにくっついて王都を歩いていたので自由行動をしていない。

二年間のぼっち生活で慣れているので、一人行動するのは苦ではなかった。

魔法袋から何枚か銅貨を出してポケットに入れ、女王のはからいで準備された高級宿の部屋から出て、ロビーで受付に外出を告げ、大通りへと足を踏み出した。

（わあ！　桜桃《チエリーピーチ》が舞ってる！）

王都には桜桃《チエリーピーチ》が咲き誇り、甘い香りが風に乗って爽やかに吹き抜ける。

洗練された石畳、白レンガの家々、魔道具の街灯、行き交う人々。

王都はアドラスヘルム王国すべての最先端技術が集約されており、クシャナ女王の善政のおかげもあって、大いに賑《にぎ》わっていた。

（やっぱり観光名所は押さえておきたいよね）

まずはセリス神が祀《まつ》られているという、セリス大聖堂へと足を運ぶことにした。

勲章をつけていなければごく普通の少女に見えるミーリアはすっかり街に溶け込んでいる。

ちょうど宿の前に乗り合い馬車が来たので、セリス大聖堂行きと確認して乗り込んだ。

「銅貨四枚だよ」

「はぁい」

ポケットから銅貨を出し、御者に渡して馬車の後部座席へ座った。

（へえ……この馬車、セリス大聖堂から王宮前まで行き来してるのか……前世で言う循環バスみたいなものかな？　下りるときはどうするんだろう？）

三頭立ての馬車は全部で二十席あり、座り心地もなかなかにいい。

ガラガラと舗装された街並みを進む壁のない乗り物は、街を見回すにはもってこいだった。

（大都会だなぁ！　アトウッド領と比べたら霜降り和牛と焦げたパンだよ！）

王宮に近いこの場所には高級な服飾店、宝石店が多く並んでおり、仕立て店、浄化屋、マナー教室など貴族が行きそうな店から、変わっているものだと、緊急代筆屋や葬式通報人組合などが並んでいる。業種不明の店も多く、見ているだけで飽きない。

商家の荷車隊が前方の交差点を横断すると、御者が巧みに手綱を操って馬車を停止させた。

するとすかさず馬車に珍妙な売り子が駆け寄ってきた。

「ウーブリ、ウーブリ！　お嬢さん、世にも甘い焼き菓子ウーブリはいかがですかね？」

とんがり帽子をかぶり、首から大きなバスケットを下げた売り子が笑顔をミーリアへ向けた。

乗り合い馬車が止まる瞬間を狙った販売方法らしい。

（商魂たくましいね……）

ミーリアは感心し、銅貨二枚でウーブリという焼き菓子を買った。

「ラベンダー色の髪をした美しいお嬢さんがぁ～、世界一美味《おい》しいウーブリお買い上げ～！ウーブリ！　ウーブリ！」

（いやめっちゃ恥ずかしいんですが）

ウーブリの売り子が笑顔で叫んで、このウーブリは一番だ、と宣伝している。

それに誘われて子連れの親子がウーブリを一枚買った。

商家の荷車隊が通過し、ゆっくりと乗り合い馬車が発進する。

ミーリアは手すりから身を乗り出して、小さくなっていくとんがり帽子を眺めた。

（あれくらいたくましくないと生きていけないのか……王都も大変だ……さて）

買ったウーブリに視線を落とす。見た目はアイスクリームのコーンの部分を平たくしたような形で、持った手触りは結構硬い。

噛《か》むと、ぱきりと音が鳴って簡単に割れた。

（うん……うん……ほのかに香る柑橘《かんきつ》系の匂いと甘さがエクセレント。ウーブリ！）

ぼりぼりとウーブリを堪能《たんのう》し、ミーリアは景色を楽しむ。

馬車は進み、ウーブリや果実水を販売する売り子と何度もすれ違う。ガラス売りの売り子がいたので物珍しさからコップを一つ買った。馬車が動いているのにガラスを割らずに走る器用な売り子にちょっと感動する。魔法袋に収納して、果実水の売り子が来たら使おうと決めた。

王都の景色を眺めていると、ミーリアの向かいに座っていた乗客の青年が、乗り合い馬車が走っているにもかかわらず、御者に断りもなく飛び下りて雑踏に消えていった。

続いて道の途中で、

「乗りますわよ！」

とハンカチを振るご婦人が現れ、乗り合い馬車が速度を緩めると、長いスカートをうまくさばいて銅貨を払い手前の席に座った。この間に馬車は停止していない。

（勝手に飛び下りて勝手に乗る自由なシステム……これは面白いねぇ）

知らない文化に感心しきりだ。

ひっきりなしに現れるウーブリ売りにも慣れ、五枚目のウーブリをもりもり食べて、レモン風味の果実水を買ったコップに注《つ》いでもらいぐびぐび飲んでいると、セリス大聖堂へと到着した。

「ご祈禱《きとう》ですか？」

セリス大聖堂の受付のシスターに笑顔で聞かれ、ミーリアはいいえとは言えずにうなずいた。

「では、銀貨三枚をこちらにお納めくださいませ」

「あ、はい」

（銀貨三枚――入るのに三万円。超お高いね）

ハマヌーレで稼いだお金があるからまあいいかと、ミーリアはざっくり日本円換算で計算しながらポケットから出す振りをして、魔法袋から銀貨を三枚出した。桐《きり》箱のような箱へ銀貨を投入する。

（高いだけあって一般市民っぽい人はいないね）

周囲を見ると金持ちらしき人物が大聖堂から出てくる姿が見えた。

「セリス神のご加護があらんことを」

「……失礼いたします」

シスターに一礼し、荘厳な雰囲気の大聖堂へと入った。

（……うわっ、すっごい綺麗《きれい》……）

大聖堂に足を踏み入れると、息を忘れるほどの美しさが瞳に映った。

巨大な剣のような形をした精緻《せいち》なステンドグラス、内壁はターコイズブルーで描かれたセリス神の絵が隙間なく埋めており、室内に作られた小さな尖塔《せんとう》の先端で魔石が輝いていた。

神秘的な空間で雑談する者はおらず、中にいる各々が中央のセリス像に向かって真摯に祈りを捧《ささ》げている。

（神さまは信じてないけど、神社で願い事を言うくらいに思えばいいかな……？）

身も蓋もない意見だがこれには理由がある。

前世でダメ親父《おやじ》にこき使われて自分がつらかったとき、神さまは自分を助けてくれなかった。祈ったところでスーパーの牛肉が九割引きになるわけもなく、ダメ親父が優しくてお金持ちのイケてるお父さんに変わるわけでもない。小学生の頃、神さまが願いを叶《かな》えてくれるとクラスメイトの誰かが言っていた言葉を信じて、何となしに空に願いを唱えていたのだが、中学生になって「ああ、神さまなんていないじゃん」と気づいた。

それでも、祈ってみたいと思わせる求心力がセリス大聖堂にはあった。

ミーリアはなるべく音を立てないようにセリス像へ近づき、見よう見まねで片膝をついて両手を組み、目を閉じた。

（明日は女学院の入学式です……私の願いは……願いは……）

ミーリアはむうと閉じた目を開けた。

このような神聖な場所で焼き肉食べ放題は違う気がする。

（可愛《かわい》いお友達をこの手に……！）

自分なりの真剣な祈りを捧げ、目を閉じ、眉間にしわを寄せる。

前世からずっとほしかったのが〝可愛いお友達〟だ。

小中高と学校内で話す友人はいたがすべて上辺だけの存在で、放課後にお茶をしたり家に遊びに行ったりする関係の、ミーリアが言うところの真の友達は一人もいなかった。

願わくは、女学院で友達ができればいいなと思う。

(ただ……緊張して変なことを口走る未来しか浮かばないけど)

過去のやらかしを思い出して、ミーリアは自分という存在がいかに小さくてみじめであるかを再認識してしまい、足元の床が盛大な音を立てて崩れ、あああっと悲鳴を上げて暗い穴へ真っ逆さまに落ちていく気分になった。

思い返せば思い返すほど恥ずかしく、ネガティブ思考によって生まれる落下感と浮遊感が胃のあたりにまとわりつく。

小学生時代、クラスメイトを遊びに誘おうとしたことがあるのだが、緊張のあまり「あああ、あの、あー、あのね、できれば……ほ、ほ、ほ……ううん、なんでもない。さようなら!」と誘えずじまいで終わった。目を点にしていたクラスメイトちゃんの顔が今でも脳裏に焼き付いている。

中学の三年間は父親の束縛が激しくまさに暗黒時代であったため、友達を作る精神状態ではなかった。

高校生になってようやく余裕が出てきたので、ちょこちょこ話す女子生徒を「よ……よかったら……ほう……放課後一緒に……」と、しどろもどろで下校に誘ったところ、「ごめんね」とすげなく断られた。ばっさりと斬られるような拒絶にどこかへ消えたくなった。変な誘い方だったからだとミーリアは思い込んでいる。

すべては自信のなさが生み出した結果だ。

もし父親が少しでも優しい人間性を持っていて、「たまには遊んできなさい」と一言でも言ってくれていたら、結果は違ったものになっていたはずだ。

自信を持てない元凶は前世の父親なのだが、どうにも一人で背負いこんでしまうミーリアにとって、お誘いに失敗した、という結果だけが心に残っていた。

（あああああっ……友達、できる気がしない……！）

祈りはいつの間にか嘆きに変わりつつある。

手を組んだまま、脳内でじたばたと転がり回るミーリア。

友達がほしいという想《おも》いが強いあまり、こちらから誘う行動に極度の緊張を覚えてしまう。

自分でもそれは自覚している。

クロエ、ティターニア、アムネシアと仲良くできているのは全員年上だからかもしれない。

そう思うと、同年代の女子とどう仲良くなればいいのか、何を話題にすればいいのか、さっぱりアイデアが浮かばなかった。

（不安だ……入学式……うまくできるか不安だ……）

脳内で「私、ミーリア・ド・ラ・アトウッド！　趣味は魔法開発と食べ歩き！　よろしくねっ！」と爽やか笑顔で自己紹介をしている自分を思い浮かべ、胃がきりきりと痛んだ。爽やかに言えるかい、そんなもん、と思わずツッコミを入れてしまう。

何度もシミュレーションを重ねてはツッコミを入れるという作業をすること約十分、思考は逸《そ》れていき、いつの間にか浮かんでくるのは、友達とショッピングをしたり、談笑する夢の映像であった。

（一緒に馬車に乗って、ウーブリを食べて、王都観光……。洋服を買ったりもしたいなぁ……前世より自由にできるお金があるから夢は広がるなぁ……ハマヌーレでおこづかい稼いでおいてよかったなぁ……）

金貨二千枚のことはすっかり頭から抜け落ちていた。

「……」

目を開け、片膝をついたまま白亜の石に彫られたセリス像を見上げると、慈愛に満ちた目で見つめられた気がした。セリス像の瞳には角度によって輝きの色が変化する、ムーンオパールと呼ばれる宝石がはめ込まれている。ステンドグラスからこぼれる光と相まって、虹色の粉を撒《ま》いたような煌《きら》めきがミーリアの胸を打った。

（祈ろう……たとえ効果がなくっても……）

この世界はセリス神の一神教のみだが、元日本人であるミーリアは思いつく限りの神へと祈りを捧げた。

○

友達がほしいと祈りを捧げるミーリアよりも、一時間前から祈りを捧げている少女がいた。

王国女学院の制服の袖からは触れれば溶けてしまいそうな白い肌が出ており、艶のある銀髪を耳の斜め後ろでツインテールにまとめ、桜桃《チエリーピーチ》のようなピンク色の唇をきつく閉じ、真摯に祈り続けている。

「……」

公爵家の三女である少女は、その全身に高貴さをまとわせていた。

可愛らしいツインテール姿も、すっと通った鼻筋の横顔と合わされば、彼女にとってふさわしい髪型に見えてくる。彼女は意識していないが、その髪型には美しい彼女の外見を年相応に見せる効果があった。

――扉が開いた。

司教がセリス大聖堂へ静々と入室する。蠟燭《ろうそく》の火種を消さぬよう静かに歩き、熱心に祈りを捧げる少女を見つけ、心の中で「ほう」とため息をついた。

今にも聖なる羽が生えてきそうな見目麗しい銀髪の少女が微動だにせず熱心に祈っており、ちょうど一時間前、火を入れにきた際と姿勢に変化がない。セリス神に仕える敬虔《けいけん》な信徒として、感心せざるを得なかった。

司教がゆったりと聖句を唱えながら、セリス像の傍らの蠟燭へと火を入れる。

ぽっ、と火種から蠟燭へと火が移っていく。

銀髪の少女は集中しているのか、司教の存在に気づかず目を開けることもなかった。

司教は恭しくセリス像へ聖印を切って退室した。


実のところ、彼女の頭はこれから始まるアドラスヘルム王国女学院の学院生活でいっぱいだった。


(必ず……魔法科の首席になります……)

少女はセリス像へと祈りを捧げる。

(首席になるため魔法にすべてを懸けてきました……だから……わたくしは……友達など絶対に作らず、勉学と魔法に打ち込むことを……ここに誓います……友達など作らずに……)

ぴくりと少女の長いまつ毛が震える。

心の奥がずきりと痛んだ気がした。

先ほどから、魔法科の首席になる、友達など邪魔、だから絶対に作らない、そう誓うと胸が痛い——この繰り返しであった。

(わたくしは……弱い人間です……もっともっと強くならないと……)

少女は自分の心の弱さが恥ずかしかった。

公爵家の三女として、前を向いて進まねばならない。

（……友達も作らず、必死に魔法の訓練をしてきました……やっと十二歳になって入学できることになったのです……今さら友達など……必要ありません……）

自分にはやるべきことがある。

必ずやり遂げなければならない。

公爵家の期待を一身に背負っている。

（新入生にはドラゴンスレイヤーがいます……絶対に……絶対に負けられない……）

少女は祈る。

同じ聖堂にいるラベンダー色の髪をした少女が自分と真逆の「友達超ほしい――NOフレンドNOライフ」と祈っているとは知らず、しかも負けたくない相手のドラゴンスレイヤーであるとは夢にも思わず、己の心を律するために祈り続ける。

（魔法科の首席になって地図を受け取り……学院の謎を解きます……必ず……）

銀髪少女の祈りはまだしばらく続くのであった。

3. アドラスヘルム王国女学院

入学式の当日になった。

昨日、セリス大聖堂で祈ったおかげか非常に気分がいい。

（時計魔法――うん、そろそろ時間だね……）

王都の景色を眺めていた窓から身体《からだ》を離し、姿見の前に立った。

魔法科はローブを象徴とした制服である。

黒いローブ、白のシャツ、白のラインが入った紺色ジャンパースカート。腰のベルトには杖《つえ》を入れるホルスターと、魔法袋をぶら下げる留め金がついている。シャツの第一ボタンの部分にリボンを結ぶのだが、クラス分け後に配付されるため空いていた。

「大丈夫だね」

ミーリアは鏡に向かってうなずいた。

日本人であったときと顔の造形が変わっていないので、今でもほとんど違和感は覚えない。

異世界に転生したと気づいて四年経《た》っている。自分の見た目には慣れた。

（勲章と徽章《きしょう》もオッケー……めちゃくちゃ目立つね、これ）

ジャンパースカートの左胸部分に、少女の装飾品らしからぬ龍撃章《ドラゴンスレイヤー》が輝いている。星《スター》は入学式で1つもらえるのだが、ミーリアは入学前から1つつけていた。

(朝日が染みるぜ……へへっ……さて、行きますか)

緊張のせいか一人でボケてはそれを放置し、歩き出すミーリア。

高級宿をチェックアウトすると、ロビーの玄関先でアムネシアが待っていた。

豪奢《ごうしゃ》な金髪に、女騎士の象徴であるドレスアーマーを装備している。

アトウッド家から王都までの二ヶ月間、アムネシアと旅をしてきたおかげで寂しくなかった。彼女との旅は忘れたくない思い出だ。

「ミーリア、また学院で会いましょう。先に行って待っているわ」

アムネシアが晴れやかな顔で言う。

「はい！　何から何までありがとうございました！」

深々と頭を下げてミーリアはお礼を伝えた。

アムネシアは小さな魔法使いを見て、微笑《ほほえ》みを浮かべた。

「ふふ……名残惜しいものね。またすぐ会えるのに」

「学院の職員室へ遊びに行きますね！」

「いつでも来てちょうだい」

アムネシアは最後に笑うと、表情を引き締めてかかとを鳴らし、胸に手を当てて敬礼のポーズを取った。

「魔古龍ジルニトラの討伐、感謝申し上げます。また、入学誠におめでとうございます。ミーリア・ド・ラ・アトウッド嬢に、セリス神のご加護があらんことを――」

（カッコいい……！　アムネシアさんに憧れる人、多いんだろうなぁ！）

「ありがとうございます！　アムネシアさんにもご加護があらんことを！」

ミーリアはアムネシアと満面の笑みを交換した。

○

アドラスヘルム王国女学院は王都の東側に校舎を構えている。

元は百年前に蒐集家《しゅうしゅう》デモンズが設計をし、私財をなげうって作られた出城だ。

東門を魔物から守護する役割を担っていたのだが、人口増加に伴い人間領域が拡大したため、王都に魔物が現れることはなくなった。

建築後、蒐集家デモンズは出城を魔改造した。出城を一つの作品として見ていたのか、魔道具の使い方が常軌を逸していたらしい。魔物の脅威がなくなってからは魔改造ぶりがよりひどくなった。

その結果、ゴーストやらピクシーやら、わけのわからない魔法生物が住み着く城になってしまい、彼が死んでから十年間、誰も近寄れない最悪の物件と化した。

近年になって浄化や解析が進み、女王が一族から権利を買い取って、女学院として利用する流れとなった。

出城は千人が住んでも部屋が余る広さだ。

人口が日に日に増えている王都で、クシャナ女王がこの物件を無視するはずもなかった。

(すごいすごい！　ファンタジーだよ！)

ミーリアが馬車から顔を出した。

女学院は魔法街と呼ばれる変わり者の集まる区画を見下ろしている。

(赤、黄、白、水色の屋根が見えるね。塔なのかな？)

複雑怪奇な構造をした出城の城壁の向こうに、鮮やかな色の屋根が見えた。

(上に行くにつれて大きくなってる建物とか……物理法則を無視してるね)

色々と物申したくなる建物が見える。

魔法街の大通りへ視線を移せば、学院生の制服を着た女の子がちらほら見えた。皆、胸にリボンをつけていない。新入生だ。

あの中に未来の友達がいるかもしれない。

「どのスポーツでもデビュー戦は大事。それすなわち友達を作るなら……入学式が重要」

ぼっち上級者のミーリアは緊張で胸が張り裂けそうである。不安を口に出して心を落ち着ける作戦だ。

知らない子にどうやって話しかけるかシミュレーションしていると、女学院に到着した。

女学院の前には新入生をひと目見ようと国民が集まっており、垂れ幕や横断幕に『アドラスヘルム王国女学院入学式』と書かれている。

貴族も多く入学してくるため、入り口付近は馬車でごった返していた。

ミーリアは校門の手前で馬車を下り、人混みを縫いながら進む。

幸いにも人が多すぎて、背の低いミーリアは目立たずに済んでおり、胸についた勲章にも注目されていない。

(これが異世界の入学式。わりとカオス……!)

ひいひい言いながら人混みをかき分けていると、校門からひときわ大きな声が聞こえた。

「――ミーリア⁉ ミーリア!」

聞き覚えのある柔らかい声だ。

ミーリアはバッと顔を上げて、校門の方向を見た。

商業科の制服を着た、黒髪の美少女がこちらに駆けてくる。

二年間、一日として忘れることのなかった、会いたくて会いたくて夢に何度も見ていた、自慢の姉だった。

「お姉ちゃん! クロエお姉ちゃぁぁん!」

ミーリアは人混みを抜け出し、駆け出した。

クロエが涙を流して両手を広げた。

ミーリアはクロエの胸に飛び込んだ。懐かしいぬくもりに全身を包まれる。

「ああ、ああ、やっと会えたわ! 私のミーリア! 無事でよかった……元気でよかった……本当にあなたなのね……」

「お姉ちゃん……！　お姉ちゃん……！」

ミーリアもクロエも、お互いを離すまいとぎゅっと抱きしめ合う。

黒髪とラベンダー色の髪が重なり合った。

ミーリアは二年越しに、クロエとの再会を果たした。


クロエは嬉《うれ》しさが爆発しているのか、ミーリアの頭を抱えて左右に振った。

「ミーリア……ミーリア……」

傍《はた》から見ると可愛《かわい》らしい仕草であるが、ミーリアの顔はさらにクロエの胸に食い込んだ。

（ぐ、ぐるぢい……）

やっと出会えた余韻もそこそこに、ミーリアは早くも窒息しそうになっていた。クロエが装着している星徽章《スターきしよう》が頬に当たってチクチクと痛い。

「また一緒にいられるのね……お姉ちゃん嬉しいわ」

周囲から拍手が送られる。

ミーリアは必死に姉の肩をぽこぽこ叩《たた》いた。

「よかったな！」「姉妹なのかい？」「わからんけどおめでとう！」「クロエお姉さまがあのような――」「ラベンダー髪の新入生がうらやましい」「その場所を私と代わって！」

クロエを慕う学院生からはやっかみの声も聞こえる。

ミーリアがギブアップといわんばかりに強めの一撃をぽこりと決め、クロエはようやく腕の力を緩めた。

「ぶはぁっ！」

（入学式で第二の人生が終わるところだったよ）

クロエはミーリアの顔を覗《のぞ》き込《こ》んで、両手を頬に添えた。

「ミーリア、大きくなったわね……」

「はぁ、ふぅ…………うん。五ｃｍくらい背が伸びたよ」

呼吸を整えてミーリアが言った。

成長したと言っても、身長は百四十ｃｍだ。

「お姉ちゃんも身長が伸びたね」

「ええ。百六十ｃｍだったかしら？」

「まだ伸びそう。いいなぁ」

「あまり大きくてもね……あら？」

クロエは周囲が自分たちに注目していることに気づいた。

「おほん」

軽く咳払《せきばら》いをすると、眉をぴくりと動かし、何事もなかったようにハンカチで涙を拭いた。

ミーリアの目もとも、かいがいしく拭き取る。

「さ、ミーリア、行きましょう。しっかり手を繋《つな》いでちょうだい。転んだら大変だわ」

「あ……」

（これ、いつも言ってた言葉だ。懐かしいなぁ……）

ラベンダー畑から家に帰るときは、いつもこうしてクロエが手を差し出してくれたものだ。

ミーリアはクロエがあの頃から変わっていないこと、本当に再会できたことを実感して、胸が温かくなった。

「はぁい」

いい返事でクロエの長い指をぎゅっと握る。

「ふふっ」

クロエは花が咲くような笑顔をミーリアに向けた。最愛の妹を確かめるように握り返し、丸みを帯びたミーリアの頬をつんとつついた。

「もちもちだわ……そう、まるで魔法街で売っている銅貨二枚の餅モッチ焼きのよう……いえ、私はいったい何を言っているの――ミーリアのほっぺたはお金では買えない――金貨を何枚出したって誰にも買うことができない――」

小言で早口に自問自答するクロエ。

へへへ、とクロエの指をにぎにぎしていたミーリアが顔を上げた。

「お姉ちゃん？」

「あ……おほん……ごめんなさい。あなたに会えたのが嬉しくって色々考えてしまったわ」

「私もだよ？」

「そ、そうよね！　私も毎日あなたのことを考えていたのよ。さぁ、行きましょう、ミーリア。

私が案内してあげる。ええ、そうなのよ、あなたが来るのを毎日待っていたの。誰かに案内係を渡すものですか。学院長にだって渡さないわよ」

(あ……いつものお姉ちゃんだ)

早口でまくしたてるクロエを見て、ミーリアは姉が変わっていないことに安心した。

(身長も体形も成長して……着実にクロエロスお姉ちゃんになってるね……男除《おとこよ》けスプレーでも開発するか)

クロエは十四歳、ミーリアは十二歳。ずいぶん成長したものだ。

二人は校門をくぐった。

「ようこそ、アドラスヘルム王国女学院へ。あなたの入学を歓迎するわ」

クロエが満ち足りた笑みを浮かべた。

「お姉ちゃん……ずっと王都に来るのを夢に見てたよ……。よろしくお願いします!」

「元気なお返事ね。ミーリアらしいわ」

「そうかな?」

「ええ、そうよ。ミーリアはいつでもミーリアね」

二人は手を繋いだまま出城の校庭を歩く。

入学式ということもあり、在院生が新入生を見ようと校庭をぶらぶらしたり、寮の窓から顔を出している。桜桃《チェリーピーチ》が学院内でも咲き誇っていた。

歩いていると誰かしらと目が合う。

クロエは顔見知りが多いのか、挨拶をしてくる学院生が多かった。

「こんにちは」「ごきげんよう」「ええ、妹なの」「手を繋ぐこと？　そんなに変かしら」

クロエはそつなく返事をする。

クールな優等生であるクロエが楽しそうに微笑んでいるのがめずらしいのか、注目度が高い。

また、ドラゴンスレイヤーであるミーリアとも話したいのか、学院生が一緒に並んで歩こうとするが、クロエがやんわりと、しかし強固な眼力でもってそれを許さなかった。しばらくは愛する妹を独り占めしたいのだ。

「そういえばさ、女学院って何科があるの？」

「ミーリア……あなたそんなことも知らずによく合格できたわね……」

「アハハ……ごめんなさい」

「いいのよ。お姉ちゃんがなんでも教えてあげるから」

クロエがミーリアの頭を撫《な》でた。クロエプロの手付きだ。

「アドラスヘルム王国女学院は魔法科、騎士科、商業科、工業科の四科で構成されているわ。各科で制服が違うの。ほら、私はベレー帽、ミーリアはローブをつけているでしょう？」

「あ、そうだね」

「見てご覧なさい。あっちの子は騎士科だから剣を、向こうの子は工業科だから大きなポーチを腰につけているわ」

魔法科はローブ。

商業科はベレー帽。

騎士科は剣。

工業科はポーチ。

各科を象徴するアイテムを装着している。

(制服の作りも全然ちがうね。騎士科は腰からマントみたいのをつけてるし、工業科はキュロットスカートに安全靴っぽいのを履いてるよ)

ミーリアは好奇心があふれてきた。

今まで暮らしていたど田舎は何も娯楽がなかったため、視覚刺激が強い。

「新入生はこちらでーす！　もうすぐ式典が始まります！　集合してくださーい！」

ひときわ大きな教会のような建物の前で、工業科らしき学院生が呼びかけている。女学院の中央ホールだ。普段なら入ることですら気後れするような、荘厳な建物だ。

「ミーリア」

クロエが立ち止まって、ミーリアの両肩に手を置いた。

「なぁに？」

「これからクラス分けがあるわ。できれば……同じクラスになれることを祈っているわ」

「クラス？　でもお姉ちゃんと私って違う科だよね……？」

(うん？　どゆこと？)

「私のリボンの色、何色かしら？」

「水色だけど……」

「ええ、そうなのよ。色違いの塔の屋根が見えたと思うけど、赤、黄、白、水色に振り分けられるわ。クラス……つまり、どの寮に住むことになるか、この後の式典で決まるの」

「え？　科で分けられるんじゃないんだ」

「そうよ。そして一度決まると卒業まで変更はないわ。だから水色……アクアソフィアにミーリアが割り振られることを祈っているわ」

クロエの目はこの上なく真剣だった。

ミーリアとしてもクロエと同じ寮であることが望ましい。四色の塔はそれぞれで距離が離れており、クラスが違うと会いに行くのも大変そうだ。転移魔法も誰かに見られたくはないため、近いほうがいい。

「わかったよ！」

「そちらの新入生さん?!　もうすぐ式典が始まりますよ～！」

ミーリアを見て工業科の学院生が言った。気づけば校庭にはほとんど人気《ひとけ》がなくなっている。

クロエが名残惜しそうに手を離した。

「いってらっしゃい。またあとでね。色々話したいことがあるの。聞きたいこともあるし……ほら、魔古龍のこととかね」

「うん！　またあとで会おうね。ソナー魔法で探すから待っててね」

「……そうだったわ。あなたって凄腕《すごうで》の魔法使いだったわね」

クロエがクスクスと笑った。

こんなに可愛い妹が規格外な魔法使いであることがちょっと可笑《おか》しかったのだ。

ミーリアは照れ笑いをして頭をかき、たっと駆け出した。

「またあとで！」

「前を見て！　転んでしまうわ」

「はぁい」

ミーリアは入学生の式典会場へと足を踏み入れた。

○

クロエはミーリアが中央ホールへ消えるのを見送り、アクアソフィア寮へ戻った。

部屋には誰もいない。

『クロエへ　喫茶室にいるね』

クロエは自分の机に置かれたメモを見た。

同室の友人たちは喫茶室へ行っているようだ。

（ミーリア……ああ、よかったわ……あのどうしようもないアトウッド家から抜け出せて……また会えて……）

クロエはベッドに寝転がり、ミーリアとの再会を噛《か》み締《し》めた。

長かったのか、短かったのか、判断が難しい二年間だ。

女学院で様々なことを経験した。友人ができ、同じ志を持つ仲間もでき、人生の素晴らしさを知った。閉鎖的なアトウッド家では体験できなかったことばかりだ。

（あの子……友達ができるかしらね……）

素直で明るくて、ちょっと抜けているミーリアをクロエは心配に思う。

（変なことを言っていなければいいけど……）

心配は尽きない。

しばらく天井を見上げていると、部屋がノックされた。

「はい」

（こんなときに誰かしら？）

ドアスコープを覗《のぞ》くと、王宮の文官職が着る制服が見えた。

クロエはすぐにドアを開いた。

財務官らしき女性と、警護役の女性騎士が立っていた。

「失礼いたします。アトウッド家六女、クロエ・ド・ラ・アトウッド嬢はいらっしゃいますか？」

「……私ですが……何かありましたでしょうか？」

「おお、よかった。私は王宮財務官のケシャ・ラ・ティンバーと申します。女王陛下から送金の命を受け、参上いたしました」

財務官、ケシャという女性が安堵《あんど》した表情で、一礼した。

クロエは「送金？」「女王陛下？」と疑問を膨らませつつ、黙って一礼した。

「妹君、ドラゴンスレイヤーであるミーリア・ド・ラ・アトウッド嬢が討伐した魔古龍ジルニトラを、女王陛下がお買い取りなされました。代金はクロエ嬢宛にお届けする手筈《てはず》になっております。こちらにサインを」

「え？　私ですの？」

クロエの脳内に混乱が吹き荒れる。

財務官が魔法ペンを差し出したので、クロエは躊躇《ためら》いながらもサインをした。

「どちらに置きましょう？」

「ええ……では、私の机にお願いしてもよろしいでしょうか？」

「かしこまりました」

財務官が目配せをすると、女騎士が部屋に入り、両手で抱えていた箱をクロエの机に置いた。

「では、失礼いたします」

「恐縮でございます……お手数をおかけいたしました……」

(買い取り？　受け取り？)

春風のように財務官と女騎士は去っていった。

ぽつんと箱だけが残される。

クロエは嫌な予感をビンビンに感じながら、添えられている書状を見た。

そして、文章の最後を見て血の気が引いた。

『――金貨二千枚を送金する』

王家の紋章印付きだ。

（にっ……にせんまいッ?!）

クロエは素早い動きで箱を開けた。

「――ッ?!」

中にはぎっちりと金貨が詰められていた。

現金の威力は凄《すさ》まじい。金貨二千枚が光り輝いている。

「ああっ！　ミーリアッ！」

美しい声色の叫びが寮にこだまし、クロエはその場にへたりこんだ。

4．入学式とクラス分け

クロエの叫びがこだまする少し前、ミーリアは中央ホールに設置された新入生用の座席に座っていた。

中央ホールは蒐集家《しゅうしゅう》デモンズが舞踏会場として造った、一つの小城である。

天井には魔法ガラスが取り付けられており、光の魔道具を点灯させると幾重にも合わさった虹色の光がホールに降り注ぐ仕掛けになっている。学院生の間ではレインボーキャッスルと呼ばれ親しまれていた。

最上階に学院長の部屋があることから、女学院の中心的な存在だ。

（綺麗《きれい》だなぁ……中央ホールとアトウッド家を比べると——月とへそのゴマだよ……いや、へそのゴマでもあつかましすぎかも……）

実家の評価がとことん低いミーリア。

（さっき誰かが言ってたレインボーキャッスルの名前にふさわしいね。光が色んな色に変わってキラキラしてる）

ぼんやり天井を眺めているが、周囲の視線はミーリアに集中していた。

胸にある龍撃章《ドラゴンスレイヤー》と徽章《きしょう》のせいだ。

ミーリアがどんな学院生なのか、どの程度の魔法が使えるのか、どこの派閥に属しているのか、どの貴族と仲がいいのかなどを考え、探るような目つきになっている。

ドラゴンスレイヤーの影響力は絶大だ。

下手にかかわって自分の家が不利益を被《こうむ》ることも大いに考えられる。

少女たちは話しかけるならば人柄がわかってからだと思案していたが、口を開けて天井をぼんやり眺めているドラゴンスレイヤーを見て、本当に彼女が実力者なのか疑わしく思えてきた。

一見、まったく覇気のない、ぽわぽわとした少女だ。

本当にこの子がドラゴンスレイヤーなのだろうか？

ミーリアの見た目と雰囲気は疑問を抱かせるには十分であった。

いつしかしばらくミーリアに近づくことはやめておこうという空気が流れ、少女たちはミーリアへの視線を切って、自席の近くにいる新入生へと目を向けた。

「……」

一方、当の本人は緊張して天井にずっと視線を向けていた。

不意に誰かと目が合うのが恥ずかしい。

だが、入学式は重要と自分で先ほど言ったばかりだ。天井だけを見上げているわけにもいかなかった。

（よし……先手として……隣にいる子に話しかけるというのは……どうだろう？）

友達作りの橋頭堡《きょうとうほ》として隣の席に座った子に話しかける――これはオーソドックスな作戦だ

とミーリアは独りごち、何度か深呼吸したのち、視線を下げてちらりと横を見た。

(おおおっ！　すんごい美少女が座ってる……！)

隣には陶器のように滑らかな白肌、整った輪郭、宝石のようなグリーンの瞳、可愛《かわい》らしくも美人な少女が姿勢よく座っていた。光沢のある銀髪は腰の横まで伸び、ツインテールにしている。

(ローブを着てるから魔法科――リアル魔法少女だよ。映画の主人公みたいな子だ……そういう映画見たことないけど……)

周囲へ視線を飛ばすと、新入生が隣同士で談笑している姿が見える。

負けてなるものかと深呼吸をこっそりし、脳内で三度ほど話しかけるシミュレーションをしてから、口を開いた。心臓の鼓動が急激に速くなった。

「あ……あのぉ……あの……」

「……」

隣にいる銀髪ツインテール女子が首をミーリアへ向けた。

ほぼ無表情でエメラルド色の大きな瞳を動かし、ミーリアの勲章を見て眉を寄せた。

(ううっ……なんか冷たい反応……)

過去の失敗がフラッシュバックする。

(いや、そうと決まったわけじゃないよ。きっと彼女が美人すぎるから、こういう反応をするんじゃない？　そうだよ、きっとそうだよ)

「なんでしょう？」

鈴の鳴るような声で銀髪の少女が答えてくれた。

ミーリアは咄嗟《とっさ》に背筋をピンと伸ばした。

「あっ！　あの、私、ミーリア・ド・ラ・アトウッドと申しまして——」

「——それでは、学院長のお言葉を頂戴する！」

タイミング悪く、司会進行らしき女性教師がホールに声を響かせた。

銀髪の少女はミーリアから視線を外して前を向いた。

新入生が一斉に背筋を伸ばす。

（なんてこった……気まずさがマックス……）

自己紹介が空中に浮いたままぶらぶらと揺れているようにミーリアは思えた。

少女がこちらを見てくれる気配はない。

ひとまず話しかけることは頭の隅に追いやり、ミーリアも壇上へ向き直った。変に目立って悪い印象を持たれたくはない。

正面の壇上に上がったのは、服を着た二足歩行のウサギであった。

（ウサギが丸眼鏡かけて動いてる……私よりちっちゃい！）

沈んでいたテンションが上がった。

ウサギな学院長は青いビロード生地のローブを着ている。魔法使いであるらしい。

（可愛いっ！　真っ白なもふもふ！　ウサちゃんが学院長！）

壇上に上がったウサギは工業科の教師からマイクらしき筒を受け取ると、鼻をピクピクさせて口を開いた。

「優秀なるアドラスヘルム王国の淑女たちよ……入学、誠におめでとう」

(声がダンディ……まさかのイケボ)

「私がアドラスヘルム王国女学院の学院長、ジェイムス・ド・ラ・マディソンである。最初に断っておくが、私がウサギである理由は蒐集家デモンズが造った、この城全体と大いに関係がある」

新入生全員がイケボなウサギの言葉にざわつく。

「未知への探索は大変素晴らしいことだ。しかし、時に代償が高くつくこともある」

ウサギ学院長が視線を学院生に飛ばした。

皆が息をのんだ。

「私は二十年前、この砦《とりで》の調査をしていた際に魔道具で身体《からだ》を作り変えられてしまった。いらぬ好奇心が時に危険を伴うこともある……。現在は安全であるが、私が知らぬ仕掛けがまだ城に残っているかもしれない。女学院で暮らすからには、この教訓を常に胸の中に置いておきたまえ。よろしいかな?」

(魔道具……呪われたのかな? 可愛いからいいと思うけど、本人は大変そうだね)

学院長の話は十五分ほどで終了した。

「では、星徽章《スター》を配布します! 各自、速やかに装着してください!」

(そういえば星徽章《スター》って何の意味があるんだっけ?)

魔法科の四年生がトレーに置かれた徽章を運び、ミーリアの前に差し出した。

「噂《うわさ》のドラゴンスレイヤーさん。あなたも1つ取って?」

優しい笑顔の上級生がさらに前へ出したので、ミーリアは細い指で徽章を取り、胸につけた。

ミーリアの胸には龍撃章《ドラゴンスレイヤー》と、星徽章《スター》が2つ輝いている。

上級生の胸には星徽章《スター》が5つついていた。

「あなたがアクアソフィアに選ばれることを祈っているわ」

四年生はそれだけ言って、次の新入生へとトレーを差し出した。

「え? あの……」

(あの人のリボンは水色……なるほど……アクアソフィアクラスなんだね)

ミーリアはどうやら自分が歓迎されていると知り、嬉《うれ》しい気持ちになった。

隣にいる銀髪ツインテールの新入生はミーリアの胸についた勲章と徽章へ一瞬だけ視線を向け、眉を寄せた。不機嫌そうな表情だ。

「それでは最後にクラス分けを行います! これから全員に夢見る種を配付いたします!」

司会進行の工業科教師が大きな声で言うと、ホール内がざわついた。

全学院生がこのクラス分けに一番注目している証拠であった。

蒐集家デモンズが残した四つの塔がある。その塔の屋根の色になぞらえて命名された寮《クラス》に新入生は割り振られるのだ。

（鉢植え？　これから育てるのかな？）

先ほどトレーを持っていた上級生の優しそうなお姉さんが、片手で持てるほどの小さな鉢植えを配っている。

「今一度確認をしておきましょう！　薔薇《ばら》がローズマリア、三日月花がクレセントムーン、白百合《しらゆり》がホワイトラグーン、ラベンダーがアクアソフィアです！　どの花が咲くか——手にとって三分間祈りを捧《ささ》げてください！」

（祈り？　祈りを捧げると花が咲くの⁇）

夢見る種は蒐集家デモンズが作り出した合成魔法植物である。

駐在する騎士を塔に割り振る際にデモンズが使っていた代物で、性格や嗜好《しこう》の傾向によって四種類の花が咲く奇怪な一品であった。また、この手順を踏まないと、寮塔の内部に入ることができないという魔法工学の仕掛けも施されている。

塔は「赤」「黄」「白」「水色」の四種類。

薔薇／赤／ローズマリア
三日月花／黄／クレセントムーン
白百合／白／ホワイトラグーン
ラベンダー／水色／アクアソフィア

となる。

（みんな祈り始めてるよ！）

隣を見れば、銀髪ツインテールの女子が鉢植えを抱いて真剣に祈っている。

周囲を見渡せば、あたふたしているのは自分だけだった。

（私もやろう）

ミーリアも鉢植えを抱き、祈り始めた。

しんと静まり返るレインボーキャッスル中央ホール。

神聖な儀式を見守るように、天井の魔法ガラスから様々な色合いの光が少女たちの頭上に降り注いでいる。

教師や上級生も、固唾《かたず》をのんで見守っていた。

ミーリアの持っている小さな鉢植えが震えだした。

目を開けると、土から茎がにょきにょき生えてくる。ほどなくして先端が蕾《つぼみ》になった。

非科学的な現象にミーリアが両目を見開くと、ポン、と音を立てて花が咲いた。

（水色のラベンダー！　お姉ちゃんと一緒のアクアソフィア！）

よし、と心の中でガッツポーズを作る。

しかし、喜びも一瞬であった。

ポンと咲いたアクアソフィアが不穏な振動を始め、強風に煽《あお》られた風車のように回転した。

花が強烈なヘッドバンギングを開始する異常事態だ。

あまりの不気味な動きにミーリアは顔が引きつった。

（ひぃいいいいいいぃいぃいぃっ！　ラベンダーがご乱心してるっ⁈）

両目をかっ開いてラベンダーを見つめることしかできない。

(どどどど、どうしたら！　このままじゃ入学できないとかある?!)

入学式で入学拒否されたらたまらない。

ミーリアは顔を上げて周囲を見回すが、まだ他の新入生は鉢植えに祈りを捧げている。教師も上級生もこちらには気づかない。

(魔法！　魔法で止めるしか――――ッ！)

魔力を練ろうとした瞬間であった。

ご乱心ヘッドバンギングをしていた水色のラベンダーがぴたりと動きを止め、ドン、という射出音のようなものを響かせて約千本に増殖した。

「ひぎゃあ」

あまりの衝撃にミーリアは背もたれを支点にひっくり返り、一回転して後ろの席へどさりと落ちた。不幸中の幸いか、後ろの席には誰も座っておらず、鉢植えはどうにか手放さずに済んだ。

(いたたたた……って、何が起きたの?!)

地面に尻餅をついた状態で前を見れば、もっさりと成長したアクアソフィアが視界に飛び込んだ。小さな鉢植えに、両手で抱えるほどの花々がアンバランスに生えている。

(花がアフロヘアーみたいになってる件)

意味不明すぎて思考停止しそうだ。

（周囲の視線をビシバシ感じるんだけど……）

尻餅をついて鉢植えを腹の上に抱えたまま ちらりと視線を横へ向けると、隣に座っていた銀髪少女が目を見開いていた。何それ、という顔つきだ。

（あああっ、あの顔は絶対呆《あき》れてる顔だよ）

どうにか挽回《ばんかい》しようとぎこちない笑みを浮かべてみるも、銀髪少女はそのまま目を逸《そ》らした。

（つらみぃ！　つらみマシマシラーメン麺バリ硬ぁっ！）

思わず泣きたい気分になるミーリア。

「何事ですか⁉」

近くにいた女性教員が、カツカツとヒールを鳴らして凄《すご》い勢いで近づいてきた。

ミーリアは恐る恐る顔を上げ、女性教員を見上げた。

（見るからに怖そうな人……これはまずそう……！）

女性教員は漆黒のローブを身に着け、見事な鷲鼻《わしばな》が突き出ており、その上で鋭い瞳が炯々《けいけい》と光っていた。年齢は四十代。髪は真っ黒であるのに肌が青白く、狡猾《こうかつ》な魔女を彷彿《ほうふつ》とさせた。

全身黒尽《ず》くめであるのに、赤いスカーフを巻いている。

ミーリアは鉢植えを持ったまま起き上がり、元の場所へ着席した。

「……あー、あのぉ……なんか種が壊れちゃってるっていうか……花がおかしくなっちゃったというか……アハハ～……」

絵に描いたようにしどろもどろな言い方をするミーリアを見て、女性教員が凍りつくような冷たい視線を向けた。

「……なんですかコレは？」

「知りません！　私は無実です！　祈ったらこうなりました！」

ホール内の全学院生が視線を集中させる。ただでさえドラゴンスレイヤーであるせいで注目を浴びているのだ。ミーリアはこれ以上なく目立ちまくっていた。

女性教員がしげしげとアフロヘアー状態になったアクアソフィアを検分し、ギロリとミーリアを睨《にら》む。そして左胸に輝く龍撃章《ドラゴンスレイヤー》を見つけ、ゆっくりとうなずいた。

「あなたが噂の新入生……。入学式から問題を起こすとは指導が必要ですね。祈りの際、魔法を使ったでしょう？」

「え？　使ってませんけど……」

「夢見る種は薔薇、三日月花、白百合、ラベンダーのいずれかが一輪だけ咲く合成魔法植物です。このように大量に花が咲くことはありません。よって、あなたが魔法を使ったことになります。白状なさい」

「本当に魔法は使ってません」

（使ってないんです！　このアフロは無実なんです！）

「よろしい、職員室に行きます。今すぐ立ちなさい」

ミーリアは職員室という言葉から説教を連想して、肩をこわばらせた。

「キャロライン教授、待ちたまえ」

そのときだった。

半泣きになりそうであったミーリアと女性教員の間に、誰かが入ってきた。

「デモンズの日記に、夢見る種には別の仕掛けがあるとの記載がある」

(ウサちゃん学院長……！)

まさかの学院長、ジェイムス・ド・ラ・マディソンが仲裁に入った。

どこからどう見てもウサギである学院長からイケボが発せられ、キャロライン教授と呼ばれた女性教員も一歩下がった。

小柄なウサちゃん学院長は身長百二十cmほどに見える。

様子を見に集まってきた教員たちの視線が、自然と下がった。

「レディの話し合いに割り込んですまないね。夢見る種は合成魔法植物であり、祈りを捧げた人物の趣味嗜好・思考形態を魔力の波長から分析し、四種類の花を咲かせると言われている」

「存じております」

キャロライン教授が低い声で渋々首肯した。

「そして、もう一つの役割がある。知っているかね？」

「それは……わかりかねます」

「魔力測定器の役割だ」

ぱちりと指を鳴らす学院長。ウサギの手で器用なものだ。

「魔力測定器……それはどういうことでしょうか？」

キャロライン教授が訝《いぶか》しげに目を細めた。

「単純なことさ」

学院長がまぶたを開閉させて、ミーリアを見つめた。

「膨大な魔力保有者に限り——花束になる。蒐集家デモンズらしい遊び心のある一品だな」

学院長が周囲を見上げ、見回し、鼻をひくつかせた。

（私の魔力が多いからこんなことになったのか……蒐集家デモンズって人、自重してほしい……）

もっさりと生えたアクアソフィアを見てミーリアはため息をついた。

冤罪《えんざい》が晴れて安堵《あんど》した。

「君は期待の新入生、というわけだ」

学院長がもふっとした手でミーリアの肩を叩《たた》き、ウサギスマイルを浮かべた。

「ありがとうございます」

（きゃわいい……）

ミーリアも笑顔になる。

それに水を差したのはキャロライン教授であった。

「学院長。故意でないにしろミーリア・ド・ラ・アトウッドは神聖なる入学式を騒がせております。星徽章《スター》を1つ没収でいいのではありませんか？」

彼女は何の恨みがあるのか、ミーリアのフルネームを記憶しており、許すまじと眼光を鋭くさせている。

（私、何かしちゃったっけ……？）

いわれのない敵意を向けられ、肩を落とすミーリア。

「キャロライン教授。故意でないなら罰則はない。この件は終了だ」

「……承知しました」

学院長の迅速な対応にミーリアは安堵した。

星徽章《スター》にどんな価値があるのか知らないが、せっかくもらったものだ。こんなアクシデントで没収されたくない。

ウサ耳をぴくりと動かし、学院長が口を開いた。

「ではミーリア嬢、クラス分けが終わったら学院長室へ来なさい。必ずだ」

「……私が、学院長の部屋に、ですか？」

「いかにも。いいね」

「はい。わかりました」

入学初日にして学院長に呼び出しを受けてしまった。

周囲からはひそひそと話す声が聞こえてくる。

隣の銀髪女子は悔しそうにまだ何も咲いていない自分の鉢植えを睨んでいた。

（ううっ……私のせいじゃないのに目をつけられてしまった……クロエお姉ちゃんにまた心配されちゃう……）

クロエは今まさに時限爆弾式の金貨二千枚を受け取って「ミーリアッ！」と叫んでいた。

ある意味シンクロしている。

「未来有望なレディ諸君！　話はおしまいだ！　さあ、己がどのクラスになるのか、今一度鉢植えへ祈りを捧げたまえ！」

学院長の声がホールにこだまし、新入生の少女たちは手に持っている鉢植えに意識を戻した。

「ではミーリア嬢、また後ほど会おう」

「次に問題を起こしたら許しません」

学院長、魔女っぽいキャロライン教授が背を向け、離れていく。

ミーリアは入学早々悪目立ちして頭を抱えたくなったが、クロエと同じアクアソフィアクラスになれたことをまずは喜ぼうと前向きに考えた。

○

「皆さん、花が無事に咲いたようですね！」

司会進行の工業科教師が魔法マイクに向かって言った。

（これでお姉ちゃんと一緒の寮だ。悪目立ちしたけど……）

ミーリアは複雑な心境で、顔を前方へ向ける。

「それでは各クラスの上級生に従って行動してください。リボンは寮の机に置いてあります。

リボンをつけた後、〝逆さの塔〟にある大食堂へ集合してください。新入生歓迎会を行います！」

わっ、と新入生が手を叩いた。

レインボーキャッスルは夢見る種の花とともに、少女たちの笑顔で満開になった。

ウサちゃん学院長も壇上から満足げに新入生を見下ろしている。

（歓迎会！　美味《おい》しい食べ物出るかな⁈　焼き肉もいいけど、揚げ物が食べたいよ。転生して早四年――揚げ物を一切食べてない……ポテトフライ、ポテトチップス、から揚げ……）

揚げ物に思いを馳《は》せるも、早くも友達を作って仲良くしている新入生たちを見て、胸に穴が開いた気分になった。羨ましくて、彼女たちが眩《まぶ》しく見えた。

（私もあんなふうに……誰かと一緒に……いや、まだだよ。まだ始まったばかり……歓迎会とやらで友達を作る！）

そう気を取り直したところで、肩を叩かれた。

「――！」

驚いて振り返ると、水色のラベンダーが生えた鉢植えを持った銀髪ツインテールの女の子が、不服そうな目でミーリアを見ていた。

（隣の魔法少女……！　目がおっきい……やっぱりすごい美少女……）

「え、えっと、なんでしょう？」

戸惑いながらも、笑みを浮かべることに成功した。

緊張しているのでぎこちない笑顔ではあるが、敵対の意思はないと伝えることができたとミーリアは内心自分を評価する。

銀髪ツインテールの少女は顎をくいと上げ、エメラルド色の瞳でミーリアを見つめた。

「わたくし、アリア・ド・ラ・リュゼ・グリフィスと申します」

鈴を鳴らすような可愛らしい声が響いた。

(自己紹介！　自己紹介きたよ！　こんな素敵なお嬢さんと仲良くなれたら最高だよ！)

ミーリアはアリアと名乗った少女に一目惚《ひとめぼ》れに近い感覚を覚えた。

失敗は許されない、とミーリアは瞬時に気を引き締めた。

(私もちゃんと言わないと……目を合わせて……)

宝玉のような彼女の瞳からは感情が読み取れない。緊張が全身を駆け巡った。

「えっと、私は、ミーリア・ド・ラ・アトウッドでし」

噛《か》んだ。

(ああああっ。あああああああああっ)

頬を赤くして、ミーリアは「――です」と言い直した。

5. デモンズマップ

アリアと名乗る少女は何度かまばたきをして、こほんと咳払《せきばら》いを一つし、口を開いた。

他の新入生は同じクラスの上級生から説明を楽しそうに受けている。

ミーリアとアリアは席についたまま向かい合った。

「あらためまして、グリフィス公爵家三女のアリアですわ」

彼女は偶然にもミーリアと同じ時間にセリス大聖堂で祈りを捧《ささ》げていた人物だ。

ミーリアもアリアも、それには気づいていないが。

（公爵家?!　ちょっと待って……騎士爵、準男爵、男爵、子爵、伯爵、侯爵、公爵の順番に偉くなっていくから……）

「えっと、恐縮なんですけど、こうしゃくと言うと、一番偉い公爵でしょうか？」

「ええ、そうですわ」

アリアがお淑《しと》やかに肯定する。

（モノホンのお嬢様っ！）

にじみ出る気品にミーリアは気圧《けお》された。

「あのぉ……私はド田舎辺境最果てにある、アトウッド騎士爵家の七女です」

身分差がありすぎて萎縮《いしゅく》してしまうのも無理はない。

「アトウッド家……」

アリアは不躾《ぶしつけ》にミーリアを上から下まで眺めた。

「あの、アトウッド家ですの？　王国の最西端にあって誰も行きたがらないという領地の」

「そうです。あるのはラベンダーだけで、他には何もない土地です」

「へえ。そんな土地で生まれた少女が、魔古龍ジルニトラを一人で討伐したと……そういうことですの。なんだか信じられないですわね」

アリアは目を細めてミーリアの胸で輝く龍撃章《ドラゴンスレイヤー》を見つめた。

納得できない、という顔つきだ。

（なんだか疑われてる？　倒したのは本当だけど……）

「結構な魔力を込めた爆裂火炎魔法でも一発で倒せなかったので危なかったです。あと、多分なんですけど、ジルニトラは調子が悪かったんだと思います。カウンター魔法があっさり決まるって、きっと寝起きだったんじゃないですかね？　それか老衰してたとか？」

「爆裂火炎魔法？　カウンター？」

アリアは耳慣れない単語に首をひねった。

（上手《うま》く説明できてないよ！　もっとしゃべって！）

自分を叱咤《しった》し、ミーリアは言葉を繋《つな》ごうと両手を必死に動かした。

「爆裂火炎魔法はですね、爆発のベクトル、つまりは爆発の方向を自由に変化させられる攻撃魔法です。カウンターは猫ちゃんのカウンターでにゃんにゃん鳴きます」

「あなたが何を言っているのかわからないわ」

「ああ、すみませんっ。師匠にも説明が雑だって言われるんです」

「適当なこと言ってわたくしを煙《けむ》に巻《ま》こうとしていない？」

「そんなそんな！　魔法少女にそんなことするはずありませんよ！」

ミーリアは必死に両手を振った。友達を作る好機を無駄にするわけにはいかない。

だが、緊張と焦りで考えていることがそのまま口からぽろぽろとこぼれ出てしまう。

「魔法少女？　わたくしのことですの？」

公爵家のご令嬢が怪訝《けげん》な顔でミーリアを見た。

「あっ……その～、魔法が使える少女、という意味です。あ、そう言ってみれば私もですね。魔法が使える少女なので、いちおう、アハハ……」

（ダメだぁ～……全然上手くしゃべれない！）

同年代とのコミュニケーション力がゼロなミーリア。悲惨な状況であった。

アリアは謎の言葉ばかり発するミーリアを見て、銀髪ツインテールの片方を手で後ろへ払った。

「それよりも、聞きたいことがありますの。いいかしら？」

「なんでしょう？」

ミーリアはまだ話してくれるアリアの懐の広さに感謝し、笑顔でうなずいた。

アリアはミーリアが抱えている鉢植えを指さした。

「魔力量が多いから魔法が上手い。そう思っていませんこと？」

「え？　私なんてまだまだですけど」

「学院長はああおっしゃっていましたけれど、目立とうとして、あなたが魔法を使ったと思われても仕方のないことですわ」

「使ってないですよ！　目立ちたくありませんし！」

ミーリアはあわてて首を振った。

クロエに心配をかけたくないので、できることなら波風を立てずに学院生活を送りたい。

一言添えるなら、いまクロエは重たい金貨二千枚を小分けにして、自分の机へ隠している最中だ。初日にして波風立てまくりである。

アリアはまったく優秀そうに見えないミーリアの態度に何を思ったのか、エメラルドの瞳に力を込めた。

「ドラゴンスレイヤーであることはともかく、魔法を使っていないことは信じるといたしましょう。しかし、魔法は魔力量ではなく、操作の技量で決まります」

「信じてくれるんですかっ。ありがとうございます！」

「え、ええ……。何が言いたいのかと言うと、魔法科の首席になるのはわたくしです。それだけはお忘れなきよう。よろしいですか？」

「わかりました！　応援しています！」

「……あなた……」

アリアは一瞬、小馬鹿にされているのかと思うも、ミーリアの曇りない丸い瞳を見て、ふうと息を吐いた。どうやらこのドラゴンスレイヤーは首席の座に興味がないらしい。

「公爵家の三女であるわたくしと、騎士爵家の七女であるあなた。質のいい教育を受けてきたのはわたくしです。どちらが優秀か、すぐに結果は出るでしょう」

一方でミーリアはアリアの印象を百八十度変えていた。

騎士爵家子女と公爵家子女。二人の差は石ころと金貨ぐらい歴然としている。

（グリフィス公爵家って……アドラスヘルム王国でも有名な貴族だった気がする）

ミーリアはクロエから学んだ王国社会を思い出していた。

（この子……公爵家三女なのにわざわざ話しかけてくれたんだよね……。結構いい子なんじゃないのかな？）

「お互い頑張りましょう」

太陽のような笑みを浮かべ、ミーリアはうんうんとうなずいた。

同年代の女子と話せて嬉《うれ》しかったので顔が勝手にほころんだ。鬱屈したアトウッド家から抜け出して心からよかったと思う。学院生活が始まったと、跳び上がりたい気分だ。

「……」

アリアは複雑な表情になった。彼女としては厳しくミーリアに当たっているつもりだった。

公爵家の名において、自分より優秀な人間を見逃すことなどできない。

ミーリアの邪気がまったくない笑顔につられそうになり、頬を引き締めた。

「とにかく、同じアクアソフィアだからといって手は抜きません。首席になるのはもちろん、あなたより多く星《スター》を獲得してみせますわ」

「あっ、同じアクアソフィアなんですね！　嬉しいですっ」

「え？　ええ……同じですわね……」

ミーリアは彼女が持っている水色のラベンダーを見て顔をほころばせた。

「確かに星《スター》は四クラスで獲得数を競うものですわ。あなたが入学式当日から1つ獲得していることから、アクアソフィアは一つ有利です。これに関しては感謝せざるを得ませんわ」

「あ……星《スター》にそんな意味が……知りませんでした」

「え？　貴族の間では有名な話ですけれど」

「アハハ……世間知らずで申し訳ないです……」

百五十年眠っていたエルフのティターニアが知っているはずもなく、クロエも入学してから星《スター》のルールを知った。ミーリアが知り得なかったのは仕方がなかった。

アリアは呆《あき》れ顔《がお》になりかけ、無表情を作りながら人差し指を立てた。

「本当に田舎から来られたのですね。仕方がないので、わたくしが教えて差し上げます」

「本当ですか？　嬉しい」

ミーリアはアリアの優しさにえへへと笑みを浮かべた。恥ずかしそうに頭をかく。

皮肉のつもりで言ったアリアはミーリアの純粋な感謝に、なんだか胸がもやもやした。少し頬が熱くなる。

味わったことのない感情に目を背けたくなり、アリアは早口で星《スター》について説明した。

「一年が終わる終業式に一年生から四年生、各クラスの星《スター》の数を集計いたします。一位のクラスが特別喫茶室を使う権利を得られますの。去年、一昨年《おととし》、ともにローズマリアが獲得しておりますわ」

「へえ。おもしろいですねぇ」

「学年ごとにも勝負しているのです」

「学年でもですか？」

「ええ、そうです。学年で星《スター》が一位のクラスには、不死鳥印のパティシエが作ったお菓子の引換券が配られます。お金を積んでも食べられない一品ですわ。わたくしも――」

「お菓子！　不死鳥印とはなんでしょう？」

ずいと一歩前へ出るミーリア。お菓子と聞いて黙っていられない。

（なんかすんごい高級そうだよ。不死鳥印だよ？　絶対パないよ）

「超一流魔法使いパティシエですわ。魔法を使った料理をいたします」

「なんですって！　それは大変です……大事件です！」

「な、何が大事件なのかわからないですけれど……魅力的なのは認めますわ」

「そうですねっ」

説明を聞いて俄然《がぜん》鼻息が荒くなってきたミーリア。

前世にもなかった、これまでに食べたことのないお菓子が食べられそうだ。

数秒前まで自分の中で価値のなかった星《スター》が、今は眩《まぶ》しいばかりの輝きを放っているように思える。星《スター》をくれたクシャナ女王に感謝したかった。

「説明は以上ですわ」

アリアが銀髪を手ではね、ミーリアを見つめた。

彼女の整った相貌が真剣な表情に変わり、ミーリアは一礼した。

「ありがとうございました。とてもわかりやすかったです」

心からアリアとの会話を楽しんでいるミーリアの顔には、自然な笑顔が浮かんでいた。

アリアのような見目麗しく、面倒見のいい同級生と知り合えたことが嬉しくて仕方がない。

「……」

アリアはミーリアの表情を見て黙り込んだ。

彼女は公爵家三女であり、この年で一番の優秀な魔法使いとまことしやかに噂《うわさ》されていた。

それが、目の前にいるラベンダー色の髪をした少女の、ジルニトラ討伐という号外ニュースで消し飛ばされたのだ。入学式で会ったら、絶対に宣戦布告して差し上げましょうと息巻いていた次第であった。

ドラゴンスレイヤーがこんな調子外れの女学院生とは思わず、どんな言葉で、どう宣戦布告すればいいのか、アリアという少女にはわからなかった。

彼女もまた公爵家という身分から、同年代の友人と呼べる女の子がいなかった。

むずがゆくなる頬にイラ立ちを覚え、アリアはミーリアから目を逸《そ》らした。

「失礼いたしますわ」

さっと立ち上がり、アリア・ド・ラ・リュゼ・グリフィスは背を向け、鉢植えを持ってレインボーキャッスルの出口へと足を向けた。

「あ、あの!」

ミーリアはアリアのスレンダーな後ろ姿に声をかけたが、彼女は立ち止まってくれなかった。

手際よく上級生に話しかけ、新入生の人垣をすり抜けて見えなくなった。

周囲を見ると、クラス分けが終了した新入生の楽しげな声が響いている。各自、クラスのモチーフカラーに対応した寮へと移動するため、上級生の誘導に従っていた。四種類の制服が入り乱れて挨拶を交わし、談笑しながら各々が外へと流れていた。

ミーリアは鉢植えを持ったまま息を吐いた。

(みんなもう友達同士になってない? うらやましい……これがリア充とぼっちの差ってやつですかね……あの輪に入る勇気はないよ……)

アリアとの別れ際があっさりしていたのが気になるが、今は考えずに自分も寮へ行こうと立ち上がった。

(魔法科で公爵家三女のアリアさん。クラスも同じ……仲良くなれるといいな……)

期待を胸に天井を見上げたところで肩を叩《たた》かれ、振り返ると、工業科の教師がにっこりとミーリアを見下ろしていた。彼女はレインボーキャッスルの奥を指さした。

「学院長が待っているわ。昇降機で最上階へ行きなさい」

「あ、はい」

（そうだった……何を言われるんだろう？）

○

ミーリアは教師に言われた通り昇降機に乗り込んだ。

最上階に到着するとチンと音が鳴り、柵が開いて、重厚な扉が横にスライドした。

「……魔法使いの部屋だ……すごい……」

赤絨毯《じゅうたん》を踏んで中に入ると、様々な魔道具が所狭しと並べられているのが見えた。

空中にはホタルのように光っている小さな鳥が飛んでいる。

（ザ・学院長の部屋って感じ）

部屋の真ん中にある特大の聖杯らしきものや、ガラスケースに入った魔獣の魔石。ホルマリン漬けのごとく瓶内に浮かんでいるちょっとグロテスクな目玉や、陳列された豪奢《ごうしゃ》な魔法使いの杖《つえ》など、見ていて飽きない。

（あ、学院のミニチュアだ）

中でも目を引いたのは、蒐集家《しゅうしゅう》デモンズが魔改造して作り上げた出城――アドラスヘルム王国女学院のジオラマだ。

(これ、レインボーキャッスルだよね！)

自分がいる小城を見つけてミーリアは指をさした。

ガラスケースに収まっているジオラマを見て、自然と笑顔になる。

「ようこそミーリア嬢。女学院のジオラマが気になるかい？」

横を見ると、いつの間にかウサちゃん学院長のジェイムス・ド・ラ・マディソンが後ろに手を組み、笑っていた。

「あ、すみません。勝手に見てしまいました」

「構わんよ。魔法使いに好奇心は必須だ。さあ、後ろの椅子にかけたまえ」

ミーリアは促されて椅子に座った。

「まずはミーリア嬢、入学おめでとう」

学院長はてくてくと歩きながらウサギの顔で笑顔を向けた。

「ありがとうございます。素敵な学院で嬉しいです」

「そうであろう。この学院は秘密と好奇心をくすぐるものであふれている。君たち少女が勉強するには最高の環境だ」

学院長は鼻をぴくりとさせて、うなずいた。

「私はクシャナ女王から魔古龍ジルニトラを討伐した新入生が来ると聞いて、楽しみにしていた。そして膨大な魔力を持つ新入生に会えたことを嬉しく思う」

学院長がもっさりとアクアソフィアが生えた鉢植えを見て言う。

「えっと、ありがとうございます」

ミーリアは戸惑いながらも一礼した。

学院長が近くの椅子にぴょんと飛び乗った。

「さて、本題に移ろう。アドラスヘルム王国女学院が創設されて以来、夢見る種から花束が生えたことは一度もない。この意味が君にわかるかね？」

「なんだろう……すごい、ってことですか？」

「いかにも。付け加えるなら、ミーリア嬢の保持する魔力量は、学院の歴代最高、ということにもなる。私やキャロライン教授でも花束は咲かなかったのだよ」

「そうですか……」

ミーリアはティターニアの言葉を思い出した。

（私の魔力は王宮魔法使いの六十倍って言ってた。でも、魔力操作は師匠のほうが断然上手いし、私なんかまだまだだよなぁ）

ここで浮かれていては、ティターニアとの魔法電話もできないであろうと、ミーリアは気を引き締めた。

そんなミーリアの様子に、学院長は片目を大きく広げ、ほうと感心する素振りを見せた。

「ミーリア嬢は謙虚なようだ。素晴らしい。飽くなき向上心こそが、アドラスヘルム王国女学院には一流の卒業生しかいないと言わしめるのだよ」

「謙虚というか、当然の評価というか……魔力操作は下手くそですし、これからもっと上手になれたらいいなと思います」

「うん、うん」

学院長は満足げにうなずくと、ウサギの指をくるくると回した。

部屋の奥にあったガラスケースがひとりでに開き、四つ折りの羊皮紙がふわりと飛んでくる。

学院長は羊皮紙を手に取り、椅子から下りてミーリアに差し出した。

「魔法科で学年一位の学院生に、学院内部の地図を渡している。これを特別に君に渡すようにと、クシャナ女王たってのご希望だ」

「私にですか？」

ミーリアはもふっとした手が差し出す羊皮紙を見つめた。

何か起こりそうな予感がする、そんな不可思議な感覚になった。

「受け取りたまえ」

「はい。わかりました」

ミーリアは持っていた植木鉢を脇に抱え、素直に地図を受け取った。四つ折りの羊皮紙はつるっとしていて手触りがいい。

学院長は鼻をぴくりと動かすと、おもむろに学院のジオラマを見つめた。

「女学院には隠された部屋がいくつも存在している。私の呪いを解く鍵もきっとあるだろう。君が学院の謎を解いてくれることを切に願っているよ。もちろん、私自身も調査は続けるがね」

学院長がニヒルな笑みを浮かべた。

（ウサちゃんで可愛《かわい》いけど、イケおじに見える不思議……）

「その地図は〝デモンズマップ〟と呼ばれている。学院内でしか使えず、読むには仕掛けを解く必要がある。まずはその謎を解くところから始めたまえ」

「わかりました！」

「いい返事だ」

学院長は明るいミーリアの笑顔を見て天井を見上げ、何かを思い出したのか、視線をミーリアへ戻した。

「君のお姉さん、クロエ嬢は優秀な学院生だ。彼女であれば学院内部の事情にも明るいであろう」

「はい！　自慢の姉です！」

ミーリアはクロエの美しい黒髪と横顔を思い出した。

「ではミーリア嬢。君の学院生活が実りある素晴らしい時間になることを祈っている」

「ありがとうございますっ」

ミーリアは四つ折りの羊皮紙を魔法袋に収納し、学院長に一礼した。

学院長がぽむとミーリアの肩を叩き、颯爽《さっそう》と奥の執務机へと戻っていく。話は終了ということらしい。

ミーリアが昇降機に乗り込むと、一階のホールまであっという間に移動した。

虹《にじ》色に輝く人気《ひとけ》のないホールを歩き、まだ残っていた工業科の教師に付き添われて、水色の屋根をした寮塔へと向かった。

(デモンズマップか……謎解きはあまり得意じゃないけどワクワクしてくるね)

ローブを揺らしながら、ミーリアは進む。

塔が見えてきた。

石造りの塔は下から見上げると、かなり高いことがわかった。外壁は綺麗《きれい》に磨かれ、クラスの象徴となる花が描かれた垂れ幕がかかっている。出窓から学院生が顔を出している姿が見えた。

「ドラゴンスレイヤー、アクアソフィアはあちらだ。それではな」

「ありがとうございます」

引率してくれた工業科の教師に礼を言い、ミーリアは塔の入り口を眺める。

鮮やかなアクアソフィアの垂れ幕を掲げる寮塔の前で、クロエが待っている姿が見えた。

(お姉ちゃんだ!)

ミーリアは駆け出した。

クロエはクールな表情を崩して、普段学院内で見せない笑顔をミーリアへ向けた。

寮塔の前に立っていた同じアクアソフィアの学院生がクロエの満面の笑みを見て驚き、その美しさと愛らしさにため息を漏らした。二年連続商業科成績一位かつ、クールで優しいクロエはアクアソフィアの人気学院生だ。

「クロエお姉ちゃん!」

「ミーリア！　同じクラスになったのね！」

ミーリアはぶんぶんと手を振って近づき、クロエに飛びついた。

姉の大きな胸に顔をうずめると幸せな気持ちになる。

「よかったわ。あなたが同じ寮で本当にホッとしているの。あなたは良い意味でも悪い意味でも目立っているから変な虫がつかないように守らないとね」

「私もよかったよ」

ミーリアはぎゅうとクロエに抱きしめられたあと、顔を上げた。

「お姉ちゃんに聞きたいことが色々あってね、あのね、学院長が地図をくれたの」

「私も聞きたいことが山ほどあるんだけど……ちょっと待って、地図？　今あなた地図って言ったの？」

「うん」

こくりとミーリアがうなずくと、クロエが笑みを表情から消した。

「まさかとは思うけど、デモンズマップじゃないでしょうね……？」

「あ、そうそう。デモンズマップだよ」

クロエは気の抜けたミーリアの返事に顔をこわばらせ、天を仰いだ。

「なんてこと……ああ、ミーリア……悪いことは言わないから今すぐ学院長に返してきなさい」

「え……地図に何かあるの……？」

これまでクロエの忠告が的外れだったことはない。

ミーリアは不安になって上目遣いでクロエを見上げ、地図を出そうと魔法袋へ伸ばした手を引っ込めた。

「寮塔の前で話すのは問題ね。あなたの部屋に案内するわ。さ、手を繋いで」

「そうだね」

二人の様子をアクアソフィアの寮生がうかがっている。

ミーリアはクロエの手を握り、塔の入り口をくぐった。

入り口付近で待ち構えていた上級生たちが「入学おめでとう!」「ドラゴンスレイヤーを歓迎するわ!」「アクアソフィア希望の星よ!」「クロエお姉さまの妹ですって?!」などの声を響かせる。

「毎年恒例なのよ。来年はミーリアも新入生を温かく迎えてね」

クロエがにこりと笑いかけてくる。

ミーリアも笑みを返し、うなずいた。

(天井高いなぁ……なんか、塔って言うよりお城っぽいね。奥行きもだいぶあるし)

石造りの塔内は天井が高く、中央に見える螺旋《らせん》階段はアクアソフィアが描かれた垂れ幕で装飾されている。工業科の学院生が設置された鉄棒につかまって降りてきて、どこかへ駆けていく姿が見えた。さらには商業科の面々が何やら手に資料を持ち、工業科と騎士科へ指示を出して様々な物を通路へと運んでいた。

「あれも毎年恒例ね。歓迎会の準備をしているの」

「そうなんだ！　みんな一生懸命だね」

「ええ。ミーリアが来て全員揃《そろ》ったから、これで会場に向かえるわ」

「あ、そうか……なんか申し訳ないな」

「学院長直々の呼び出しだもの。誰も気にしていないわ」

そうこうしているうちに、ミーリアを歓迎した上級生たちが、手を繋いでいるミーリアとクロエを追い越し、奥へと駆けていく。

すれ違いざまに「よろしくドラゴンスレイヤー！」とか「今年こそ我が寮に特別喫茶室を！」などと言って走り抜けていく。

ミーリアは律儀に返事をして、クロエと螺旋階段を上がった。

「あなたの部屋は二階のAよ」

クロエが螺旋階段から塔のさらに内部へと足を向ける。

二階に新入生が割り当てられているのか、リボンをつけ終わった女子たちが慣れない様子で塔の内部を散策している。

クロエは2Aと書いてある扉の前で立ち止まった。

「中に同室の新入生がいるみたいね。ミーリア、音声遮断の魔法は使える？」

「うん、使えるよ」

ミーリアは魔力を循環させた。

（魔力変換――私とクロエお姉ちゃんに防音魔法、発動！）

魔力を放出すると透明な魔法膜が展開され、周囲の音が遮断される。

クロエは一つうなずいて、ドアの横へ身体《からだ》をずらし、ミーリアの手を握ったまま正面に向き直った。

「デモンズマップについて話すわ」

「うん。呪いのアイテムじゃないよね？」

「違うわ……と言いたいところだけど、あながち間違いではないのよ」

「そ、そうなの？　トイレの花子さん的な、デモンズマップのおばけが出てくるとか……？」

「ハナコ？　よくわからないけど、おばけとかそういった類ではないの」

クロエは何度かまばたきをしてミーリアを見つめた。

塔の窓からは昼下がりの光が差し込んでいる。

「デモンズマップを持った魔法科の学院生は、必ず、翌年に成績が落ちるの」

「成績が？」

「皆、デモンズマップをとりつかれたように見てしまうのよ」

「あの羊皮紙にそんな効果が……」

ミーリアは魔法袋に入っているデモンズマップのせいで、腰がむずむずしてきた。袋の中に異物があると思うと、なんだか落ち着かなくなってくる。

「デモンズマップ自体に呪いの仕掛けはないらしいのよ。内容は受け取った人しかわからないし、覗《のぞ》き見《み》しても他人には真っ白に見えるんですって。所持者は口を揃えて内容を教えてくれないの……」

「ちょっと怖いね」

「そうなのよ。ああ、ミーリア。あなたに何かあったら心配だわ。デモンズマップは開かないことをお勧めするわ」

クロエの心配そうな目を見て、ミーリアは唇をすぼめた。

（そう言われると……気になってくるのが人間ってもんだよね……）

「ひとまず、デモンズマップについてはこれ以上の情報はないわ。でも、ミーリアのことだものね……。どうしても……どうしてもマップを見たいと言うなら止めないけれど、何かあったらすぐにお姉ちゃんに相談するのよ。いい？　できる？」

ミーリアの好奇心旺盛さを知っているクロエは妥協案を提示した。

「うん、わかったよ。ありがとう、お姉ちゃん」

ミーリアはそれなら安心だと、明るくうなずいた。

「デモンズマップの話はこれで終わりよ。もう魔法を解いて大丈夫ね」

「うん」

ミーリアは魔力を緩めて防音魔法を解除した。

周囲のざわめきが戻ってくる。

仕切り直しというように、クロエがぽんとミーリアの肩を叩いた。

「歓迎会まで時間がないわ。さ、ミーリア、リボンを首につけてきなさい。スカーフは好きに使うといいわ。ここで待っているからね」

「はぁい」

ミーリアはいい返事をして、自分の部屋に入った。

中はベッドが四つ、勉強机と椅子も四つ、中央に丸テーブルが置かれて雑談できるようになっている。四人部屋のようだ。室内のカーテンを閉めるとプライベートな空間が作れる仕組みだ。

(ここが今日から私が住む部屋……友達と焼き肉パーティーできるかな……)

明るい未来を夢想してミーリアは広々とした部屋を眺めた。

すると、奥の机で準備を終えた一人の新入生がベッドのカーテンを開けた。

ちょうど出ていくところだったのか、ミーリアを一瞥《いちべつ》してすぐに目を逸らし、扉へと歩いてくる。見事な黄金の髪を複雑に編み込んだ、身長の高い女の子だ。腰に剣を差していることから、騎士科の新入生とわかる。

(ああ、あ、あっ、挨拶⁉　挨拶しなきゃだよね⁉)

友達付き合いに慣れないミーリアが挨拶をしようと口を開いたところで、彼女はさっとドアの隙間を抜け、廊下へ出てしまった。

(オーノー……ファーストコンタクト……失敗……)

気落ちするミーリア。

しかし、同じ部屋であればチャンスはいくらでもある。そう前向きに考えて、自分のネームプレートが置かれた机に向かい、水色のリボンを首元につけた。隣に置かれていたスカーフは魔法袋にしまっておく。

「よし。これで誰が見てもアクアソフィア寮生だね！」

勉強机の横に置かれた姿見を見た。

制服、ローブ、スカート、白いハイソックス、首元には水色のリボンだ。

ひとしきり自分の姿を確認してから、ミーリアは部屋を出た。

待っていたクロエがミーリアを見て、「いいわね」と称賛してくれる。

えへへ、と照れてミーリアはクロエと手を繋いだ。

「さあ、逆さの塔へ行きましょう。学院の全体図も歩きながら教えるわね」

「はぁい」

反対の手を上げるミーリア。

「それで、私が聞きたいことがあるって言ったの、覚えてる？　お姉ちゃんに包み隠さず教えてくれるかしら。大丈夫？」

「お姉ちゃんに隠し事なんかしないよ～」

ミーリアが顔の前でちょいちょいと手を振ると、クロエが一つ咳払いをし、おもむろにミーリアを横目で見た。カンカンカンと横幅の大きな螺旋階段を下りる足音が響く。

「まずはどうして金貨二千枚が私に送られてきたのかと、あのお金をどうするのか。あとは魔古龍ジルニトラを討伐したときの状況と、その後クシャナ女王とどんなことを話したのか。王都に来たならすぐに女学院に来てほしかったのに、アムネシアさんと何をしていたのか。それからアトウッド家を出てから王都までの二ヶ月間にどんなことをしてきたのか一日ずつ教えてね。寝るときにへそを出していなかったかの確認もしたいし、朝昼晩何を食べていたのかも気になるわね。あとは――」

クロエによる怒濤《どとう》の質問が始まるのであった。

6．公爵家三女アリア

「これが逆さの塔かぁ……不安になる構造だね？」

「私も初めて見たときは入りたくなかったわ」

ミーリアは逆さの塔を見上げた。

前世でいうところの一軒家ほどの大きさの土台に、円錐《えんすい》形の高層マンションが逆さに建っているような塩梅《あんばい》だ。逆ピラミッドの形をしている石造りの塔は、上へ行くにつれて階層の面積が大きくなっていく。不安定に見えることこの上ない。

「ミーリア、お話はまだ終わってないからね。金貨はあとで部屋まで取りにきてちょうだいよ？」

「うん。ごめんね、お姉ちゃん」

ミーリアは道すがら、金貨二千枚をもらって怖くなってしまい、クロエを頼って送金したことを説明した。

それを聞いたクロエはミーリアが純粋に育ってくれてよかったと心から安堵《あんど》するとともに、ティターニアの教育のたまものだと感謝した。誰かに騙《だま》され、おかしなことに散財してしまうよりよほどいい。ただ、時限式金貨二千枚@王家紋章印付きは心臓に悪すぎた。

クロエは事前確認と連絡の大切さをミーリアに伝えて、息を吐いた。

「おへそもあとで見せてちょうだいね。ミーリアは寝相が悪いから、へそを出すくせがなおってなければゴマがたまっているはずよ」

クロエが目を細めてミーリアの平たい腹を眺める。

魔法で浄化してから見せようと、ミーリアは固く決意した。

ちなみにミーリアはクシャナ女王から提示された騎士爵を拒否し、アムネシアの顔を青くさせた例の件をすっかり忘れており、まだクロエに伝えていない。

「それよりお姉ちゃん、入らないの？」

新入生は逆さの塔に驚きながらも、上級生に先導されて次々と入っていく。

クロエは紫色の瞳で周囲を眺め、うなずいた。

「そうね。行きましょう」

「はぁい」

どうにか話を逸《そ》らし、ミーリアは逆さの塔へと入った。

受付をしている商業科の上級生がミーリアとクロエを見て、「噂《うわさ》の姉妹ね」と笑顔を向けた。

二人はそれに応え、塔の内部に入り、階段を上る。

中に設置してある昇降機の順番待ちをして上層階へと向かい、歓迎会の会場に入ると目の前が明るくなった。

両耳にざわめきが飛び込んできて、ミーリアは肩を震わせた。

(わあ!　おもちゃ箱みたい!)

上層階は競技用体育館ほどの広さで、天井が高い。

中では楽器が得意な学院生は音楽を鳴らし、工業科が発明したらしき魔道ゴーレムが手にジュースサーバーを持って闊歩《かっぽ》し、魔法科の上級生が花火の魔法を披露している。長テーブルには色とりどりの食材が並んでいて、皆が自由に食べて飲んで笑っていた。

(すごいよ!　歓迎会ってこんなに華やかなんだ!)

ミーリアは歓迎会の光景に見入った。

さびれたアパートでダメな父親と食べたもやし炒《いた》めや、アトウッド家の黒パンと薄味スープなどとは比べ物にならない。こんな幸せを自分が受け取っていいのか不安にもなってくる。足元がふわふわと浮いてしまうような気がしてきた。

「ミーリア、どう?　アドラスヘルム王国女学院の歓迎会は素敵でしょう?　これはすべて私たちが食材を取ってきて、稼いだお金で料理人を雇い、企画したものなのよ」

隣にやってきて、誇らしげに胸を張るクロエがミーリアには眩《まぶ》しく見えた。

「お姉ちゃんすごいよ!　アトウッド家が石ころみたいに思えるよ!」

「ええ、そうでしょう。皆、この学院において良きライバルであり、家族であり、友人なのよ」

「へぇ〜!」

「さ、ミーリア、手を繋《つな》いでちょうだい。お姉ちゃんの友達を紹介するわ」

ミーリアはクロエに手を引かれ、長テーブルに並べられた料理を横目に、水色のリボンをつけた集団がいる場所へと歩いた。

○

クロエの友人たちは気が利く優しいお姉さまばかりであった。

ミーリアは大いに楽しみ、ビュッフェ形式の食事を山盛りに皿へ盛り付けて、心ゆくまで食べた。

壇上では各科の出し物が行われ、時間はあっという間に過ぎていく。

心残りはクロエの知り合いとばかり話してしまい、友達を作る機会を逃してしまったことだ。

年齢が二つ上の姉の友達は、果たして自分の友達と言っていいのだろうか。

前世で言うところの、中学一年生が中学三年生と友人関係になるには、それなりに時間が必要な気がした。やはり同じ授業を受けることのできる同級生とも話してみたかった。

(もう新しいコミュニティができちゃってるんだよね……輪の中に入りづらい……)

高校生の頃、転校したときと同じだ。

既存のグループの輪に入るのはハードルが高い。

友達を作るという目標があるためどうにも肩に力が入ってしまい、クロエたちの輪から抜けて、単身でグループに入っていく勇気はなかった。

(同室の寮生ともまだ話してないしね……でも……まだチャンスはあるよ)

ミーリアがぼんやりと新入生たちを見ていると、クロエの友人が話しかけてきた。

「ミーリアちゃん。魔古龍討伐のときはどんな魔法を使ったの?」

話題がジルニトラ討伐へと移り、ミーリアは質問をしてきた魔法科の三年生へ目を向けた。

「えーっとですね……」

考えていると、口についたソースをクロエが拭き取ってくれる。

「ありがとうお姉ちゃん。えっと、使ったのは猫型カウンター魔法と、爆裂火炎魔法、あとは風の刃《やいば》ですね」

「……猫型カウンター?　爆裂火炎魔法?」

質問した三年生がシャープな瞳を開閉し、片眉を上げた。

聞いたことのない魔法に首をかしげる。

「猫型の魔法陣で相手の攻撃を受け止めて、カウンター猫パンチでお返しする魔法です。爆裂火炎魔法は爆破のベクトルを自由に設定できる魔法です。初めて生物に使いましたけど、威力は結構ありましたね」

「クロエ……通訳をお願いしてもいいかしら?」

質問者が困り顔を作ってクロエへ助けを求める。

「ごめんなさい。私もわからないわ。でも、爆裂火炎魔法は危険な響きがするわね……。ミーリア、学院で使わないでちょうだいよ?」

勘のいいクロエがミーリアに注意した。

「使わないよ」

ミーリアが笑いながら返事をする。

すると、背後から可愛《かわい》らしい声が響いた。

「その魔法、もう少し具体的にお聞きしたいのですけれど、よろしいでしょうか？」

ミーリア、クロエ、クロエの友人らが振り返ると、銀髪ツインテールの美少女が立っていた。

（魔法少女のアリア・ド・ラ・リュゼ・グリフィスさん……！　また話しかけてくれたぁぁ！）

「クロエ、あなたの妹は変人みたいね」

さらにもう一人、アリアの後ろから、銀髪の美少女が輪に入ってきた。

銀髪を腰まで伸ばしたツーサイドアップ姿で、商業科のベレー帽をかぶっている。首のリボンは赤。薔薇《ばら》がモチーフのローズマリアだ。

アリアの姉らしい彼女は、滑らかな白肌、整った輪郭、妖精が集めた蜜のように美しい緑の瞳をしている。まだ十二歳のアリアと違い、出るところはしっかり出ている体形であった。

「ふーん、あなたがドラゴンスレイヤー……」

彼女はアリアよりもさらにツンケンした様子で、じろじろとミーリアを見てくる。

（銀髪姉妹！　すごっ！　超絶美少女が二人っ。お姉さんもとんでもない逸材だよ）

ミーリアが瞳を輝かせていると、クロエがかばうように前へ出た。

「ごきげんよう、公爵家次女――ディアナ・ド・ラ・リュゼ・グリフィス。また私に聖なる決闘《ジャッジメント》を申し込みに来たのかしら？　貴重な星《スター》をありがとう」

クロエが淡々と告げると、ディアナは眉間にしわを寄せた。

「公爵家次女のわたくしにそんな口の利き方をしてもよろしくって？　弱小田舎貴族の六女様？」

「女学院にいる四年間、身分は関係がないわ。何度言えばわかるのかしら？」

「学院を出てからが見ものですわよ。あなた、聞けば商家になりたいそうじゃない。わたくしに楯突《たてつ》くとどうなるかわからせてあげますわ」

「人の夢を権力で邪魔する卒業生にあなたが初めてなるわけね。女学院卒業生の情報網は太くて広いわよ？　理不尽な行いをすればたちまち伝播《でんぱ》するでしょうね。それも見ものかしらね」

「不正などするものですか。正真正銘、正々堂々あなたに勝つと言っているのです」

「どうぞご自由に」

（いきなり険悪だね……クロエお姉ちゃんに対抗してるのかな？）

銀髪ツーサイドアップの姉、ディアナがクロエにつっかかっている印象であった。

話が長くなりそうな予感がしたミーリアは、魔法少女とあだ名をつけたアリアに笑いかけた。

笑顔を向けられたアリアは目を見開き、そっぽを向いた。

（くうっ……きっと……きっと恥ずかしがり屋さんなんだよね……じゃないと泣きそうだよ）

ミーリアはいいように解釈して、フォークでスパゲティの具を刺してもりもりと食べた。

「あなたの妹がドラゴンスレイヤーなら、わたくしの妹は神話に出てくるデーモンスレイヤーかしらね？　アリアは我が領地で一番の才能を持っているの。ですから首席はアリアで決まりですわ」

アリアの姉ディアナが、形のいい顎をくいと上げて言う。

「ええ、ええ、井《い》の中《なか》の蛙《かわず》大海を知らずとはこのことでしょうね。私の妹ミーリアのほうが魔力量、想像力、操作能力、すべてにおいて上よ。女王陛下がお認めになったドラゴンスレイヤーなのですから」

「あなたの妹を見て確信しましたわ。ドラゴンスレイヤーになったのは、単なる偶然だとね」

「ディアナ・ド・ラ・リュゼ・グリフィス、あなたは人を見た目で判断するのね。それだから万年次席なのよ？　おわかり？」

「……ッ！」

クロエとディアナは商業科三年生で、首席の座を争っているライバルであった。

毎回僅差でクロエに敗れているディアナは頬を赤くさせる。だが、さすがは公爵家次女だ。すぐさま冷静になって姿勢を正した。

「わたくしのことはどうでもいいのよ。アリアこそが一年生の首席になるわ」

「それはどうかしら。ミーリアに魔法で勝てるとは思えないけれど？」

「それに妹はこんなに可愛いもの。わたくしに似て銀髪が美しいでしょう」

「は？　は？　ミーリアのほうが可愛いわ。笑顔は春花精霊ビシュトワータのように可愛いし、食べる姿は豊穣《ほうじょう》精霊アースレイマのごとく可憐《かれん》だし、寝顔は神秘精霊トワイライティと瓜二《うりふた》つだし――」

話題はもはや妹自慢になっていた。

冷静なクロエも愛するミーリアが話題であると引かず、マシンガントークが止まらない。

クロエの友人たちは「クロエの目が怖いわ」「妹のこと好きすぎでしょ」「クロエに弱点があってほっとした人挙手～」などと思い思いのことを囁《ささや》いている。

「――アリアが首席になるわ」

「――ミーリアが首席でしょう」

最初の試験までまだ三ヶ月以上もある。不毛なやりとりであった。

（いや～、私が首席になれる気がしないんだけど……）

知らぬうちに巻き込まれたミーリアはたまらない。

「……」

「……」

二人の姉はしばらく見つめ合うと、互いの妹へと視線を移した。

「アリア、自称ドラゴンスレイヤーと勝負なさい」

「わかりました、お姉さま」

ディアナの申し入れをアリアが流れるように快諾する。

美しい相貌の銀髪姉妹がうなずき合っていると映画のワンシーンのようであった。

「ミーリア、やっておしまい」

「お姉ちゃん、そんな水〇黄門みたいに言われても……」

どうどう、とクロエをなだめにかかるミーリア。

クロエは何かを思いついたのか、可憐な唇をミーリアの耳へ寄せた。

「簡単なことよ。向こうが使えない魔法を使って見せればいいのよ。例えばそうね……魔法科の四年生が習う……重力魔法なんてどうかしら？」

「え？　重力魔法でいいの？　そんな簡単な？」

「ふふふ……あなたの言葉が一番効果的ね……」

「へ？」

顔を見上げると、アリアが不快そうに口を引き締め、一歩近づいてきた。

「ミーリア・ド・ラ・アトウッド。重力魔法が使えるなんて嘘《うそ》を言わないでくださいますか」

美少女の怒り顔にミーリアはたじろいだ。

「え……いやぁ……でも、使えるので……」

「重力魔法は教えられる魔法使いが少ないのです。だからわたくしもまだ習得していませんわ。それをあなたができるなんて……あり得ない話です」

「私の師匠は余裕で使えていましたよ。なので、できます」

友達候補のアリアに嫌われるのは嫌だが、恩人であるティターニアを悪く言うなど絶対にできない。ティターニアはミーリアの目標であり、尊敬している師匠だ。ミーリアは迷わず肯定した。

「でしたら、今ここで使ってみてくださいませ」

「ええっと……」

ミーリアはアリアから視線を外し、周囲を見回した。

クロエはうなずき、アリアの姉ディアナもどうぞやってくださいませと手を差し出している。

クロエの友人らも興味津々であった。

「それなら、はい──」

(魔力循環──重力魔法で……お皿でも浮かそうか)

ミーリアは先ほどビュッフェから取ってきたスパゲティの皿を浮かせた。

ふわりとトマトソースのスパゲティが皿ごと浮き、クロエ以外の全員に衝撃が走る。

「……アリア、これは重力魔法なの？」

ディアナが片眉を上げる。

「風魔法……ではありませんわ。重力魔法のようです……」

アリアが悔しげに拳を握りしめる。

「慣れてくると結構簡単ですよ」

もう少し実演しようとミーリアは皿を左へ、右へと移動させた。

「……」

宙に浮いた皿をアリアが目で追い、ちらちらとミーリアへ視線を投げる。

(もういいかな……誰も何も言わないからやめどきが……)

気まずくなってきて、そろそろ皿を戻そうと左へ動かしたときだった。

会場にできていた人の輪から急に抜け、カツカツと歩いてきた人物に皿が当たり、スパゲティが彼女の腹の部分へ直撃した。

「……なんですかこれは……?」

ずるずるとスパゲティが床に落下する。

撫《な》でるように落ちたため洋服への被害は甚大であった。

漆黒のローブを身に着け、見事な鷲鼻《わしばな》が突き出ているキャロライン教授が炯々《けいけい》と目を光らせた。

(魔女先生ッッ!!!)

よりにもよって最悪の人物にスパゲティをぶつけてしまった。

着ている服が黒尽《ず》くめであろうが彼女は許してくれないだろうと瞬時に悟る。

(最悪だー、最悪だー、絶対怒られる……!)

魔女先生ことキャロライン教授はギロリと周囲を見回し、魔法の痕跡を見つけてミーリアを睨《にら》みつけると、おもむろに口を開いた。

「ミーリア・ド・ラ・アトウッド……。みだりに魔法を使い、他人に迷惑をかけた罰として、一週間の花壇掃除。ならびに罰則一回」

(なんてこったい……!)

「……しゅみません……」

がっくりと肩を落として、ミーリアはうなだれるようにうなずいた。

クロエ、アリア、ディアナが非常に申し訳なさそうな顔をしていたのは言うまでもなかった。

○

歓迎会もお開きとなり、ミーリアはクロエと寮塔の廊下を歩いていた。

(大失敗したよ……重力魔法を披露したのはいいけど……まさか魔女先生のローブを汚してしまうとは……)

罰則が一回。

聞けば、合計五回の罰則で星《スター》が1つ没収となる。由々しき事態であった。

(気をつけないと……。魔法を使うときは左右確認だね)

「本当にごめんなさいね……お姉ちゃん、ミーリアのことになるとついカッとなってしまうのよ。ああ、ああ、本当にダメなお姉ちゃんでごめんなさい。それから、そんなに落ち込まないでね。キャロライン教授は厳しいから、罰則は他の学院生も結構もらっているわ」

「うん……」

「ほらほら、元気出して」

「ありがとう、お姉ちゃん」

クロエのなぐさめと謝罪を聞きつつ、ミーリアはクロエの部屋に到着した。

時限式金貨二千枚を回収するためだ。

「金貨の回収お願いね？」

「ごめんね、片付けるの大変だったでしょう？」

「いいのよこれくらい。さ、人が来る前に魔法袋へしまってね」

「魔法袋ちゃーん、金貨を収納してね」

クロエが苦労して机の引き出しに隠した金貨たちが、瞬時にミーリアの魔法袋へと吸い込まれた。

「これで安心して眠れるわ」

「お姉ちゃん、次にもし大金をもらったら、魔法袋に入れてから相談するね」

「ええ、ええ、そうしてちょうだい。いきなり金貨二千枚は心臓に悪いわ。もちろんお姉ちゃんはミーリアが正当に評価されて、たくさんお金を稼いだことは嬉《うれ》しいのよ。いつでもお姉ちゃんはミーリアの味方だから、これからも何かあったらお姉ちゃんを頼りなさいね？」

「うん！　ありがとう！」

ミーリアはクロエの言葉に嬉しくなって抱きついた。

二年ぶりに再会したクロエはやはり安心できる存在だ。大切にしたいと思う。

「金貨二千枚の使い道が重要ね……ミーリアは焼き肉食べ放題、というお店を開きたいんでしょう？」

商業科一位のクロエが脳内で計算式を広げながらミーリアを見つめた。

「うーん、お店も作ってみたいかも。でも一番は、焼き肉が食べたい！」

「うん、うん、そういうことよね。お肉が食べてみたいんでしょう？　それなら、お金は食べ物だったら自由に使っていいわよ。使ったらお姉ちゃんに教えてね？」

「え？　使う前に聞かなくていいの？」

「ミーリアが稼いだお金だからいいのよ。それに食材を買うだけなら、変な人に騙されたりする確率も低くなるでしょう？」

「わかったよ！　使うときは気をつけて使うね」

（お姉ちゃんは優しいなぁ）

前世では月一万円台で食費をやりくりしてきたミーリアだ。無駄遣いには人一倍敏感だった。節約には自信があるが、こうしてクロエに気にしてもらえることが嬉しい。

「大浴場はこの時間混んでいるわね……」

クロエが机に置かれた時計を見てつぶやいた。

「少し時間を空けてから行きましょうか。さ、ミーリア、ベッドにかけてちょうだいね」

「はぁい」

クロエに勧められるがまま、ミーリアはベッドに腰をかけた。

自分の長い黒髪をクロエが両手で何度か持ち上げて熱気を逃がすと、ミーリアの隣に座って腕を組んだ。

「それにしても……まさか公爵家三女のアリア・ド・ラ・リュゼ・グリフィスが花壇の清掃を手伝ってくれるとはね……」

魔女先生にスパゲティをぶつけた原因は自分にもあると言って、アリアが断固として手伝うと言ってきたのだ。

「ミーリアを公爵家派閥に囲い込むつもりかしら……？」

「私は話せる機会ができて嬉しいよ」

（禍《わざわい》を転じて福と為《な》す！　これから一週間、二人でお掃除！　アリアさんとお近づきになろう……きっといい子だと信じてるよ）

ミーリアはふんと鼻から息を吐いた。

「気をつけてちょうだいね。あまり仲良くしすぎると、他の学院生と話せなくなるわよ」

「え？　な、なんで？」

衝撃的なことを言われ、一瞬頭の中が真っ白になった。

「単純なことよ。あの公爵家の三女、どんな人間なのかほとんど情報がないのよ」

「情報？」

「普通、公爵家の十二歳であれば社交界に出ているはずなんだけどね、アリアって子は表舞台に一切出てきていなかったの。女学院への入学はかなり注目されているわ」

「有名人だったんだね」

「それはあなたもなんだけど……まあいいわ。だからね、性格のわからない公爵家三女とお近づきになりたいって新入生がどれくらいいるか気になるところね。権力者の娘ではあるから、媚《こ》びを売る子はいるでしょうけど、それをどのように扱うか……観察が必要ね」

「貴族が絡むと面倒くさいね……」

「まったくよ」

クロエは経験があるのか、はあとため息をつき、肩をすくめた。

「だから、ミーリアもつかず離れずの距離感で接するのがいいと思うわよ」

「うーん……」

(いい子だと思うんだけどなぁ……)

クロエの忠告は聞きつつも、ミーリアはアリアの美しい横顔を思い描いて不快な気持ちになるどころか、鼓動が高鳴るのであった。


その後、アムネシアとの旅の様子をクロエに話し、地下の大浴場に足を運んだ。クロエのスタイルのよさが羨ましい。

(成長に成長を重ねているクロエお姉ちゃんのお胸……私のは……うっ、頭が……!)

クロエとの再会にも大満足し、気づけば消灯時間になっていた。

ミーリアは急いで自室に戻る。

2Aの表札がついたドアをゆっくりと開けると、中はすでに消灯されていた。

広い部屋に三つのベッドカーテンが引かれている。同室のメンバーはミーリアを入れて四人で、ミーリア以外はすでに寝ているらしい。

(挨拶は……また明日すればいいね)

ミーリアは魔法袋からワンピースタイプのパジャマを取り出し、着替えてベッドに潜り込んだ。

(重力魔法でカーテンを……魔力は微量で……よし)

シャアアッ、とカーテンの閉まる音が響いた。

これで覗《のぞ》かれでもしない限り、外からは見えない。

(暗闇魔法でベッドとカーテンの間に暗闇を生成して……むむ……むん……よしよし……これを自動維持……あとは豆電球ちゃん、手もとを照らしてね)

ミーリアの頭上に常夜灯のような明かりが灯《とも》る。

暗闇を生成し、同室の三人に光を漏らさない配慮だ。

ちなみにこんな芸当ができるのは最上級生でも数人であろう。

(さぁて、気になっていたデモンズマップを……)

ミーリアは枕元に置いておいた魔法袋から羊皮紙を取り出した。

学院長にもらったデモンズマップだ。

(オープン!)

音を立てないように開いた。

すると、びっしり描かれた図形と文字が出てきた。

(えっと……クロスワードパズル……?)

羊皮紙の端から端まで、正方形の図形とクイズで埋め尽くされている。縦横何マスあるのかパッと見で数えられないほどだ。
ミーリアは豆電球魔法で羊皮紙の上部にある説明書きを照らした。

『デモンズ砦《とりで》・自動生成地図
ごきげんよう。諸君にはこのクロスワードが解けるかな。謎を解いた者に我が傑作であるデモンズ砦の自動生成地図を進呈しよう。普通に渡しては面白くないだろう？　いくつかルールを設けた。参考にしたまえ。

※砦に来訪して三年以内の者にのみクロスワードを解く権利を与える。
※一度この羊皮紙を手にすると、他者からは白紙に見える仕掛けを施した。覗かれることはない。安心したまえ。
※設問内容を他者に話すと問題が自動変形する。三回目で君は地図の所有権を失う。
※謎がクロスワードパズル形式だと誰かに話した場合、デモンズ砦には二度と入れない。最悪、君は命を落とすことになるかもしれない。沈黙は金なり、だ。

ルールは以上だ。この砦は最高だろう？
君の人生が豊かになることを祈っている――蒐集家《しゅうしゅう》デモンズ』

（最高だろうって言われても……これ、解かなきゃいけないのかな？　完全に地雷な気がするんだけど……）

ロビンに続き、またしても地雷をつかまされた気分だ。

デモンズマップは、条件付きクロスワードパズルを解かなければ使うことができない代物であった。

○

ミーリアはすっかり目が覚めてしまったので、音を立てないように掛け布団を脇へよけ、ベッドの背もたれに枕を置いて体重をあずけた。豆電球魔法を操作し、デモンズマップを照らす。

（同室の新入生は……起きてないね）

収音魔法で音を拾うと薄い寝息が聞こえてくる。問題なさそうだ。

（寝てるからこのまま地図を見てても平気だね……見つかってデモンズマップのことを質問されたりしたら……私のうっかりが怖い……）

デモンズマップの仕掛け＝クロスワードパズルだと知られたら学院に二度と入れない、とルールには記されていた。命の危険もあるとほのめかしている。

（命の危険は魔法でどうにかするにしても……アトウッド家に戻ることだけは絶対にイヤだよ……あんな場所……）

次女ロビン、脳筋領主を思い出して胃が痛くなるミーリア。

お口直しに魔法袋から餅モッチ焼きの包みを取り出して、口に放り込んだ。

（うん……美味《おい》しい……さすが王都で人気のお菓子……夜食の背徳感～っ。もっと食べたいけど……師匠に夜のつまみ食いは一つまでって言われてるし、太ったら困るもんね）

ミーリアは胃のむかむかを餅モッチ焼きで帳消しにした。

（ウーブリも買いだめしておけばよかったな……ウーブリ！　ウーブリ！）

また買いに行こうと思い、口をあんぐりと開ける。

（それじゃ歯石取り魔法と歯ブラシ魔法で洗浄……っと。うーん、さっぱりはするけど歯磨きしたくなるのはなんでだろう。それはさておき……）

ミーリアは収音魔法を切り、デモンズマップを見やすいように広げて改めて観察する。

（ルールがあるし、デモンズマップ自体にも魔法の仕掛けが施されてるんじゃないかな？　よーし、鑑定魔法……げっ……！）

両目に魔力を込めると、デモンズマップが真っ赤に染まった。

毛細血管が張り巡らされているかのように、複雑な魔法陣が幾重にも施されている。

ミーリアの鑑定魔法はティターニアよりも精度は低いが、それでも、このマップの異常性は理解できた。

（これは……ルールを無視すると本当に学院に入れなくなるかも。呪いをかけられちゃう感じか……？　話してはいけないってルールだから、書いたり、ジェスチャーとか試そうと思って

たけど……恐ろしくてできない。今すぐ爆裂火炎魔法で燃やしたほうがいい気がしてきた）

なんだか物凄《ものすご》くイケない物を持っている気がしてくる。

鑑定魔法の精度が低いせいで、表面部分しか魔法陣が見えない。ティターニアに聞かなければこれ以上の解析はできそうもなかった。

（デモンズマップを解析して答えが出せれば一番よかったんだけどね……。やっぱり正攻法でいくしかないかな？　そういえば、魔法科で学年一位の成績の人が持ってるってウサちゃん学院長が言ってたけど、今この学院でデモンズマップを持ってるのって……私と、二年生、三年生だよね……四年生は三年以内のルールから外れてるから、持ってないと……）

現在、ミーリアを含めて三名の学院生がデモンズマップを所持している。

謎を解けなければ年度末に返却――ということらしい。

今までデモンズマップの謎を解いた学院生はおらず、成功すれば星獲得《スター》はほぼ確実だろう。

（他の所持者って違うクラスの人なんだよな……だから相談はできないんだよねぇ）

これはクロエに言われたことだ。

星《スター》が絡んでくると他クラスとの共闘は難しくなる。

（よし。正攻法で、地道に行こう！）

ミーリアは継続のできる女子である。

裏技探しはやめることにした。

鑑定魔法を停止させ、豆電球魔法でデモンズマップを照らす。

羊皮紙にびっしり文字とマスが書かれている。

これから全部解くと思うと少々腰が引けてきてしまった。

(よーし！　やるぞ！)

気合いを入れ直すミーリア。

設問は全部で五百個あった。まずは縦マス設問①へと視線を滑らせた。

(なになに、縦マス設問①は……銅貨百枚で銀貨一枚。銀貨十枚で金貨一枚。銅貨十枚で◯◯◯◯◯◯一枚。なるほど……早速わからない……)

どうやら前世でいうところのクロスワードパズルと同じ要領だ。

◯の部分にこちらの世界の文字が入るらしい。

ちなみに、ミーリアはこっちの世界の文字を日本語として認識している。視覚では謎の異世界語に見えるのだが、勝手に日本語に翻訳されるという理解不能な仕様だ。前世のミリアと今世のミーリアが混ざりあったせいかもしれないが、推測の域を出ない。

(じっくり考えるとゲシュタルト崩壊するからやめてと……。うーん、銅貨十枚で両替できる通貨って聞いたことないけどね。そういえば銅貨の商品を銀貨で買うと嫌な顔されるんだよなぁ……おつりが面倒くさいからね……)

縦マス設問①でつまずいてしまった。

しばらく考えても答えは浮かばない。

ミーリアは一旦保留にして、確実にわかる問題を探すことにした。一つわかれば文字が埋まり、他の問題のヒントになるからだ。

細かい文字に目を走らせる。

（縦マス設問②、北の大地を支配していたポンポンピェン族は大寒波でその数を激減させた。一族滅亡の危機を救ったのは◯◯◯草である…………一族の名前どんだけー。全然わからない。次っ）

（縦マス設問③、風とともに◯◯◯◯◯◯。え、これだけ？　去りぬって入れたいところだけど、こっちの世界に映画はないし違うに決まってるか……。あれかな。ことわざみたいなやつかな？　わかんないから次行ってみよう）

こんな調子で上から順に設問を追っていくミーリア。

五十を過ぎても、残念なことにわかる設問がない。

縦マス㊺でやっとピンとくる設問がきた。

（エルフの◯◯◯は意外と大きくて長い――笑える。……あっ、これ、アクビじゃない?!）

魔法袋からペンを取り出し、マスにアクビと書き込む。

ミーリアはティターニアのあくびを思い出し、ほくそ笑んだ。

（ふっふっふ、これは私しか答えられないんじゃないかな）

自分でも気づかぬうちに、ミーリアはクロスワードパズルに没頭していくのであった。

○

ミーリアがデモンズマップに熱中している頃、同寮塔の一室で眠れない子女が一人いた。

公爵家三女アリアはベッドに入り、じっと天井を見上げている。

(眠れませんわ……ああ、二人で花壇のお掃除ですって?)

ベッドに入ってから一時間経過しているが、未《いま》だに眠気はやってこない。

アリアは仕方なくベッドから出てカーテンを静かに開け、長い指で窓ガラスに触れた。

「はぁ……」

夜風で冷えた窓ガラスに、指先の体温がじわりと吸われていく。

艶のある銀髪を下ろしたアリアは普段より大人っぽく見え、月の輝く夜に憂いを帯びたエメラルドの瞳を花壇へ向けている姿は、月の妖精のように美しく儚《はかな》げであった。

(魔法訓練ばかりしていたわたくしが……同い年の子と長時間……どんな会話をすれば……)

アリアは不意にミーリアの屈託のない笑顔を思い浮かべた。

媚びへつらっている笑顔でもなく、公爵家三女を敬う儀礼的な笑みでもない。

同年代にあんな笑顔を向けられたことは一度としてない。

明日の早朝、二人で花壇の清掃――。

そう考えるだけで、心臓がとくとくと跳ね、頬が熱くなってくる。

追加して、勢いで言ってしまった言葉も思い出し、さらに顔全体が熱を帯びた。

(重力魔法を教えてくださいなど……なぜ私はライバルに……)

ミーリアが簡単だと言っていたのが自分の心へぐさりと刺さり、簡単にできるならばわたくしに教えてくださいませ、対価はお支払いします。そんなことを口走ってしまったのだ。

(なぜ断らないのでしょうか……おかしいですわ……)

どうやら魔法を教える意味をわかっていないらしい。

師弟関係を結ぶ、相応の金額を支払うなど、魔法を授けるにはそれなりの手順が必要で、安易に教えていいものではない。魔法の才能があろうとも、魔法を学ぶ機会がない魔法使いも大勢いるのだ。

(……ミーリア・ド・ラ・アトウッド……常識外れでおかしな子……)

自分の胸が奇妙な動悸《どうき》を打ちだしている。

アリアは湧き上がる熱い何かを押しとどめようと、自分の胸に手を置き、額を窓ガラスへそっとつけた。

7. 花壇掃除

「ふあぁぁぁぁぁあぁぁぁあぁぁっ……あっふ」

ミーリアはどこぞのエルフ師匠のようなあくびをした。

昨夜は夜中の三時半までクロスワードを解いていた。

おかげで睡眠時間は三時間だ。

（目覚まし魔法がなかったら完全に寝過ごしてたよ……あと目覚まし魔法の音が大きすぎた……心臓止まるかと思った）

同室のメンバーに迷惑をかけないよう脳内で特大のベル音が鳴る設定にしたのだが、あまりに音が大きすぎてダボラの襲撃かとベッドから転がり落ちてしまった。

（お尻が痛い……あと眠い……とりあえず魔力変換してヒーリング魔法っと）

ベッドから落ちたときにぶつけた臀部《でんぶ》をさすりながら、ミーリアは魔法を唱えた。

お尻の痛みはすぐに引いた。

ふらふらしつつも寝巻き用ワンピースを脱いで、女学院の制服に着替える。

（一晩読んでわかったのは、設問①から⑲までは雑学とか王国の歴史、設問100番台はデモンズ砦に関するもの、200番台は魔法について、300番台は魔物について、400番台は

計算や商業関係って感じだったな。計算式は前世の記憶で結構解けたからね……ふふっ）

クロスワードパズルを埋めていくのは、ある種の快感だ。次も次もと止まらなくなる。

着替え中もデモンズマップが気になってしまった。

ちらりと部屋の中を見た。

（一人は起きてるみたいだけど、カーテンの内側から出てこないんだよね……。他の二人は寝てるみたい）

きっちりと閉じられたベッドのカーテンを見て、ミーリアはため息をついた。

（互いに不干渉が暗黙のルールになりつつあるのかな？　いずれ話せばいいとして……）

気を取り直して、鏡に向き直った。

（うん。どこからどう見ても新入生だね。本当に入学できたんだなぁ……初日から色々ありすぎた気がするけどね……アフロとか、デモンズマップとか、罰則とか——）

ミーリアはそっとドアを開け、四つの寮塔の中心部にある花壇へと足を向けた。例の罰は本日から一週間欠かさず行うことになっている。

アクアソフィア寮塔から出て、爽やかな朝日を浴びながら中庭の花壇に到着した。

（寮塔の花壇……すごく綺麗《きれい》！　ローズマリア、クレセントムーン、アクアソフィア、ホワイトラグーン！）

花壇には四色の花が咲き誇り、朝日に当たっている。

中庭は植物園と言えるぐらいの広さで、四種類以外にも植物や樹木が栽培されている。芝生広場もあり、昼休みは学院生で賑《にぎ》わう。

真っ赤なローズマリアのアーチをくぐった。


「えーと、どれどれ……」

ミーリアは魔女先生からもらった指示書を魔法袋から出して開いた。

（ふんふん……花壇の掃除は気を使う作業が多いみたいだね……ミスしないようにって走り書きが怖いわ～、いやだわ～）

魔女先生の達筆な走り書きに粘着質なものを感じる。

時計魔法で現在時刻を調べると、約束の時間まであと五分であった。

（アリアさん、そろそろ来るかな？）

昨夜は仲良くなると息巻いていたものの、朝になると何を話せばいいか思いつかない。

そわそわしてきてしまい指示書から目を離した。

「アリアさんって好きなものとかあるのかな……」

すると、背後から鈴の音のような声が響いた。

「わたくしがなんでしょうか？」

振り返ると、艶めく銀髪ツインテールの美しい少女が立っていた。水色のリボンが銀髪によく似合っている。

ミーリアは驚いて指示書をポケットにねじ込み、びしりと直立した。

「アリアさん！　あの、おはようございます」

「ごきげんよう。ミーリア・ド・ラ・アトウッドさん」

「罰のお手伝いありがとうございます」

なぜか胸を張って言うミーリア。

「いえ、あれはわたくしにも大いに責任がございます。人に責任を押し付けるのはグリフィス家の末席に名を連ねる者として恥ずべき行為ですわ」

「そうですか……」

エメラルドの瞳を輝かせながら迷いなく言うアリアを見て、ミーリアはほうとため息をつきたくなった。やはり生まれと育ちが自分とは違い高貴な身分であり、持っている自信や矜持《きょうじ》も家柄なのか強固であった。

「はい、そうですわ。貴族は家訓を大切にいたします」

アリアはそこまで言うと、じっとミーリアを見つめた。

「……」

「……」

お互い同年代への接し方がわからず、自然と探るような雰囲気になってしまう。

（こ……ここは私が何か話さないと……）

「魔女先生……こほん……キャロライン教授から、指示書をもらったので一緒に見ましょう」

ミーリアがポケットから指示書を引っ張り出して広げた。

アリアが斜め後ろから覗《のぞ》き込《こ》む。

(近くで見ると超絶可愛《かわい》いなぁ〜。それに甘くて優しい香りが……)

公爵家お嬢さまのご威光に頭がくらっとするも、顔には出さず指示書を見やすいように角度をつける。

「ありがとう存じますわ」

アリアは真剣な目で文字を読み始めた。

ミーリアも気持ちを切り替えて視線を落とす。

花壇にある四種類の花で、アクアソフィアの管理がもっとも難しく、海の中に根を張る特殊なラベンダー種であるため海水を利用している。数年前までは通常のラベンダーで代用していたが、一人の工業科の学院生が海水循環器を開発し、美しい水色の花を咲かせることに成功したという経緯があった。

(すごいなぁ、毎朝誰かが装置へ魔力を込めて、不純物を取り除くんだね)

どうやら罰の一週間はアクアソフィアの管理に時間を割かねばならないようだ。

「読み終わりましたわ。わたくしは用具入れから道具を持ってまいります」

「あ、私も行きます」

ミーリアは彼女の後に続き、網でアクアソフィアの咲く水中の不純物を取り除く作業に入った。

「ふぅ～。結構綺麗になりましたね」

花の隙間に浮いている土や落ち葉を丁寧に除去し、石畳の通路もほうきと風魔法で掃除をして塵《ちり》一つない状態になった。アリアの魔力操作も巧みで、手分けをしたら十分ほどで終わった。

「魔法使いが二人いるとはかどりますね！」

「そうですわね」

「綺麗になるとあれですよね、心もすっきりするような感じになりますね！」

「ええ、同意いたします」

アリアの反応が鈍い。話しかけるたび、何かを押し殺すように答える。

(塩対応ならぬ塩反応とでもいえばいいのかな……心が折れそうだよ……)

友達計画実現のため、ここであきらめるわけにはいかない。

だが、経験値がゼロであるが故にうまく言葉を繋《つな》げることができないのが現状だ。

集めたゴミや塵を所定の廃棄場所へ捨てると、アリアが言いづらそうに口を開いた。

「……重力魔法の約束は忘れていませんこと？」

「あ――もちろんです！　教えるって約束しましたもんね？」

「そう……それならいいですわ」

アリアはわずかに安堵《あんど》した声色を出し、すぐに気づいて咳払《せきばら》いをした。

「魔法科のライバルであるあなたに教えを乞うのは少々問題かもしれませんが、重力魔法が習得できるなら背に腹は代えられません」

ミーリアは大きくうなずいて、花壇の端にあるベンチを指さした。

「座りませんか？　立ったままだと集中できないと思いますし」

「あなた……本当にいいのかしら？」

「なにがです？」

指さした腕を下ろし、首をかしげるミーリア。

「一般的に魔法使いが魔法を教えるというのは師弟関係があったりですとか、それなりの関係性がないと断るものですわ」

「あ、そうなんですね。覚えておきます。でも、アリアさんは同じクラスですし、こうして話すきっかけがあったので教えるのは全然問題ないです」

「……そうですか」

四色の花が彩る花壇のベンチに、ラベンダー色の髪をしたミーリアと銀髪のアリアが座った。

二人が座ることで周囲の色彩がさらに華やかになる。

だが二人はベンチに座り、

「重力魔法を教えますね」

「恐縮ですわ」

と言ったきり無言であった。

（アリアさんの話しかけるなオーラが……なぜ……）

アリアは目を逸《そ》らしたままだ。

心の中で何かに葛藤しているように見える。

ミーリアとしては、これをきっかけにお互いのことを知れたらと思っていた。

二度目の人生では親友と呼べる友達がほしい。

放課後に出かけてお茶をしたり、互いの家に遊びに行くなど、ごく当たり前の学生生活が憧れだった。父親にこき使われていたせいでそれも叶《かな》わず、すぐ手が届きそうな小さな幸せも、遥《はる》か遠くに感じていた。仲良さそうに談笑しているクラスメイトたちが羨ましくて、眩《まぶ》しかった。

新しい人生ではあきらめないと心に決めている。

だから、微妙な顔をされようとも、初めて話しかけてくれたアリアとは縁を結びたかった。

思い返せば高校時代、何となくクラスメイトから距離を置かれていたが、自分から積極的に距離を詰めようとしたことはなかった。

(この世界では後悔したくないからね……)

転生したせいなのか、物事を前向きに捉えられるようになっている。なぜかはわからない。

以前の自分ならあきらめていたように思う。

彼女の美しい横顔をちらりと一瞥《いちべつ》し、ミーリアは表情を引き締めた。

「では、試しに重力魔法を実演してみますね」

ミーリアはそう言って、魔法袋からダボラの羽を出して膝の上に置き、重力魔法で浮かせた。

こちらを見ていないアリアが我に返り、ミーリアを見て背筋を伸ばした。

「教えてくれるというのに……おかしな態度で申し訳ありませんわ」

「いいんですよ。田舎者の騎士爵家七女に魔法を教わるなんて、きっとアリアさんからしたら考えもしなかったことだと思いますから」

「……そういうことではないのですが」

「なんでしょう？　質問ですか？」

「いいえ、独り言です。続けてください」

「はい。参考になればいいんですけど――」

ミーリアは懇切丁寧に重力魔法について説明を始めた。

朝食の時間までまだ三十分ほどある。

ミーリアのたどたどしい説明をアリアが真剣に聞き、時間はすぐに経過した。


カラーン、カラーンと朝一番の鐘が鳴ると、二人は顔を上げた。

「あっという間でしたね」

「そうですわね」

「あ、あの……アリアさん。も、もしよかったら、その、一緒に朝食を……」

「――ッ！」

ミーリアの提案にアリアがエメラルドの瞳を大きく見開いた。

「あ、すみません、嫌ですよね。別にいいんですよ、気にしないでください」

「……その…………構いませんわ」

「え…………いいんですか？」

「…………はい」

アリアが小さくつぶやいて顔を伏せた。

（アリアさん天使！　やっぱ優しい子なんや！　優勝っ！　優勝っ！）

脳内で飛び跳ねて、ミーリアは食堂へアリアと一緒に向かった。

二人の間に大した会話はなかったが、それでもミーリアの心は達成感と喜びで満たされた。

○

花壇掃除を始めて五日目、ミーリアはほうきに寄りかかって深いため息をついた。

美しいローズマリアのアーチと朝日がやけに眩しく感じる。

（クロスワードにハマりすぎた……昨日の座学も眠気で危なかったよ）

完全に寝不足であった。

一年生の授業前半は現在解明されている魔法理論――座学が中心であり、すでにティターニアから似たようなことを教わっていたミーリアには退屈な内容であった。寝不足の状態だと、子守唄《こもりうた》にしか聞こえない。

（頭ぐらぐらしちゃうもんね）

それほどにクロスワードは魅力的であった。

謎を解明すれば星《スター》は確実だ。不死鳥印パティシエのお菓子のためにも、入学初日で罰則という汚名返上のためにも、やめるつもりはなかった。

「ふああぁぁっ」

ミーリアは早朝の気持ちいいそよ風を浴びて、大きなあくびをした。

「ミーリアさん。そのような大きなあくび、寮塔から見えてしまいますわ」

「あ、ごめんなさい」

アリアの注意を受け、ミーリアはあくびをどうにか噛《か》み殺《ころ》した。

五日連続で一緒に作業していることもあってか、アリアの態度はやや軟化している。

表情こそあまり変化がないものの、言葉尻のニュアンスが柔和になっていた。

(アリアさんと作業できるだけで楽しいよ。風魔法ちゃん、頑張ってね?)

ミーリアはアリアを見てにこりと笑うと、風魔法を器用に操作して花壇の小さなゴミを集めていく。ホコリや塵がひとりでに足元へ集まっていくのはシュールな光景であった。持っているほうきはほぼ意味がない。

「あのー、アリアさん」

「なんでしょう?」

使い終わった網を風魔法で乾燥させていたアリアが魔法を止め、振り返った。

「魔女先生――キャロライン教授にいつも睨《にら》まれている気がするんですけど、心当たりってありますか?」

「あの、ミーリアさん、ご存知《ぞんじ》なかったのですか?」

「え? 何か重大なことが?」

「申し上げにくいのですが、ミーリアさんのお姉さま……出戻り次女ロビンさまが原因です」

「ほ?」

(ちょっ、待って? うせやろ)

ここにきてまさかの地雷女ロビン登場である。

「ロビンさまの浮気相手のご親戚、との噂《うわさ》がございますわ。クロエさまも目をつけられているとディアナお姉さまがおっしゃってました」

アリアが微妙な顔つきのまま、網に風魔法を当て始める。

(あの地雷女……遠隔でも足引っ張ってくるとかどういうこと⁈)

女学院にまで地雷を埋めていたとはとんでもない女である。

(今から実家帰って死ぬほど鼻にお豆詰めてあげましょうか⁈)

ミーリアは乾いた笑い声を響かせ、アリアに礼を言った。

(とりあえず魔女先生の原因がわかったからよしとしておこう。これは解決策ないわ、うん)

早々にキャロライン教授を懐柔するのはあきらめた。

なるべくかかわらないのが賢いやり方だよな、とミーリアは経験則から考える。

ロビンとも二度と会いたくない。

まとめたゴミを重力魔法で浮かせ、廃棄場所へ運びながら、ミーリアは別の方向へと意識を飛ばした。

（入学から一週間……まだアリアさんとしか話してないんだよね。やっぱり貴族が絡むと人間関係がややこしくなるみたい。別に私は構わないんだけど、ここまで露骨だとなぁ……）

というのも、彼女の姉であるグリフィス公爵家次女ディアナが家名を印籠のように使っているせいで、すでに女学院には公爵家派閥なるものができあがっていた。

女学院生に身分差はなく、学《まな》び舎《や》を共にする学友である。

これが学院の基本方針であるものの、王国は貴族社会であった。建前だけでは済まされない。学院を卒業した後、職場を斡旋《あっせん》してほしい者、公爵家に仕官を求める魔法科の者など、集まるところに人は集まってしまう。次女ディアナのカリスマ性と駆け引きは巧みであった。

グリフィス公爵家がクシャナ女王陣営に属していることも大きい。

派閥を作る行為も「お友達ですの」と言えばそれまでであるし、ディアナの存在が学院生活を脅かすほどでないため学院側も注意しづらいのが現状だ。

（私が授業中、いつもアリアさんと一緒にいるって言ったらお姉ちゃん頭を押さえてたもんね……）

商業科一位のクロエは事あるごとにディアナに誘われていたが、別の貴族がすでに後ろ盾になってくれている。突っぱねるのは当然だった。

グリフィス公爵家はとある事情で経営難に陥っており、立て直すためにもディアナはクロエの頭脳がほしかった。クロエを見つけては口喧嘩《くちげんか》を仕掛けるのもその執着からであった。

「アリアさん、私以外の学院生は拒絶って感じだしなぁ」

ミーリアはつぶやきながら、廃棄場所の木箱へゴミを放り込み、ほうきを用具入れに戻して
アクアソフィアの花壇へと戻っていく。石畳にこつこつと靴音が響いた。

（公爵家だからアリアさんとお近づきになりたいって学院生は多いんだよ。でも、アリアさん、片っ端から断ってるみたいで……みんな距離を測りかねてるっぽいんだよね。そこにドラゴンスレイヤーの私が話しかけるもんだから、なんかもうコンビ芸人的な感じになっててね……）

ミーリアとアリアは周囲から二人一組と思われている。

アクアソフィアの魔法科院生も二人には話しかけてこない。

ついでにミーリアとアリアで「リアーズ」などと名付けられまでしていた。

（私たちがアンタッチャブルな存在って……こんなはずでは……くっ）

新入生たちにも今後の生活があり、家の事情がある。人付き合いに慎重になるのも仕方のないことだ。

貴族と平民が入り交じる特殊な環境下では、人間関係も特殊にならざるを得ない。

ある程度時間が経《た》てば華やかで自由な学院らしい空気になるのだが、新入生は気を張っているため、互いに様子を見るこの空気感もこの時期恒例のものであった。

ミーリアは心の中で叫んだ。「貴族社会めんどくさ！」と。

「こちらは終わりましたわ」

アリアが銀髪をなびかせ、姿勢よく近づいて来た。

（うむ。この超絶美少女を独り占めしていると思えば安いものよ……のう、越後屋《えちご》）

脳内が古めかしいのはいつものことだ。

「じゃあ、いつものベンチで重力魔法の練習をしましょう」

「ええ」

少し不機嫌そうな顔でアリアがうなずく。

ミーリアは彼女の機嫌はこんなものだと慣れてきたので、気にせず花壇の奥へ行き、ベンチへ腰を下ろした。

しばらく重力魔法を実演していると、アリアが思いつめた顔つきになっていることに気づいた。

エメラルドの瞳が苦悩で重く濡《ぬ》れているように見えた。

「あのアリアさん……何かありましたか？」

声をかけるとアリアは数秒目を逸らし、何かを決意したのかミーリアへと膝を寄せ、姿勢を正した。

「……やはり、対価を払わずに教えてもらうのは気が引けますわ」

ミーリアはダボラの羽をつかみ、魔法を切った。

（アリアさん……ずっと気にしてたのか……）

「あなたはお金もいらない、貴族との繋がりもいらないとおっしゃっていましたね？」

「はい、確かに言いました。でも……とも……クラスメイトですし、構わないんですけど」

一瞬だけアリアのことを「友達」と言いそうになり、ミーリアは言葉を詰まらせた。

「では、何かほしいものはございますか？　それか、私にできることがあれば何なりと申し付けくださいませ」

アリアは生真面目な性格をしているようだ。

（何か手伝いをしてもらったほうが、アリアさんの気持ちも軽くなるかな？）

ミーリアはしばし考えて、デモンズマップを思い浮かべた。

前半の設問は知識系になるのでどうしても図書館で調べる必要がある。

放課後、図書館に入り浸っているが、調べる資料が多すぎて①～⑲はまだ十個も埋まっていなかった。

「では、図書館で資料集めを手伝ってくれませんか？」

「資料集め？」

アリアが大きな瞳を瞬《まばた》かせた。

「はい。ど田舎に住んでいたので、歴史とか王国のことに疎いんです。放課後は図書館で資料集めをして勉強してます。それを手伝ってもらう、というのはどうでしょう？　その代わりに重力魔法をできる限り教えるという形です」

アリアはしばし考えると、ミーリアを見つめた。

「……あなたが殊勝な心掛けで勉強をしていることに驚きですわ。授業も居眠りしていますし」

「それは……アハハ……春眠暁を覚えずですよ」

「なんですのそれは？　また変なこと言って」

「地方のことわざです。はい」

アリアはふうと息を吐くと、うなずいた。

「いいですわ。その交換条件でいきましょう。対価としては安いと思いますので、わたくしも本気でやらせていただきます」

「はいっ！」

ミーリアは嬉《うれ》しくなって笑顔でうなずいた。

アリアがそれを見て、口もとを強引に引き締め、ぷいとそっぽを向いた。

「理解していただきたいのは、わたくしはこの女学院に遊びに来ているわけではありません。誰とも馴《な》れ合《あ》うつもりはありませんし、魔法科で首席になることが目的の一つです――」

彼女の決意は固い。

だが、その中には焦りとも悲しみとも取れる、何かが隠れているように見えた。

ミーリアは一瞬だけ見えたアリアの表情が、切迫していた過去の自分と重なった。さすがに無視できなくて、同時にあまり踏み込んではまずいと直感する。前世の自分も父親のことを触れられるのは嫌だった。

「とにかく、あまり馴れ馴れしくしないでくださいますか？　それがこちらの希望ですわ。あなたはライバルなのですから」

「わかりました。互助関係でいきましょう」

アリアはミーリアがもっと食い下がってくると思っていたのか、あっさり納得されたことに肩透かしを食らったようで、何度か瞬きをした。

「……それでは、あらためまして、よろしくお願いいたしますわ」

「はい。よろしくお願いしますね」

こうして二人は奇妙な関係性のまま、放課後も一緒に行動することとなった。

8．二人の距離は

入学してから三週間が経過した。

約束を交わしてからも、アリアの態度は相変わらずだ。

それでも、重力魔法の練習を通じて打ち解けてきた感はある。

アリアとある程度関係を築いたおかげか、ミーリアの浮ついていた気持ちも落ち着いてきた。

当初は鬱屈したアトウッド家から脱出した解放感や、クロエと会えた嬉《うれ》しさで舞い上がっていた。入学するだけで何かが起こる！　とワクワクしていた自分が今ではちょっと恥ずかしい。

入学初日以降は失敗もしていない。

ミーリアは早朝の花壇でアリアに重力魔法を教え、授業中は寝ないよう定期的にわさびの匂いを鼻に噴射する魔法を開発して乗り切り、放課後はアリアとともに学院の大図書館に行く、という一日のサイクルができあがった。

現在、大図書館でデモンズマップのヒントを探している。

（婉曲《えんきょく》的な質問をすれば、デモンズマップのルール違反にならないんだよね。『AはBですか？』はアウトだけど、『Aのこと詳しく教えてくれませんか』とか『Bの資料を探してください』とか『AならCですよね？』と言ってBを導き出すとか……今のところ大丈夫。毎回ヒヤヒヤするけど……）

遠回しに質問していくなど、貴族的コミュ力が上がりそうであった。

（アリアさん本当に優秀だよなぁ……私より資料探すのが上手《うま》いし、博学だしね。特に魔法関連の知識はすごいよ。おかげでクロスワードが七割くらい埋まってきた）

アドラスヘルム王国女学院の大図書館は本城の中にあり、吹き抜けの空間で、デモンズが残した数多くの書物が収納されている。

壁という壁に本が置かれており、本の森のようである。

目の前で本のページをめくっているアリアが放課後の夕日に照らされ、テーブルに長い影を作っていた。

（アリアさんと静謐《せいひつ》な図書館が……絵になるね。お金を払ってでもこの光景を描きたいって人、きっといるよ）

「ミーリアさん。あなたが言っていた〝サンサーラ侯爵の魔道具記録〟の文章を見つけましたわ。こちらをご覧になって？」

急にアリアがこちらへ視線を向けたので、ミーリアはあわてて本へと目を向けた。

「あ、はい。ありがとうございます」

「魔法陣を動力源の魔石に張り付けるという興味深い内容ですわね」

「ふんふん、なるほど。答えはマホウジン、か……」

「……何か言いましたか？」

「ああ、いえ、独り言です」

アリアは何か言いたげにミーリアを見ると、両手をテーブルの上で揃《そろ》えた。

「ミーリアさん、一つ質問があります」

「なんでしょう?」

「あなたの勉強法は少々おかしいと思います。無作為で連続性がありません」

「そうですかね……?」

「それに……あなたがデモンズマップを手にしていると噂《うわさ》があります」

「えっ?」

「魔法科一位の二年生があなたがそれらしき羊皮紙を持っている姿を見ております。あれはデモンズマップだと彼女が言っていたそうですわ」

「……」

「図書館の調べ物はデモンズマップに関係することですの?」

アリアの目は真剣であった。

突然の質問にミーリアは驚き、どう答えればいいのか逡巡《しゅんじゅん》した。

「そう……デモンズマップの所持者は本当に何も答えてくださらないんですね」

あきらめを半分ぐらい張り付けて、アリアがぎこちなく笑った。

ミーリアはアリアに三週間も手伝ってもらい、黙っていたことが心苦しかったのも事実だ。

クロエは他からのやっかみを警戒して「あまり人に言わないように」と忠告されていたが、アリアなら問題ないだろうと思った。

「アリアさん……見てみますか?」

「……!」

驚くアリアの返事を待たず、ミーリアは魔法袋からデモンズマップを取り出した。

テーブルの上に広げて、アリアが見えやすいようにする。

「まっさら……ですのね」

アリアは何か文字が浮かんでこないかと、羊皮紙から目を離さない。

「やっぱりそう見えますか」

――所持者以外には白紙に見える。

クロエにも見せて、実証済みだ。

アリアは夕日に照らされたデモンズマップをじっと見て、思案を続け、おもむろに顔を上げた。

「ミーリアさん。お願いがございます」

「なんですか?」

「デモンズマップの謎を解くお手伝いをさせていただけませんか?」

「あの……アリアさんは、デモンズマップについて何か知っているんですか?」

「……少しだけ、知っております」

そう言ったアリアの顔は憂いを帯びていた。

○

銀髪を軽く撫《な》でてから、アリアが顔を上げた。

（ミーリアさん……あなたにはすべてをお話したい……）

アリアは濃い紫色をしたミーリアの瞳を見つめる。

丸く大きいその眼《め》には、困惑と気づかいが見て取れた。

「まず、わたくしの話を、誰にも話さないと約束していただけますか？」

「……うん。秘密にしておきます」

「ありがとうございます。あなたの、その……優しさにつけこんでいるみたいで……」

三週間、重力魔法を教わり、ミーリアが純粋な子であるとアリアは理解していた。

あまり説明は上手くないが一生懸命に教えてくれるのだ。ライバルだと宣言した相手なのに、意に介していない。それに、ミーリアののんびりした性格で魔古龍が討伐できるのか未《いま》だに疑問でもあった。

ともあれ、そんな裏表のないミーリアを利用するような真似《まね》はできない。

まつ毛を伏せたアリアを見て、ミーリアは笑顔で首を振った。

「いいんですよ。放課後、いつも貴重な時間をいただいてるんですから」

アリアはミーリアの答えに言葉を詰まらせて、胸に手を置いて大きく息を吸って吐いた。

大図書館には二人しかいない。

窓ガラスの外から学院生の笑い声が薄《う》っすらと聞こえてくる。

「わたくしが六歳のとき――いまから六年前のことです」

アリアは忘れることのできない苦い記憶に眉を寄せた。

「わたくしと、ディアナお姉さまと、おばあさまの三人で桜桃《チエリーピーチ》の群生地帯へ行きました。魔法使いの護衛付きで、馬車に揺られて……入学式の王都のように、周囲が満開の桃色に染まっておりました……」

アリアは六年前を思い出し、宙へ視線をさまよわせた。

「公爵領の北に位置する山脈に群生地がございます。わたくしたちは宿場町で二泊し、帰る予定でした。ですが……桜桃《チエリーピーチ》の群生地帯に、魔古龍が現れたのです」

「魔古龍が……？」

「はい。もちろんそこは人間領域ですわ。ですが、強力な龍は人間の密集している地域以外には平気で出てくるそうです。目撃情報などない安全な場所でしたから、わたくしたちは戦慄いたしました」

「その魔古龍は、ジルニトラですか？」

「いいえ。あなたが討伐したジルニトラではありません。……魔古龍バジリスクです」

「バジリスク……」

ミーリアは顔をこわばらせた。

どうやらバジリスクの危険性を知っているようだ。

「わたくしのおばあさまは〝閃光《せんこう》〟の二つ名を持つ高名な魔法使いでもありました。わたくしとお姉さまを逃がすために、護衛の魔法使いとともに戦い……そして……石化の呪いを……浴びてしまいました」

アリアは祖母が石化する瞬間が脳裏に浮かび、ポケットからハンカチを取り出して涙を拭いた。

「申し訳ありません……。わたくしとお姉さまは逃げることができたのですが、魔古龍バジリスクは傷を負って行方をくらまし……それから、お父さま、お母さまが私財を擲《なげう》っておばあさまの解呪をしようと様々な方法を探したんです。ですが……」

ハンカチを握りしめ、アリアは目をきつく閉じた。

「おばあさまは石になったままで……」

「……そうだったんですね……」

ミーリアは悲痛な様子のアリアを見てぷるぷると震え、瞳に涙を溜《た》めていた。

互助関係と言えど三週間以上も毎日会っている。

（わたくしのためなんかに泣いてくださるなんて……ミーリアさん……）

アリアは悲しみを感じてくれるミーリアを抱きしめたい衝動に駆られたが、友人でもないのにそんな大それたことはできないと、自分の願望を心の奥底へ押しとどめた。

「……お父さまがジェイムス・ド・ラ・マディソン学院長とお話する機会があり、そこで学院長が『ウサギの呪いを解く方法が学院にある』とおっしゃり、さらには『デモンズマップで隠された場所へ行ける可能性がある』とも教えてくださいました。人間をウサギにできる魔道具があるなら、石化を解呪する魔道具もあるのではないかと、お父さまは考えました」

「そっか……アリアさんは解呪の魔道具が目的だったんですね」

「ええ……」

ハンカチを目に押し当てて、アリアはうなずいた。

「ですので、魔法科の首席になる必要があったのです」

「デモンズマップがもらえるから……ですか」

アリアは広げられたデモンズマップへ視線を戻し、深々と頭を下げた。

「ミーリアさん、申し訳ありません。わたくし、何でもやります。デモンズマップ解読のお手伝いをさせてください。馴《な》れ馴《な》れしくするなどと言っておいて……わたくし……」

（都合のいいことばかり……わたくしは、心が弱い人間です……）

途切れ途切れに話すアリア。

ミーリアはそんな彼女を見て、テーブルに身を乗り出して手を握ってきた。

「ミーリアさん……」

「私のほうこそ、すみませんでした……」

なぜか謝罪するミーリアの手は、細くて温かかった。

○

「アリアさん、あの……デモンズマップのこと、黙ったまま手伝わせてしまい、本当にごめんなさい……」

ミーリアはアリアの手を握った。彼女が話しづらい過去を話してくれたことが嬉しかった。

自分だったらどうだろうと考える。

高校生だった自分がクラスメイトに父親のこと、貧乏なことを打ち明けられたかと言われたら、できなかっただろう。

そして自分の祖母がもし石化と同等な状態になったら……アリアと同じように必死になって打開策を模索しただろう。

日本で唯一の味方であった祖母を思い出し、ミーリアは涙がぽろぽろこぼれ、鼻水も垂れてくる。アリアのつらさが想像できた。

「もう……手伝ってくれてるじゃないですか。このまま一緒に、謎を解きましょう？」

「ミーリアさん……！」

苦しげにアリアが唇を引き結び、ミーリアから手を離した。

「わたくしは……あなたに素っ気ない態度を取り、優位に立とうとしていたことが恥ずかしいです……申し訳ありません……」

「そうだったんですか？」

「ええ……」

アリアは姉ディアナに、ドラゴンスレイヤーを牽制《けんせい》しなさいと言われていた。

だが生真面目なアリアの性格上、姉のように上手くできなかった。入学初日にミーリアから笑顔を向けられ、何も言えずに立ち去ったのも、自分の心が弱いせいで公爵家の威厳を保てないと思ったからだ。

敬愛する姉ディアナは性格こそキツく見られるが、誰よりも祖母の石化を解きたいと思っている。魔法の才能がなかった彼女は、石化解呪のために散財し、傾きかけた公爵家の財政を立て直すことを目的として入学していた。派閥作りもそのためだ。

資金があれば、解呪方法の模索を続けられ、アリアのバックアップもできる。

すべては祖母のため、公爵家のためだ。

「……」

――本当にこれでいいのだろうか？

アリアは思った。

了承してくれたミーリアがあまりに優しいため、彼女にお願いするのは違うのではないかと胸が痛くなる。自分は入学から約一ヶ月、つれない態度ばかり取ってきた。それなのにミーリアはいつも笑顔だった。公爵家三女だからと近づいてくる女子とも違った。彼女だけが、アリア自身を見てくれていた。

――やはり、自分の力でどうにかするべきだ。

目をきつく閉じていたアリアが「すみません。やはりこの話は――」と口を開いたところで、ミーリアがずびぃと洟《はな》をすすった。

「アリアさん、おばあさんのためですもん。公爵家だろうが何だろうか、使えるものは使ったほうがいいですよ……」

「えっ……?」

洟をすするミーリアが可愛《かわい》い顔をして姉と同じようなことを言うので、アリアは目が点になった。

「うちの実家、アトウッド家はですね、ひどいものでしたよ……。領主は脳筋、母は無干渉、次女は出戻り浮気の性悪女、婿養子は貞操を狙う変態、おまけに超貧乏でした。魔法でいかに快適に過ごすかが私の生き甲斐《がい》みたいなもので……あっ……すみません、ちょっと話が逸《そ》れちゃったんですけど……」

（あああ、何言ってんだろ。やっぱり話すのがへたくそだ……）

ミーリアは言いたいことがうまく言えなくて、涙を袖で拭いた。

「私とクロエお姉ちゃん――お姉さまは劣悪なアトウッド家から抜け出すためにこの学院に来ました。家族に隠れて受験費用を貯《た》めたり、入試のことは黙っていたり……だから、アリアさんの話を聞いて、私がイヤな気持ちになったりとか協力を拒否する気持ちにはなりませんよ。だって、それがアリアさんにとって大切なことなんですから」

ミーリアの言葉にアリアが目を大きく見開いた。

「だから、そんな顔しないでください。私は……アリアさんと一緒に、その……デモンズマップの謎を解けたら、嬉しいなと思いましたから……。それに、アリアさんが優しくて素敵な人だって……わかっていますから……」

（あ……）

ミーリアは自分がまるで告白しているように思えてきて、顔が熱くなってきた。

自分の言った言葉はどこかのイケメンが言いそうなセリフである。

（……私……今すごく恥ずかしいこと言ってない……？）

頬がむずむずしてくるし、相手の顔を見ていられない。ミーリアはごまかすために、そそくさとポケットからハンカチを出して目と鼻を拭いた。

「……ッ」

アリアは自分の考えを先回りしてくれたミーリアに感謝し、涙ながらに何度もうなずいた。

しばらくして上品にハンカチで涙を拭き、アリアはミーリアに笑いかけた。

「ミーリアさん、ありがとうございます」

「あ……」

初めて見たアリアの笑顔は、満開に咲き誇る桜桃《チエリーピーチ》のように美しかった。

その後、お互いに気恥ずかしくなり、大図書館での調べものはお開きとなった。

寮塔に戻り、夕食を食べ、「それではまた」と挨拶をして自室へと入った。

ミーリアはベッドカーテンを閉め、防音魔法を使い、ぼふりとベッドへダイブした。

（私さっきめっっっっちゃ恥ずかしいこと言ったよね⁈　アリアさんが優しくて素敵な人だって……わかっていますから……とかどの口が言うよ⁈　恥ずかしすぎて死ねるんですが⁈）

ベッドに置いてあったクッションを胸に抱き、悶絶《もんぜつ》しながら転がるミーリア。

同級生に自分の気持ちを伝えた初めての経験に、恥ずかし度合が上限値を超え、ついには重力魔法で宙に浮きながら転がり始める。

しばらく空中でぐるぐる回っていたら酔ってきた。

いい加減、冷静になってきて、ベッドのふちに腰をかけて一息ついた。

「デモンズマップ……頑張って解読しよう。それがアリアさんのためになるから」

そんなことを考えつつ大浴場へ行き、さっぱりした状態でベッドに寝転がり、デモンズマップを開いた。

しかし大図書館でのやり取りを思い出してしまい、あまり集中できなかった。

○

翌朝、目覚まし魔法で飛び起きたミーリアは花壇へと向かった。

（どんな顔をして話せばいいのか……誰か教えてちょうだいな）

待ち合わせ場所のベンチにアリアはいない。

先にベンチに座って足をぶらぶらさせていると、アリアが銀髪ツインテールを揺らしながらやってきた。

「ミーリアさん……ごきげんよう」

心なしか、アリアの頬が赤い。

ミーリアも顔が熱くなった。

「おはようございますっ」

羞恥をかき消すように挨拶をして、立ち上がった。

「重力魔法にします？　それともデモンズマップについて話します？」

「そうですわね……重力魔法からお願いできますか？　急《せ》いては事を仕損じると言いますから」

ミーリアが普段通りに接しようとしていたので、アリアも調子を合わせる。

ミーリアはうなずき、腕を組んだ。

「アリアさんは重力魔法を使えるようになっていますから、次は自分を浮かせるのにチャレンジしたらどうでしょう？」

「自分を？」

「はい。飛行魔法は役に立ちますよ」

「ミーリアさん、あなたそんなことまでできるんですの?」

「そうですよ」

さも当然と言わんばかりのミーリアを見て、アリアは前々から聞きたかったことを思いきって口にした。

「あの、ミーリアさんは本当に一人でジルニトラを討伐したんですか?」

「アハハ……私を見るとみんな信じてくれないんですよね。お気持ちはわかりますけど……騎士科のアムネシアさんに聞けばそのときのこと教えてくれますよ」

「わかりましたわ。今まで疑っていて申し訳ございません。あと、重力魔法の他にどんな高度な魔法が使えるのでしょう?」

「うーんとですね、あまり言うなって言われてる魔法が、たくさんです」

ミーリアは千里眼、転移、魔法電話、ソナー魔法などを思い描いた。

「今度、実演しますね。アリアさんなら信用できますから。あとで事情を話せば、クロエお姉ちゃん……お姉さまもわかってくれると思います」

「それはまた……」

アリアは目の前にいるのほほんとした優しい少女が、実はとんでもない魔法使いなのでは、と思えてきた。実際、重力魔法をあくびまじりに軽々使っている。

「楽しみにしておりますね」

「はい」

ミーリアはうなずき、思案顔を作った。

「あの、夜に一人で色々考えたんですけど、もしデモンズマップで有効な解呪方法が見つからなかったら、おばあさまのこと、私の師匠に話してもいいですか?」

「お師匠さまに?」

「そうです。師匠ほど魔法に詳しい人はいないと思います。石化は私も習っていなくて、聞けば何か教えてくれると思います」

「……ぜひ、お願いいたしますわ」

「アリアさんたちが六年かけて調べてたどり着いたデモンズマップも重要だと思います……。私なんかがあれこれ言うのも違うかもしれないんですけど、まずは目の前にあるものからやっていきましょう!」

「ミーリアさん……本当に心強いですわ。ずっと暗闇にいた自分に一筋の光が見えたような……そんな気持ちです。ありがとうございます」

アリアはミーリアの手を取り、胸に抱いた。

彼女は公爵家の期待を一身に背負って入学した。デモンズマップの存在が明らかになってからのプレッシャーはかなりのもので、脇目も振らずに魔法訓練と勉強に打ち込んでいた。孤独な戦いであった。

「……」

「……」

ホワイトラグーンの蜜を吸いにきた蝶《ちょう》が、ひらひらと二人の頭上を飛んでいく。

「……」

「……」

「あ……」

「……」

「……あ、あのぉ……アリアさん？」

「……なんでしょう？」

「そろそろ、お手手をですね……」

「あっ……すみません」

アリアはあわててミーリアから手を離し、顔を赤くした。

「わたくしったら……勝手にお手を取るなんて……」

「い、いや、いいんですよ！　全然、いいんですよ！　私の手なんて安いもんですよ！　いつでもにぎにぎしてください！」

「……」

ミーリアが擁護すればするほど、アリアの顔が赤くなっていく。

しばらくして、ようやくアリアが復活し、重力魔法の練習に取り掛かった。

朝日がローズマリアのアーチの間を縫って二人を照らしている。

二人は朝食の鐘が鳴るまで、重力魔法の練習を続けた。

9．デモンズマップ2

放課後、ミーリアはアリアと大図書館に来た。

（デモンズマップの謎を解いて、石化の解呪方法が見つかるかな……？）

考えながら、隅の目立たない席を選び、アリアの隣に座る。

（石化解呪の方法、見つからなかったら……師匠に聞く……ということは、学校を抜け出すしかないよね。魔法電話も私の魔力操作だとアトウッド領まで届かないし。夕食後に抜け出して、転移を繰り返して師匠の家に夜到着……うん、絶対寝てるね。無断外泊の罰則も覚悟しておこう。アリアさんのためだ……）

「ミーリアさん、どうかされましたか？」

美しい銀髪を揺らして、アリアが首をかしげた。

「あ、いえ、なんでもありません。少し考えごとしてました」

（よし。何にせよ、まずはデモンズマップだね）

「では、デモンズマップについて話したいと思います」

「はい」

「とは言っても、あまり話せることはないんです」

一言忠告を入れ、ミーリアは羊皮紙をテーブルに広げてルールを確認した。

『※砦《とりで》に来訪して三年以内の者にのみクロスワードを解く権利を与える。
※一度この羊皮紙を手にすると、他者からは白紙に見える仕掛けを施した。覗《のぞ》かれることはない。安心したまえ。
※設問内容を他者に話すと問題が自動変形する。三回目で君は地図の所有権を失う。
※謎がクロスワードパズル形式だと誰かに話した場合、デモンズ砦には二度と入れない。最悪、君は命を落とすことになるかもしれない。沈黙は金なり、だ。』

アリアの目にはただの白紙に見えている。

「何か特別なルールが存在しているのでしょうか？　魔法の仕掛けも施されているのですね」

「そうなんです。内容を話すと今まで解いたものが消えてしまいます」

「……継続的に解くものが書かれている、ということですね」

公爵家の教育を受けているだけあって、アリアの頭脳は明断《めいせき》だ。

「大仕掛けの長い謎掛けでしょうか？　継続して解くもの……お父さまがお好きなジグソーパズルを連想しますわね……」

ミーリアは正解に近づくアリアを見て、目を大きくした。

しかし「近いです、もう一声！」とヒントを与えていいものなのか判断がつかない。ルールへの抵触が怖くて、ミーリアは軽くうなずくにとどめた。

「わかりましたわ。私からは白紙に見え、内容を伝えると今までの苦労が水の泡になってしまう……やはり今まで同様、ミーリアさんの導くままにお手伝いをするのがよさそうですね」

「……そうですね。ひとまず、それがよさそうです」

二人は視線を合わせ、互いにうなずいた。

「一つ疑問に思っていることがありますの」

アリアが羊皮紙を指さした。

「デモンズマップが魔法科一位にのみ配られる理由は考えたことがあって？」

「いえ……考えてもみなかったです」

「デモンズが百年前に残したこのマップは、学院長室にまだ数百枚あるそうです。ただ、管理の注意書きに〝城に来た優秀な魔法使い新兵に渡せ〟、と書かれているそうです」

「新兵、ですか？」

ミーリアが首をひねり、アリアがうなずいた。

「ええ。よく考えてください。このデモンズ砦は百年前に防衛上設計されたものです」

「ということは、もとは兵士用ってこと？　デモンズマップも？」

「ですわね。魔法使いの兵士に配られるなら、問題を解くだけでなく、魔法的なアプローチが必要になると思います。あくまで予想ですが」

「なるほど……」

(確かに……クロスワードは七割埋まったけど、いまだに答えがわかんないんだよね。全部解答すれば何か発見できると思ったけど、仕掛けがあるのかも……)

クロスワードの答えになる単語部分を目で追い、ミーリアは繋《つな》ぎ合《あ》わせた。

(シノウ◯ヲスダノコチ◯ミ◯ゲサレチ◯ラレ……うーん……死のう◯を酢だち残ちたミー、揚げされち◯られ？　酢だち残しちゃったから死のうと思って、揚げられちゃった？　正解はお魚さん？)

多分、違う。

(前に鑑定魔法を使ったとき、複雑な魔法陣が組み込まれていたような……さすがに図書館で魔法を使うわけにもいかないかな。それなら――)

ミーリアは考えがまとまって、アリアに向き直った。

「アリアさんのベッドって窓際ですか？」

「なんです突然？　窓際ですけれど……」

「じゃあ消灯時間のあと、アリアさんの部屋にこっそり行きますね」

とんでもない提案をするミーリアに、アリアの動きが止まった。

「ミーリアさん……もし先生方に見つかったら罰則一回ですよ？」

「見つからなきゃ平気ですよ」

アトウッド家でこそこそ行動していたことに比べれば危険度は遥《はる》かに低い。

(ロビンに見つかったらゲームオーバーだったからね……ふっ……二度と戻りたくない……)

遠い目をしているミーリアに、アリアは何度か瞬《まばた》きをするのであった。

○

消灯時間の鐘が、リーン、リーン、と控えめな音で響いた。

これ以降は寮塔から出ると罰則一回となる。

アトウッド家にいたおかげでミーリアは人目を避けて行動することに何の緊張も覚えなかった。大胆不敵と言っていいのだろうか。感覚が麻痺《まひ》しているだけとも言える。

(カーテンはきっちり閉まってるね……確認オーケー。熱感知魔法、発動……よし、みんな寝てる……。私の部屋は個人行動だから平気でしょう。みんな挨拶すら返してくれないし)

ミーリアの部屋、2Aの新入生は全員が不干渉であった。

(さてと、アリアさんの部屋に行きますかね!)

気持ちを室内から外へ向け、ミーリアはまず自身に認識阻害の魔法をかけた。

この魔法は周囲の目を自分から逸《そ》らしたり、自身の存在感を希薄にすることのできる魔法であるが、何度練習しても上達しなかった。あまり効果は期待できないので気休めだ。

(やらないよりはいいかな。じゃあ……重力魔法を操作して……飛行魔法発動!)

パジャマのワンピース姿でベッドの上に浮かぶ。

(魔力変換……久々の転移魔法——発動!)

アクアソフィア寮塔の外壁を想像し、一気に魔法を起動させた。

瞬時に目の前が夜の女学院に切り替わる。

眼下には月に照らされた中庭の花壇が見えた。

(あ、ちょっと遠くに転移しすぎた……素早く移動しよう)

花壇の中央付近に転移してしまった。これだったら窓を開けて飛んだほうがよかったかと少し後悔し、ミーリアは飛行魔法でアクアソフィア寮塔の二階付近を一周した。

(目印の髪留め二つ……あ、この窓だね)

アリアの部屋であろう窓に、彼女の髪留めが二つ、丁寧に置いてあった。

窓を軽く二度叩《たた》くと、不安げな顔をしたアリアが顔を覗かせ、慎重に窓を開けてミーリアを招き入れた。

髪を下ろし、高級そうな寝巻きを着たアリアが可愛《かわい》い。

「……」

アリアは大きな瞳を何度も瞬かせ、音を出すなと訴える。

窓を閉め、手招きしてベッドカーテンの内側へミーリアを導いた。

(侵入成功。そっと着地して……オーケー。認識阻害魔法オフ――魔力変換――防音魔法発動)

ミーリアが素早い動きでカーテンの内側に入り、深く息を吐いた。

「ふぅー、なんとか見つからずに来れたよ」

「ミーリアさん、本当に大丈夫ですの？　防音魔法は高度な魔法ですのよ？」

アリアはわずかに感じた魔力の流れへ目を向け、心配そうに言う。

「大丈夫。何度も試してるから普通にしゃべって平気だよ。クロエお姉ちゃんのお墨付き」

「あなたのお姉さまがおっしゃっているなら信用できますわ」

「ですよね。私だけでもアリアさんが信用できるよう精進します」

「いえ、ミーリアさんを誰よりも信用しております。ただ、まだあなたが転移魔法、飛行魔法などを使える事実を飲み込めていないだけで……」

「ごめんなさい。そういうつもりで言ったんじゃないんですよ」

真面目に説明するアリアを見て、ミーリアは顔の前で手を振った。

そのまま二人は黙り込んだ。

夜、秘密裡《ひみつり》に会っているのが、何となく気恥ずかしかった。

「私の部屋とちょっと違うんですね」

ミーリアがカーテン内にあるベッド、アリアの机、ドレッサーを見て感想を漏らした。

家具がやや豪華な造りになっており、凝った内装になっている。

「私のいる2Aはもっとシンプルな感じなんですよ」

「そうなんですの……」

「はい」

「……」

「……」

二人の身分は最高位と最下位の貴族子女だ。

お互いを友達と言っていいのかもわからない。

同じ目的に向かって進む仲間と呼べばいいのだろうか？

友人のいなかったミーリアとアリアは、互いの関係性がいまいちつかめず、曖昧な空気を作ってしまう。

ただ、二人でいると、嬉《うれ》しい気持ちになるのは間違いない。

会えると嬉しい。でも感情を表現する方法がわからない。そんなミーリアとアリアはもどかしい気持ちを覚え、視線を宙へさまよわせた。

無言の時間が数秒過ぎ、アリアがワンピース姿のミーリアを見て、何度も髪をかき上げると、ベッドへ手を差し出した。

「ミーリアさん、とりあえず、座ってくださいませ。自分が寝ているベッドに座っていただくのはちょっとその、恥ずかしいのですけれど……あまり時間をかけるのもまずいでしょう？」

「うん、そうですね。失礼します」

ミーリアが姿勢良くベッドに腰掛けた。

「アリアさん。光源魔法は使えますか？」

「ええ、使えますわ」

「じゃあ私は暗闇魔法をベッド周辺に使うので、お願いします」

アリアがうなずき、杖《つえ》をテーブルから持ってくる。

ミーリアが周囲に光が漏れないよう魔法を使い、アリアが杖の先から光を出した。

これで二人の気分も切り替わった。

早速、ミーリアが魔法袋からデモンズマップを取り出した。

「魔法的なアプローチってどんなことですかね？」

「魔力の流れは見ましたの？」

「見ました。鑑定魔法を使ったんですけど……あまり上手《うま》くなくて」

「わたくしも習得したばかりですが、見てもよろしいですか？」

「もちろんです」

ミーリアは寝巻き姿のアリアにデモンズマップを渡す。

鑑定魔法は二年生からの科目だ。アリアは優秀であった。

アリアが両目に魔力を集中させた。

「では失礼いたします…………これは……なんて……複雑な……」

眉間にしわを寄せて、アリアが呻《うめ》いた。

ミーリアもあらためて鑑定してみる。

（うげっ。やっぱり毛細血管みたいに複雑な魔法陣……鑑定しても何もわかんないよ）

鑑定魔法は自動解説してくれる便利魔法だ。

例えばりんごを鑑定すると『りんご、甘い、果物』と使用者に情報を教えてくれる。

精度が上がれば『りんご、糖度・中、ハマヌーレ産、西に分布』と情報量が増える。

魔力が流れていれば、その流れも把握できる。

(これ複雑すぎるね……色んな魔法陣が組み合わせてあるから……あっ……レントゲンみたいに内部を可視化して、そこに鑑定魔法使えばいいんじゃない?)

「アリアさん、ちょっといいですか?」

「何か思いつきましたの?」

「はい、試してみたいことがあります」

ミーリアは膨大な魔力を練り、デモンズマップの魔法陣を可視化するイメージをふくらませる。しかし、失敗した。

「あの……ミーリアさん?」

「……」

集中しているミーリアの耳にアリアの声は届かない。

(レントゲンだとうまくいかないな……3Dホログラムみたいな感じならいける?)

前世で電気屋のテレビコーナーで見た科学番組が役に立った。

五分ほどイメージをふくらませると、ミーリアは魔力を解き放った。

(魔力変換——解析ホログラム魔法、発動!)

ブゥンと重低音が響いた。

成功だ。

デモンズマップの上に複雑な魔法陣が空中投影された。

ブルーの線で可視化され、魔法陣の全容が明らかになる。

その異様な光景に、アリアは目を見開いた。

「あの、ミーリアさん……この魔法は一体……」

アリアが手で触れようとすると、するりとすり抜けた。魔法で投影されているので触れることはできない。

「デモンズマップの仕掛けを可視化しました」

ミーリアはうなずきつつ、魔法陣に興味を引かれて唸《うな》り声を上げ、魔力を追加供給した。画面を引き伸ばす仕草でホログラムを拡大する。

「まあ……!」

急に魔法陣が大きくなってアリアは驚いた。

見たことも聞いたこともない魔法だ。

「わたくしは……歴史に名を残す魔法使いと、おともだ……こほん……お知り合いになったんですね」

一瞬で魔法を作ってしまうなど天才の領域だ。

アリアは感嘆し、ミーリアを羨望の眼差《まなざ》しで見つめた。

「この魔法陣、重なり合ってるみたいですね。えーっと、こうして……こうかな」

ミーリアがさらに両手を動かすと、魔法陣が全部で五段、空中に表示された。

慣れてきたのか、ミーリアは指をスライドさせる。

するとホログラムも回転した。

「アリアさん、下の段から部分的に鑑定魔法を使ってくれますか？　細切れに鑑定して、あとで繋《つな》ぎ合わせてみましょう。かなりの作業量になりそうです」

「え、ええ。わかりましたわ」

「おばあさまのために早く謎を解きましょうね」

「ミーリアさん……はいっ！」

アリアが笑顔でうなずいた。

その表情が素敵すぎて、ミーリアは照れて頭をかいた。

「えへへ……」

早速、アリアが鑑定魔法を端からかけていく。

メモ帳に羽根ペンを走らせながら、アリアが口を開いた。

「ミーリアさん、いらぬ忠告かもしれないのですが、この解析ホログラム魔法は素晴らしいですわ。ですが、決して〝王国魔法研究所〟の職員さまの前で使わないでください」

頭をかいていたミーリアが動きを止めた。

「どうしてですか？」

「魔法を教えてくれと二十四時間追われる可能性が高いですわ……あそこの方々は、魔法に傾倒しすぎているので……」

（二十四時間追われるってストーカーかい！）

「わかりました。肝に銘じます」

「よかったです。くれぐれもお気をつけください」

「はぁい」

ミーリアがいい返事をして、二人は明け方まで鑑定に没頭するのであった。

○

一週間が経過した。

毎晩、アリアの部屋へ転移し、解析ホログラム魔法を使ってデモンズマップを解析している。

ミーリアもアリアも寝不足であった。

合同授業では必ず二人は隣同士で座る。二人でいることが、すっかり自然になっていた。

今晩も、ミーリアはアリアの部屋へ転移し、解析ホログラム魔法で魔法陣を可視化している。

作業をしていたアリアが、ちょっとお話がありますと言いたげな視線をミーリアへ向けた。

「ミーリアさん、今日の合同授業中ですけれど……」

「はい?」

「お鼻にわさび魔法はいたずらがすぎますわよ」

「あれは、はい。ホントにごめんなさい」

(鼻にわさびの匂い噴射する魔法で怒られてしまった……)

「変な声が出てしまって……とても恥ずかしかったんですからね」

「……アリアさんごめんね？　眠いって言ってたから良かれと思ってですね……」

「わさびとは何なのですか？　あのようなつんとする香り、嗅いだことがございません」

魔女教授の授業で居眠りをすると、即座に廊下へ立たされる。

眠気覚ましにはもってこいなのだが、アリアには刺激が強すぎたらしい。

「それから、まぶたに目を描いて起きているかのように見せる魔法は……見つかったらまずいと思いますわ」

「そうですかね？　いい魔法だと思うんですけど」

（お笑い番組で見たネタが活《い》きるとは思わなかったよ）

どうしても眠気に耐えられないときは、自分の瞳を魔法でトレースし、まぶたに貼り付ける、という魔力の無駄遣いをしている。束縛魔法で全身を固定すれば、実際は寝ているのに表向きは起きている学院生の完成であった。

傍《はた》から見ると不気味そのものである。

先ほどの授業も寝息が聞こえてきて、アリアが何度もペンでつついてミーリアを起こそうとした。しかしミーリアは起きない。そして、意外にも教師にはバレなかった。アリアにとって学院一スリリングな授業であった。

（アリアさんがクロエお姉ちゃんのように心配を……ありがたいね。居眠り魔法をもっと改良する必要があるね）

「それはさておき、鑑定魔法を繋ぎ合わせた感じはどうですか？」

ミーリアがアリアのメモ帳へと視線を向けた。

「そうですわね……五段ある魔法陣の二、三段はルール違反をした場合の呪いが組み込まれていると思います。四、五段は地図に関係した魔法陣だと思うのですが、正直わからないですわ」

「一番上の魔法陣はどうです？」

「ええ、少し気になる点があって……魔法陣のこの部分、魔力が注入できることを示しております」

アリアがホログラムの右端を指さした。

ティターニアにある程度習っていたミーリアにも理解できた。

「そうですね。でも、それが何かあるんですか？」

「ええ。よく見ると、二重線で記されているんです。ひょっとすると……所有者以外の魔法使いの魔力を注入できるのかもしれませんわ」

「ホントだ。アリアさん、よく気づきましたね。すごい」

「……たまたまですわ」

満更でもないアリア。

「ということは、誰かの魔力を注ぐことで、隠された何かが解除されるってことですかね？」

「そうかもしれません」

二人は顔を見合わせた。言いたいことは同じであった。

「あれですね……一人で解けって感じのルールなのに、ズルい仕掛けですね」

「本当ですわ。デモンズさまは性格が悪いかもしれませんわね……」

「ホントですよ……」

アリアがデモンズマップへ目を落とした。

「ミーリアさん、試してみますか？　私の魔力を注いでみるというのはどうでしょう？」

「ですね。やってみましょう」

「わかりましたわ」

アリアがそっとうなずいて、デモンズマップを両手に持った。

ミーリアは解析ホログラム魔法を切って、その姿を見守る。

息を吐いて、アリアがゆっくりと魔力をデモンズマップへと注ぎ込むと、羊皮紙が淡く光って、数秒で収まった。

ミーリアは顔を寄せた。

「今、光りましたよ。中に変化はありますか？」

「待ってください。ええと……」

ミーリアとアリアが顔を寄せてデモンズマップを覗き込む。

羊皮紙の下部分に、今まで見たことのない文字が小さく浮かんでいた。

『所有者と補助者の二人で、四色の塔の花壇へ、向かえ。地下室への扉が開く』

「これは……！」

「地下室の扉……？」

ミーリアとアリアは顔を見合わせた。

デモンズマップの真相に近づき、胸が高鳴る。

「あれ？　アリアさん、見えるんですか？」

「ええ、一文だけですが」

「よかったです。アリアさん、さすがですよ！　ナイス謎解明」

ミーリアは嬉しくなって、ぐっと両手の拳を握った。

コミカルな動きをするミーリアを見て、アリアが微笑を浮かべた。

「ミーリアさんの魔法があってこそです。歴代の学院生が解けない理由がわかりましたわ」

「普通の鑑定魔法じゃ気づけなそうですもんね」

「デモンズマップ……地図以外のものも隠されていそうですわね……」

「どうしましょう？　今夜はまだそんなに時間が経《た》ってませんよ。……行ってみます？」

ミーリアが提案する。

「……ですわね。行ってみたいですわ」

アリアがうなずいたところで、ミーリアがはたと気づいた。

「アリアさん、いいんですか？」

「何がですの？」

「外に出るのは校則違反ですよ。見つかったら……罰則一回です」

アリアはミーリアの目をまっすぐに見て、眉に力を入れた。

「些末《さまつ》なことです。参りましょう、ミーリアさん」

「そうこなくっちゃ！　行きましょう！」

○

──アクアソフィア寮塔四階。

自室で勉強をしていたクロエは、胸騒ぎがして窓のカーテンを開けた。

眼下には月明かりに照らされた花壇と渡り廊下が遠目に見える。

（ミーリア、おへそを出して寝てないかしら……）

可愛い妹は最近、デモンズマップ解析に夢中だ。

クロエとしてはもっと二人で食堂に行ったり、勉強会などを開いたりしたかった。それでも、あれだけ真剣にやっている姿を見てしまうと何も言えない。

加えて中間試験も近いため、クロエはあまり余裕がない状態であった。

（公爵家三女のアリア・ド・ラ・リュゼ・グリフィスとやけに仲がいいみたいだけど、大丈夫かしら。あの子、公爵家と揉《も》め事《ごと》を起こしたりしないかしらね？　次女のディアナはああ見えて分別はあるからいいのだけれど……三女アリアがどんな子か私にはわからないし……）

クロエは美しい黒髪に指を通し、軽くため息をついた。

（しかし三女のアリアって子、ミーリアにえらく冷たいみたいじゃない。ミーリアはあんなにいい子なのに、どういう心持ちなのかしら？　純粋で、笑うと可愛くて、ちょっとそそっかしくて、それがまた可愛くて、髪はさらさらのふわふわで、誰よりも優しい子で……）

妹の姿を思い出して、クロエは頬が緩んだ。

（ミーリアは三女アリアと常に一緒にいるという噂《うわさ》もあるわ……ああ、ああ、なんてズルいんでしょう。ミーリアを独り占めするなんてっ。私も一緒にいたいのよ……）

本音はどうやら最後の言葉であるらしい。

（公爵家三女がどういう人間かわからないから、学院生がミーリアにも近づきづらくなってるじゃない。あの子、友達がほしいって言っていたのに……本当にかわいそうだわ。試験が終わったら、お姉ちゃんがいっぱいお話してあげるからね）

そうと決まれば、試験問題を早々に打破するに限る。

クロエは席に戻ろうとカーテンに手をかけた。

そのときだった。

何かが闇夜を浮遊しているのが見えた。

（何かしら？　人？　二人いるわね……あのシルエット、ミーリアと公爵家三女アリア？）

食い入るようにして窓に顔を寄せるクロエ。どうやら見間違いではない。

二人はふよふよと花壇へ下りていき、姿が見えなくなった。

（飛行魔法……ミーリア……あなた何をしようというの……！　問題を起こしたら罰則一回では済まないのよ……?!）

クロエは勉強どころではなくなって、窓と机の間を行ったり来たり、一晩中うろつくことになった。

10. 秘密の地下迷路

ミーリアは一度自室に戻り、制服に着替えた。

(念のため、師匠にもらったローブを着ておこう)

劣化防止、自動洗浄、物理耐性、魔法耐性が付与された、どこのＶＩＰ専用だとツッコミが入りそうな性能のローブである。

部屋へ転移すると、アリアも制服に着替えて待っていた。

「おまたせしました」

「……行きますわよ」

「いつでもオーケーです」

「教わった飛行魔法がすぐ役に立つとは思いませんでしたわ」

規則破りをする緊張からか、アリアの口調が軽い。

窓を開けると、二人は宙に浮き、アクアソフィア寮塔から出た。

ミーリアがそっと窓を閉める。

それを合図に、見慣れた中庭の花壇中心部へと下りていった。

「四色の塔の花壇――ここであることは間違いなさそうですけど」

「どこでしょうかね？」

「ヒントはありませんの？」

二人は着地し、デモンズマップを広げ、アリアが覗《のぞ》き込《こ》んだ。

周囲が暗い。アリアが杖《つえ》を取り出して光源魔法を使う。

そこでミーリアが思いついた。

「アリアさん、ちょっと魔法を使ってみますね」

「……わかりましたわ」

ミーリアが思いつきで魔法を使うことに慣れてきたのか、アリアが反対することなくうなずいた。

（魔力を特殊超音波に変換――ソナー魔法発動！）

潜水艦のソナーのように、ミーリアの魔力が飛んでいく。

人や物が持つ魔力を感知して探査する魔法だ。

（……ッ！　さすが王国女学院……、やっぱ魔道具の数が半端じゃないよ！）

ミーリアの脳内に魔力の点が大量に浮かび上がる。

実は入学してから何度かソナー魔法を使ったのだが、そのたびに大量の物が反応した。頭痛がしてくるレベルだ。

（あ、クロエお姉ちゃん起きてるみたい）

さすがミーリア。クロエの反応には敏感だった。

（いけないいけない。それじゃあ今度は、効果範囲を花壇に限定――もう一回、ソナー魔法発動！）

魔力の波が花壇を駆け抜ける。

（あった！　それっぽい反応。魔道具かな？）

「アリアさん、見つけました。こっちです」

ミーリアが先導して、花壇を東側へ進む。

アクアソフィアが植えられた奥に、女神セリスを模した石像が立っていた。

二人が近づくとデモンズマップが反応し、音もなく石像が真横にスライドした。

どうやら条件を満たし、通路が出現したようだった。

「手の込んだ仕掛けですわね……」

アリアが驚き、石像のあった場所にできた空間を見る。

（すっごいファンタジー。地下室っていかにもだよね）

自分の存在が一番ファンタジーなミーリアが、恐る恐る空間へ光球を飛ばした。

急勾配な通路になって奥へと道が続いている。

ミーリアとアリアは目を見合わせ、緊張した視線を交換した。

「……心の準備は大丈夫ですか？」

「……わたくしは、問題ありません」

「では、行きましょう」

「私が光球を飛ばします。アリアさんは周囲に注意してください。私、たまにミスしたりするので……何か気づいたら教えてくださいね」

「はい」

「承知しましたわ」

夜更けに出現した秘密の通路へ、ミーリアとアリアは足を踏み出した。

二人の姿が闇に溶けると、石像が音もなく元の位置へと戻った。

○

通路はじめじめした空気に包まれていた。

風切り音がどこかからしているので、空気は確保できているようだ。

ソナー魔法を飛ばしてみたところ、広い地下空洞になっているらしい。

それを聞いて、アリアはむやみに歩き回るのは得策ではないと考えた。

そんな思案をよそにミーリアが魔法を使った。

「迷路マッピング魔法――アンド――プロジェクター魔法発動！」

ミーリアが大量の魔力を通路に噴射して脳内地図を構築し、さらに地図を映像として壁に投影した。魔力量、イメージ力、前世の知識でゴリ押しに発現させた創作魔法だ。

ミーリアのおでこから光が出て、通路の壁にマップが映し出される。

「よし、成功」

確認するように、ミーリアが天井や床へおでこを向けると、マップもそれに合わせて動いた。

「自分のおでこから出るのはちょっとカッコ悪いなぁ……。手からだと……うまくイメージできない……あとで練習しよう」

「あの……ミーリアさん。これはどのようなイメージで、どういった魔力に変換すればできる魔法ですの？」

アリアが驚きを通り越して菩薩《ぼさつ》のような表情をしている。

訳のわからない魔法を連発するミーリアを見て、規格外ぶりを把握してきたらしい。

これを魔法科の教授に見られようものなら、質問攻めに遭うこと間違いなしだ。彼女はできる限りミーリアと行動を共にしようと誓った。

「うーんとですね、ちょっと説明が難しいので、あとでも大丈夫ですか？」

「そうですわね。今は進むことに集中しましょう」

アリアが気を取り直し、緑の光線で引かれたマップを見た。

「中心部があやしいですわね」

「ですね。中心部から魔力反応がします」

ミーリアが姿勢をそのままにして、指をさした。

「そこにデモンズマップの謎を解く鍵がありそうですわ……」

「行きましょう。罠《わな》とかあるかもしれません。気をつけましょうね」

「わかりましたわ」

「マップ、出しっぱなしにしておきます？」

ミーリアがアリアへ首を向ける。

プロジェクター魔法の光を浴びて、アリアが目を細めた。

「お願いできますか？　複雑なので記憶には時間がかかりますわ」

「了解です。では、行きましょう」

ミーリアが気合いを入れて一歩足を踏み出した。

——バシュッ！

すると、何かのスイッチを踏んでしまったのか、バスケットボール大の球が壁から発射された。

「——ッ！」

アリアが咄嗟《とっさ》に杖を構えるが間に合わない。

球がミーリアの顔に直撃——したかのように見えた。

「へ？」

（ああああっ！　何ぃ⁈）

ミーリアが球に気づいて身をこわばらせると、

「にゃあん」

自動防御——猫型魔力防衛システムが作動した。

猫の形をした魔法陣が球をガードし、魔法陣の中からにゅっと猫の半身が現れ、球をキャッチして壁へと弾《はじ》き返《かえ》した。

球は壁に当たって破裂し、紫色の塗料を床一面にまき散らした。

「……っくりしたー」

ミーリア、あり余る魔力で二十四時間稼働させていた自動防御に救われた。

猫と魔法陣は用事が済むと消えた。

「ふぅーっ……自動防御システム稼働してるの忘れてた……セーフ」

「猫型魔法陣……前に言っていた……」

アリアは開いた口がふさがらない。

魔法陣が攻撃に対して自動で反撃するなど、どれほどの魔力を常時消費してるのだろうか？

疑問を脳内で渦のごとく巡らせ、彼女はミーリアと破裂した球を交互に見つめた。

「……」

「アリアさん。あの塗料、浴びると一週間は落ちないみたいです。悪辣な罠ですね。十分に注意して進みましょう」

プロジェクター魔法を額でビカビカさせているミーリアが腰を落とし、周囲を警戒する。

傍《はた》から見るとヘルメットに電灯をつけた金塊泥棒に見える。

「ミーリアさん………いえ、もう聞かないことにしますわ………」

アリアは額を押さえた。

王国魔法研究所、有力貴族、冒険者組合など、ミーリアの規格外な万能魔力が見つかったら大変な騒ぎに巻き込まれる未来が容易に想像できる。

ミーリアの姉クロエが、やけに心配している理由がわかった気がした。

ちなみに、ミーリアがすでにクシャナ女王と王宮魔法使いにお気に入り登録されていることをアリアは知らない。

「それにしても……罠だらけだと進むのも大変ですわね」

「あ、そっか。ちょっと待ってくださいね」

「ミーリアさん、まだ何かあるんですの？」

「ええっと、罠が魔道具で構築されているので……イメージして……罠用ソナー魔法・色付きバージョン――発動！」

超音波よろしく、ミーリアの魔力が飛んでいく。

数秒後、壁や床が点々と赤く光った。

「罠がある場所を表示しました。これで安心ですね。さあ、進みましょう」

弾ける笑顔を向けるミーリア。

「え、ええ……そうですわね」

アリアはプロジェクター魔法の光に目を細め、初めてこの謎を作ったデモンズが可哀想《かわいそう》だと思った。

罠用ソナー魔法・色付きバージョンのおかげで、二人は問題なく地下迷路を進むことができた。

どうやら罠はすべて着色弾のようだ。

「罠にかかっても怪我《けが》をしない……ということは、魔法兵士の訓練を兼ねている？　ミーリアさん、どう思われますか？」

「そう考えると辻褄《つじつま》が合う気がします」

二人は推測を言い合いながら薄暗い通路を進む。

何の変哲もない通路が延々と右へ、左へと繋《つな》がっていて、マッピング魔法と罠用ソナー魔法がなければ迷子になっていたとミーリアは寒気がした。

（これ作ったデモンズは性格悪いよ……）

罠も実に巧妙だ。

段差の角とか、急な坂道の壁とか、触れそうな箇所へ絶妙に配置されている。

罠用ソナー魔法で赤く染まっているのに何度か触れてしまい、自動防御システムが作動した。

にゃあん、という気の抜けた猫の鳴き声が通路に響いた。

「ミーリアさん……その、猫さんの防御魔法ですけれど……」

「あ、やっぱり変ですか？　師匠には苦笑いされたんですよ」

「いえ、その……もしよかったらわたくしにも教えてくださいませんか？　とても……可愛《かわい》いので……」

言いづらかったのか、アリアが気恥ずかしそうに目を逸《そ》らした。

「もちろん対価はお支払いいたしますわ」

「対価なんていりませんよ。これが終わったら伝授しますね」

現代知識のイメージが膨大に入っているので、果たしてアリアが習得できるかは不明だ。

一時間ほど歩いて休憩した。

魔法袋から果実水とダボラの焼き鳥、餅モッチ焼きを出してアリアと食べ、ミーリアは通路を進む。

さらに三十分進むと、ようやく中心部にたどり着いた。

マップに表示されているように中心部は円状の壁に囲まれており、中へと続く扉の横には校門に飾られているキメラとメデューサを模した銅像が鎮座していた。不気味だ。

「……アリアさん。ついに来ました」

「はい……ミーリアさんのおかげですわ……」

「まだ謎が解けたわけじゃありませんよ」

ミーリアは額から出しているプロジェクター魔法を切り、魔法袋からデモンズマップを取り出した。

「デモンズのことです。絶対に仕掛けがあります。心して行きましょう」

「ですわね」

ミーリアの言葉にアリアがうなずき、二人同時に大きなドアを押した。

ギギギ、と古い蝶番《ちょうつがい》が擦《こす》れる音が響いて通路に光が差し込んだ。

中は小さな運動場ほどの広さで、綺麗《きれい》な円形をしている。天井には光源魔道具が設置され、今もなお稼働していた。通路よりずいぶん明るい。

二人は部屋に入らずドアの外から様子をうかがった。

「ミーリアさん。中央に祭壇らしきものがありますわ」

「あっ、本当ですね。それ以外は何もないみたいです……中央に進む他なさそうですね」

「罠はなさそうですわね」

「はい。反応なしです」

二人は目を合わせ、円形の部屋へ踏み込んだ。

灰色の石畳が綺麗に続いている。すり鉢状になっているのか、中央へ向かってわずかに傾斜しているようだ。

（これで謎が解ければ……石化解呪のヒントが見つかるかも）

中央に近づくにつれ緊張が全身を走り、ごくりとつばを飲み込んだ。

（祭壇っぽい台座って感じかな……これって……）

台座にたどり着いて覗き込むと、長方形のくぼみがあった。

「ここにデモンズマップをはめろってことですかね？」

「ですわね……形が符合しますわ」

飾り気のない台座を慎重に観察しているアリアが言った。

「明らかにあやしいですよね」

「はい……」

「よし。デモンズマップをはめ込んでみます」

「お願いいたしますわ」

アリアがうなずき、罠を警戒してベルトから杖を引き抜いて構えた。

(ひぃぃっ――ドキドキで心臓が跳ねてるんですけどっ)

ミーリアが腰を引いてデモンズマップを持ち上げ、台座のくぼみへ押し広げた。

すると台座から光が照射された。

「光が出ました!」

ミーリアがあわてて手を離した。

台座から小さな正方形の光がいくつも照射され、吸い付くようにぴたりとくぼみにはまったデモンズマップの文字を正確に照らした。

「ミーリアさん。何かヒントが出ましたか?　わたくしには四角い光がいくつも当たっているようにしか見えませんわ」

アリアが周囲を警戒しつつ、ミーリアを見る。

(怖がってる場合じゃないよ。しっかりしろ、私)

「ええっと……ううん?　あっ!　クロ――」

思わずクロスワードが、と言いそうになり、ミーリアは両手で口を覆った。

小さな光はクロスワードパズルのマスと合致し、前世で言うアルファベットが振られている。

その数は全部で二十個だ。

ミーリアはかれこれ一ヶ月見続けてきたクロスワードを見て、すぐにピンときた。

（これ、パズルのキーワードマスだよ！　もともとあった二十個、シノウ◯ヲスダノコチ◯ミ◯ゲサレチ◯ラレには1、2、3って番号が振ってあるから、それに加えればいいんじゃない⁈　どうりで変な言葉になると思ったんだよ）

「アリアさん、いま正解を解読するので待っててください」

「――ミーリアさん！」

言うが早いか、アリアがミーリアを抱きかかえて飛行魔法を使った。

ふわりと身体《からだ》が浮き上がる。

「ど、どうしました？」

「台座の下から塗料が噴き出していますわ！」

「げえっ！」

とてつもない勢いで、紫色の塗料が噴き出している。

すり鉢状になっている部屋だ。放っておけば池のように塗料がたまり、台座ごと塗料びたしになってしまう。デモンズマップもひどいことになるだろう。

――ゴォン

なんとタイミングのいいことか、二人が入ってきた扉がぴたりと閉じた。

さらには部屋の隅からも塗料が噴き出し始めた。

「デモンズゥ！」

思わずツッコミを入れてしまうミーリア。

すぐにアリアの手から離れ、飛行魔法を使い、台座に貼りついているデモンズマップをはがし取ろうとした。

だが、まったく取れない。瞬間接着剤でくっついているかのごとく、ぴたりと吸い付いている。

爪でかりかりと引っ掻《ひか》いても、台座が壊れない程度に風魔法をぶち当てても取れない。

「アリアさん！　マップが取れません！」

「ドアが開きませんわ。魔法も弾かれます！」

背後で脱出経路を確認していたアリアが叫んだ。

「ミーリアさん、謎を解いてください！　そうすれば塗料の噴射が止まるかもしれませんわ！

最悪、あなただけでも転移魔法で逃げてください！」

「そんなことできません。アリアさんを置いていくぐらいならここを吹っ飛ばします！」

「あなたならできるかもしれませんね……ミーリアさん……」

飛行魔法で近づいてきたアリアが真剣な目でミーリアを見つめた。

彼女の曇りのないグリーンアイに引き込まれ、ミーリアは冷静さを取り戻した。

「ミーリアさん、落ち着きましょう。まずは謎を――無理であれば撤退いたしましょう」

「……そうですね。了解です」

そのときだった。

重機が動くような重低音が響き、二人の間に透明の壁が現れた。

壁は脈動して淡い虹色の光を放ち、ミーリアとアリアを分断するように、天井から地面まで隙間なく覆った。あっという間の出来事だ。

（何これ⁈　魔法障壁？）

ミーリアが触れると手が弾かれ、触れた部分に波紋が起こった。

「ミーリアさん！　大丈夫ですか？」

「バチッとしました。触らないほうがいいです」

（完全に分断されたね）

「ああ、ミーリアさん……」

（こういうときこそ冷静に……魔力操作――鑑定魔法発動）

ミーリアは素早く瞳に魔力を集めて壁を鑑定する。

壁は複雑な魔法なのか鑑定しても魔法障壁、としか出なかった。

「アリアさん、風刃《ふうじん》で切り裂いてみます。離れてくださいっ」

「承知しましたわ」

アリアが飛行魔法で離れると、ミーリアは特大の風刃を魔法障壁に撃った。

奇妙な風切り音を奏でて風刃が衝突する——が、波紋が起こって弾き返され、風刃がかき消えた。

さらに連続で五十個の風刃を撃ち込んでみる。

すべて弾き返された。

「すごい風魔法……」

アリアが向こう側で驚嘆する。

「アリアさん、これ、相当に分厚いみたいです。強めの魔法を使ってみます」

「それより強力なものが……まさか、お話ししていた爆裂火炎魔法ですか？」

「それだと部屋まるごと吹っ飛びそうなので、別の——アリアさん！　後ろっ！」

『——百年——待ちくたびれたぞ——』

しゃがれ声とともに、火球の魔法がアリア目がけて飛んできた。

炎の燃焼する音が空気を切り裂く。

ミーリアの声で気づいたアリアが即断で杖を振った。

「——ウインドブレイク！」

風魔法で火球を弾き返した。

火球が塗料の中に落ちてじゅうと音を立て消える。

足元は紫の塗料で池のような様相になっていた。

『ん――兵士じゃないのか？　まあいい。デモンズとの約束だ。ここで消えぬ思い出とやらを貴様らに刻んでやろう』

ミーリア、アリアは声の主を見て驚愕《きようがく》した。

透けた骨だけの身体を持つドクロ頭の亡霊が浮かんでおり、黒いローブをまとい大きな杖を持っている。禍々《まがまが》しい魔力が透明の身体から滲《にじ》み出《で》ていた。魔物だ。

「アリアさん……アレは……」

「魔術亡霊《マジックゴースト》ですわ……」

「えっと、悪いやつですよね……」

「……とびきり悪い亡霊ですわ」

「転移魔法でそっちに――ああ、なんか転移もできない!?」

何度試してもダメだ。

ミーリアはちらりと台座を見て、アリアを見る。

台座からはぶくぶくと塗料が噴き出ている。すでに台座の三割ほどが塗料で見えなくなっていた。水位が上がっている。おまけにアリアとは分断。向こう側には凶悪な亡霊。転移魔法も封じられた。

（デモンズさんあんた本当に性格悪いよ！　会ったら鼻にお豆詰めるよ?!）

『どうした――謎を解かないのか。マップが特殊塗料に触れると……溶けることを知らないのか？』

魔術亡霊《マジツクゴースト》は落ち窪《くぼ》んだ瞳の空洞を光らせ、どこからか声を発する。

『早くしないとマップがなくなるぞ――』

魔術亡霊《マジツクゴースト》が杖を振り、連続して大火球、氷弾、烈石槍《れつせきそう》、と呼ばれる攻撃魔法を行使した。

炎、氷、土の攻撃がアリアに殺到する。

ミーリアが魔力充填なしで強引に魔法を撃とうとすると、アリアがばしゃんと音を立てて塗料の中に降り立ち、杖を振った。

「――カラミティウインド！」

風と魔法障壁を交互に重ねて形を構築する、グリフィス家伝承の魔法が発動した。

アリアは盾として利用し、大火球、氷弾、烈石槍を上手《うま》く受け流す。

逸れた魔法三つが塗料に落ち、魔法障壁に当たってかき消えた。

『ほう――若いくせに優れた魔法使いだな』

「ミーリアさん！　早く謎を解いてくださいませ！」

杖を構え、カラミティウインドを盾として展開するアリアが叫んだ。塗料は彼女の膝あたりまで来ている。

「でも――」

「いいんです！　わたくしもあなたのお役に立ちたいんです！」

「アリアさん……」

「お願いします！」

真剣な目をミーリアに向け、アリアはすぐ魔術亡霊《マジツクゴースト》へ視線を戻した。

（助けてもらってるのは私のほうなのに……アリアさんも、同じ気持ちだったなんて……）

ミーリアはアリアがいつも助けてくれる、一緒にいてくれると感謝し、彼女の役に立ちたいと思っていた。アリアも同じように考えていたとわかって、胸の奥からこみ上げてくるものがあった。

「わかりました！　すぐに解きます！」

ミーリアは背後をアリアに任せ、台座に飛びついた。


ぶくぶくと塗料が噴き出す音が気持ちを焦らせる。何度か深呼吸をして、ミーリアはデモンズマップへ目を落とした。

（落ち着けー、落ち着けー。元あった番号の解答にアルファベットの解答を足していく感じで……1、A、2、B、3、Cの順番で合ってる？　七割解答してるから、残りを全部書けば答えが予想できるはず……よし、ペンを出して――）

ミーリアが魔法袋からペンとメモ帳を取り出して、新しい解答をメモ帳へ書き写していく。

塗料の水位が台座の四割まで上がっている。

いやが上にも気持ちが焦った。

見れば魔法障壁の向こうでは、魔法合戦が始まっていた。

魔術亡霊《マジツクゴースト》が連続して攻撃魔法を飛ばし、アリアがカラミティウインドで防いでいる。彼女が

塗料をかき分けて走る音が部屋に反響する。

(アリアさん……頑張ってください!)

ミーリアは視線を戻し、走り書きで解答を写していく。

元からあった数字が振ってある解答は、
シノウ◯ヲスダノコチ◯ミ◯ゲサレチ◯ラレ。

光が照射されて出てきたアルファベットの解答は、
ンユジウム◯モニ◯ズヒツヨ◯バズヒカ◯。

◯が未解答部分で、合計四十文字だ。

(シンノユウジ◯――? あーダメだ。書いた文字を交互に入れて書き直して……)

急いでペンを動かすミーリア。

背後で金属がぶつかるような鋭い音が響いた。

振り返ると、ちょうどアリアが防御に使っていたカラミティウインドを撃ち込み、魔術亡霊《マジックゴースト》が杖で弾き返したところだ。霊体に傷がついたのか、魔術亡霊《マジックゴースト》がのけぞった。

(あの魔法、攻撃もできるのか! アリアさんリアル魔法少女)

アリアが銀髪ツインテールをなびかせて飛行魔法で距離を取り、呼吸を整える。

カラミティウインドは魔法使いであったグリフィス家初代当主が編み出した、変形タイプの魔法だ。風と魔法障壁を薄く何枚にも重ねて強度を上げ、鋭くすれば刃《やいば》に、厚みを持たせれば盾に、槍《やり》状にすれば刺突することもできる。

応用が利く分、集中力を要する。

さすがに飛行魔法との併用は今のアリアには厳しかった。

『少女よ――才能ある魔法使いだな。助手にほしいぞ――』

魔術亡霊《マジックゴースト》はあっさり立ち直った。

（あの亡霊強いよ。アリアさんが危なくなったら魔法障壁をぶっ壊して応援にいかないと――）

ミーリアは浮遊したまま壁の向こうの攻防が見えるよう反転し、書き写したメモを見つめた。

二つの解答を合体させた文章へ目を走らせる。

『シンノユウジ◯ウヲムス◯ダモノニコ◯チズ◯ヒミツ◯ツゲヨサ◯レバチズ◯ヒラカレ◯』

（えーっと……しんのゆうじ◯うをむす◯だものにこ……真のゆうじゅうを？　ゆうじょう……友情を？　オーケーオーケー。真の友情を――むす◯だものにこ……むすんだものに、かな？　次は――）

ミーリアは集中して意味が繋《つな》がるように当てはめていく。

（こ◯ちず◯ひみつ◯つげよさ――あ、これは簡単――この地図の秘密を告げよ……えっ？ちょっと待って……）

前半部分を解読してミーリアは息をのんだ。

（真の友情を結んだものにこの地図の秘密を告げよ……そんな解答アリ？　待った待った、続きを解読して――）

（さ◯ればちず◯ひらかれ◯…………さすれば地図は開かれん……だね）

デモンズマップ、クロスワードパズルがついに解明された。

問題の正解は、

『真の友情を結んだ者にこの地図の秘密を告げよ。さすれば地図は開かれん』

であった。

(そんな……)

ミーリアはデモンズマップのルール〝クロスワードパズル形式だと誰かに話した場合、デモンズ砦《とりで》には二度と入れない〟という文言を思い出した。最後の最後まで、デモンズマップは極悪な仕掛けであった。

ミーリアは血の気が引いた顔で、戦っているアリアへ視線を向けた。

アリアが防戦一方に後退している。

(真の友情を結んだ者……アリアさん……でも……)

真の友情――思い浮かぶのは魔法障壁の向こうにいるアリアだけだ。

ミーリアは今までの人生で友達ができたことはない。小学校から高校まで挨拶する程度のクラスメイトしかおらず、放課後どこかへ遊びに行ったり、勉強を教え合ったりなど、一度もしたことがなかった。

高校生のとき一度だけ勇気を出してクラスメイトを下校に誘ったが、イケメン君をばっさり振ったりして嫉妬されたり、誘い方が挙動不審であったりしたミーリアは「ごめんね」と素っ気なく断られた。

あの、他人を見る冷たい目――。

不意に過去の光景を思い出してしまい、惨めな気持ちがあふれてきて、心が塗り潰されそうになる。

もし、アリアにクロスワードパズルだと伝えて地図が開かなかったら……そう思うと喉の奥に鉛が詰まったように、言葉が出なかった。

「ミーリアさん……どうですか⁉　謎は解けましたか⁉」

火球を亡霊へ弾き返したアリアが、肩で息をしながらミーリアを見る。

塗料の水位が太ももまで来ているせいで飛沫《しぶき》が上がり、アリアのスカートやローブがところどころ紫に染まっていた。

「……」

(地図が開かなかったら……たぶんルールが適用される……そうしたらもうデモンズ砦――女学院には入れない呪いがかかる……そんなの……イヤだよ……)

ミーリアはアリアと過ごしたこの一ヶ月を思い出し、胸が締め付けられた。

入学式、月の妖精のように美しい銀髪の少女が話しかけてきてくれたこと。重力魔法を使ってみなさいと言われたこと。それがきっかけで重力魔法を教えるようになったこと。アリアはつれない態度であったが、芯が通った優しい人だとミーリアは感じていて、それが予想通りだったこと。

アリアと早朝、放課後に会って、魔法の練習をし、大図書館で資料探しをしたこと。ミーリアにとって同級生と待ち合わせをするだけで、心躍る毎日だった。アリアの美しい横顔が脳裏に焼き付いている。大図書館の奥にあるテーブル席が、今思えば二人だけの秘密基地に思えた。

それから――彼女が過去の秘密を教えてくれたときは本当に嬉《うれ》しかった。アリアをもっと知れたことで彼女の本質を深く理解できたと思う。あのときはアリアの涙を見て、自分も悲しくなってしまった。

アリアとの日々が思い出され、ミーリアは涙があふれてきた。

どうしてなのかわからない。

ミーリアにとってこの一ヶ月は、かけがえのない、代わりのきかないものであった。

（……アリアさんは……お上品なお嬢様だから……私なんか友達にふさわしくないかもしれません……。でも、やっぱり私は……アリアさんを大切なお友達だと思ってます……）

ミーリアはずっと言いたかった言葉を心の中でつぶやいた。

言ってしまったら何かが壊れてしまいそうで、声に出して、言葉にはできなかった。

「ミーリアさん！　どうしました⁉　また罠ですか⁉」

アリアが、泣いているミーリアを見て悲痛な声を上げた。

亡霊に魔法を連射され、壁際まで追い込まれている。それでも彼女はミーリアを気遣っていた。

ミーリアはアリアの端整な顔を見て、ローブの袖で涙を拭いて顔を上げた。

デモンズマップの解答をもう一度見る。

『真の友情を結んだ者にこの地図の秘密を告げよ。さすれば地図は開かれん』

メモ帳の解答が、自分を急《せ》かしているように見える。

（言えないのは、私の勇気がないからだよ……。アリアさんは大切な……友達……そう……だったら、アリアさんのために自分にできることをしないと……。おばあさまの石化を解く鍵が、デモンズマップにあるんだから……）

ミーリアは飛行魔法を切り、ばしゃんと塗料の池に下りた。

背の低いミーリアは腰の下あたりまで沈んでしまう。

「ミーリアさん！」

『よそ見をしている暇はないぞ、若き魔法使い――』

「……くっ！」

亡霊が接近して杖を振り下ろし、アリアがカラミティウインドで受け止めた。

風と魔法障壁の束でできたカラミティウインドを圧縮し、亡霊に飛ばす。

空気を切り裂く音がして亡霊が回避のため大きく後退した。

「ミーリアさん、罠でしたら撤退を！　部屋の壁を破壊してください！　わたくしは自力で凌《しの》ぎます！」

アリアの叱咤《しった》を耳にし、ミーリアは台座に貼り付くデモンズマップに両手を下ろした。

(もし私が学院生じゃなくなっても、アリアさんのお手伝いはできる……! 私は……ッ!)

もし拒絶されたら? もし地図が開かなかったら? アリアが友達でないと言ったら?

そんな想像が頭の中で吹き荒れて、前世でクラスメイトから向けられた、冷たい視線が脳裏に何度も浮かんでくる。

ミーリアでなくても、言うか言うまいか迷ってしまう状況だ。本当に友達なのか。真の友情とはなんなのかと考えてしまう解答だ。デモンズの目的は迷わせることなのだろうか。

ミーリアは歯を食いしばった。

勝手に涙がぼろぼろこぼれてくる。拒絶の恐怖に足が震えてくる。

それでも、言わなければいけない。

今ここで言わなかったら一生言えないだろうとミーリアは思い、自分を奮い立たせ、ぎゅっと拳を握った。

「アリアさぁんッ!」

ミーリアが絶叫した。

ただならぬミーリアの様子に、アリアが唇を引き結んでうなずいた。

「なんでしょう?!」

ミーリアは顔を上げてしっかりとアリアを見てから、大きく口を開いた。

掛け値なし、ありったけの勇気を振り絞った。

「アリアさんは、私の大切な……お友達ですっ! 初めてできた! 大事な友達なんです!」

涙も出て鼻水も出て、格好悪いことこの上ない報告だった。

それでもミーリアの心からの言葉だった。

「アリアさんが迷惑だって思ってても！　私はアリアさんが素敵な女の子だって知ってて——

だからずっと友達になりたいって……思ってたんです！　だから、その、デモンズマップは——クロスワードパズルだったんです！　それがデモンズマップの解答ですぅッ!!」

ミーリアは肺からすべて息を出し切り、言い切った。

アリアがミーリアの言葉を理解しようと瞬《まばた》きをすると、カッと台座のデモンズマップが輝いた。

「——ッ！」

ミーリアが目を腕で覆うとデモンズマップがひとりでに浮き上がり、羊皮紙が半分に折れ、さらに四つ折りへと折れ曲がった。

「ミーリアさん、デモンズマップが」

（地図になった⁈　うそっ！）

ミーリアは泣きながら、浮かんでいるデモンズマップに飛びついて、むしるように開いた。

中は精緻な学院の図面が広がっていた。まごうことなき地図だ。地図である。

「地図ぅ！　地図になってばずぅぅ！　アリアざぁぁあぁん！」

（よかった！　よかったぁぁっ！　アリアさんとお友達！　学院にまだいられるっ！）

喜びのあまりぶんぶんとデモンズマップを振ってみせるミーリア。今度は嬉し涙が瞳からほとばしった。歓喜で言葉が出てこない。

なぜミーリアが泣いているのか理由がわからないアリアだったが、杖を構えたまま、興奮ぎみに何度もうなずいてみせた。

「ミーリアさん！　ミーリアさん！　やりましたねっ！」

「よがっだぁぁあぁあっ。アリアざんがお友達ぃぃっっ。人生初めてのどもだぢですぅぅ！」

「……先に……言われ……いました……」

アリアは何か思うところがあったのか、ぽつりとつぶやいた。

魔法障壁の向こうで手を振っているミーリアが笑いながら泣いている姿を見て、喉の奥が締め付けられた。ラベンダー色の髪をしたちょっと変わり者の小さな少女が、自分を友達だと言ってくれている。

自然と唇が動いた。

ただ、はっきり言うのが恥ずかしくて、ミーリアを直視できない。

杖を握り直して、様子をうかがっている亡霊を睨《にら》みつけた。

「ミーリアさん。わたくしも、そのっ、ミーリアさんが、人生初めての……も……ち……ぁう」

アリアが亡霊を睨みながら、顔を真っ赤にして尻すぼみに言う。

「アリアさんなんですがぁ⁈!　聞こえませぇん！」

ずびぃと洟《はな》をすするミーリア。

まだデモンズマップを振っているミーリアを見て、アリアが何度もチラチラと視線を横へ飛ばす。ミーリアの深紫の瞳が自分を見ていることを確認して、アリアは生まれてから一番顔を赤くし、声を張り上げた。

「わたくしもぉ！　ミーリアさんが人生で初めてのお友達ですのっ！　ずっとずっと言おうと思っていたんです！　言えなくて……勇気がなくて……ミーリアさん……わたくしと……お、お、お友達になってくださいませぇぇぇっ！」

アリアの告白が部屋に響き渡った。

（アリアさん……！）

その言葉に、ミーリアはぶんぶんと首を縦に振って、腕で大きく丸印を作った。

アリアもそれに応えて何回も首肯する。銀髪が合わせて揺れた。

感情が高ぶってアリアも涙目になっている。

（お友達——素敵な可愛いお友達——！）

転生してから丸四年。

ミーリアに人生初の友達ができた瞬間であった。

『——少女らよ、確かな絆《きずな》……見せてもらった……』

様子をうかがっていた魔術亡霊《マジックゴースト》がしゃがれ声を出して、ゆっくりと前に出てきた。

『デモンズマップの謎は解かれた。我が分断している魔法障壁を消してや——』

「アリアさん、下がってください！　魔法障壁を破壊します！」

（お友達を助けないとっ）

急にしゃべり出した亡霊を見たミーリアが素早くデモンズマップを魔法袋に収納し、飛行魔法で飛び上がった。

ミーリアの胸部付近へ、急速に魔力が充填されていった。

11. 魔術亡霊《マジックゴースト》ピーター

ミーリアは宙に浮遊し、塗料をスカートから滴らせ、胸の中心部へ魔力を充填させていく。

下半身は塗料でずぶ濡《ぬ》れだ。

(爆裂火炎魔法だとアリアさんに被害がいくかもだからね……師匠にあんまり使うなって言われてるけど……あの映画で観《み》た魔法で……)

迷いが晴れたミーリアは今までにない集中力で魔力を操作する。

(魔力変換――胸部充填――圧縮開始……)

胸の中心部へ魔力の光が集束していく。

『少女よ話を聞いているか？　謎は解けたからだな――魔法障壁を我が――』

「アリアさん、なるべく離れてください」

「承知しましたわ」

新しい魔法を使うとわかったアリアが即座に浮遊し、後退する。

ミーリアは未《いま》だかつてないほどに張り切っていた。

早く障壁を破壊して亡霊を退治し、アリアと合流することで頭がいっぱいだ。

視線を向けると、アリアと目が合った。

恥ずかしげに微笑《ほほえ》むアリアを見てミーリアは大きくうなずいた。初めての友達、最高である。

『少女よ聞いてほしい。これから魔法障壁を――』

「そこな亡霊！　成敗する！」

祖母の影響か、古臭い常套句《じょうとうく》を言うミーリア。

自分の胸元を魔力タンクに見立てて膨大な魔力を集束させ、さらに自らの手のひらへと魔力エネルギーが移行するようにイメージする。

（両手への魔力連結……成功…………イメージを崩さないように……もっと魔力をタンクへ……）

キイィィン、と不可思議な音を響かせてミーリアの胸部に光が集まる。

莫大《ばくだい》な魔力が集結していることに魔術亡霊《マジツクゴースト》がドクロを震わせ、ふわふわと後退し始めた。亡霊は悟った。この魔法、我、一撃で滅す、と。

『待ってくれ少女よ――我はデモンズに頼まれただけで――魔法兵士を試すための試験官というかそんな存在で――』

集中しているミーリアにはまったく聞こえていない。

アリアは見たことのない魔法に冷や汗を流した。

「……なんて魔力ですの……」

（充填率――――百パーセント）

ミーリアがイメージしているのは、かつて電気屋のテレビで流れていたＳＦ映画の主人公が手のひらからエネルギービームを出す姿であった。高エネルギーで敵を貫通させる攻撃方法で、魔力を電力に見立てて再現している。胸に一度魔力を集めたのはその主人公がそうであったからであり、ミーリアの中で再現度を上げるためだ。

『――待ってくれないか……いや、申し訳ない――しばし待って――』

魔術亡霊《マジックゴースト》が透明な骨だけの腕を前へ出すと同時に、ミーリアが右手を突き出した。

「いけっ！　貫通魔光線《マジッククレイ》！」

ミーリアの小さな手のひらから魔法による光線が放たれた。

集約させた魔力が膨大なため、ドンッ、という射出音がし、ミーリアの右手が跳ね上がった。

貫通魔光線《マジッククレイ》は二人を分断していた魔法障壁に衝突し、わずかに軌道を逸《そ》らすも減衰なく貫通して突き抜けた。

『――!?』

浮かんでいた亡霊のあばら骨をかすめ、貫通魔光線《マジッククレイ》が部屋の壁にぶち当たり、さらに壁をも貫通して物質が溶解する低音を響かせて消えた。貫通魔光線《マジッククレイ》が通過した箇所が、溶解して赤い液状に変化する。

次々に貫通したのか、迷路の端まで壁に穴が続いているようだ。

「外れっ！　もう一発！」

『待って――待つのだ！』

ミーリアが今度は左手を突き出す。

ドン、という音とともにミーリアの左腕が反動で跳ね上がる。貫通魔光線《マジッククレイ》が波打っていた壊れかけの魔法障壁に衝突し、破壊――貫通して亡霊のドクロ頭をかすめた。

高エネルギーに耐え切れなかった魔法障壁はガラス窓が割れるような音を立てて、崩れ去った。

魔法障壁がボチャボチャと塗料の池に落ちていき、形を保てなくなって霧散する。

優秀な魔法使い十人がかりでないと壊せない魔法障壁が、たった二発の魔法で消えた。

「ミーリアさん。さすがですわ！」

アリアが飛行魔法で飛んでくる。

「アリアさん、危ないので私の後ろへ！」

「わかりました」

笑顔でうなずき、アリアが背後へ回る。

「すごい魔法です。とてもカッコいいです」

「そうですか？　ＳＦ映画……じゃなくて、ちょっとイメージしたらできるようになりました」

満更でもないミーリアが胸部と両手を光らせたまま、振り返って笑う。

亡霊は霊体なのに顔面蒼白《そうはく》であった。ドクロも色が変わるらしい。

ミーリアが浮いたまま、右、左、と手を突き出し、貫通魔光線《マジッククレイ》を予告なしで撃ち込んだ。

ドン、ドンと魔光線が放出され、亡霊に迫る。

『──!』

己の勘で身体《からだ》をひねり、亡霊が貫通魔光線《マジックレイ》を回避した。

ダメージを負わなかったのはただの幸運である。

亡霊はミーリアを容赦のない人間だと認識し、両手を振って空中土下座に移行した。百年前に無茶を言われたデモンズより危険な存在かもしれないと動揺が隠せない。

『降参! 降参である! 撃たないでくれ! 頼む!』

「ん……?」

右手を振りかぶっていたミーリアがぴたりと腕を止めた。

『我はデモンズに言われてそなたらを試しただけだ──害する気持ちはない!』

「そうなの?」

『そう……そうなのである!』

貫通魔光線《マジックレイ》で溶解した壁が塗料に落ちて、じゅわりと音を上げた。

亡霊はよりいっそう深々と土下座をする。

「本当かなぁ……」

ミーリアがうろんげな視線を亡霊へ送る。

今までデモンズマップには散々苦労をかけさせられたのだ。疑うのも無理ない。

「気をつけてくださいませ。罠《わな》かもしれませんわ」

アリアも疑惑の目を向けていた。

『すまん！　この通り！』

亡霊は限界まで頭を下げ、空中に浮いたままターンテーブルのごとく回転し始めた。亡霊ドクロ魔術師の土下座回転……ファジーな曲が流れてきそうである。

『デモンズが言っていた最上級の謝罪だ！　これで勘弁をしてほしい！』

先ほどの禍々《まがまが》しい雰囲気からは想像できない滑稽な動きに、ミーリアとアリアは顔を見合わせた。

○

亡霊の謝罪を受けたミーリアとアリアは別室に通された。

中央部屋の奥に隠し扉があったらしく、中は薬品や実験器具でごちゃごちゃした研究室のような部屋だ。亡霊なのに律儀にドアを使うのが、ミーリアは面白く感じた。

「アリアさん、いきますよ」

「お願いいたします」

「洗浄魔法――あれ？　落ちない？　洗浄、洗浄、洗浄、洗浄――」

紫の塗料は頑固な汚れだった。

（全然取れないじゃん。よし、洗濯機みたいなイメージで、あわあわ洗浄魔法！）

ミーリアの手から魔法が発射されて泡まみれになるアリア。

やっと塗料が落ち、ミーリアも自分を洗浄する。

「よし。綺麗《きれい》になった！　乾燥もしてと。それじゃあ亡霊さん、お話を聞きましょう」

『いや……その塗料、一週間経《た》たないと絶対に取れない特別なやつなんだが……』

亡霊がミーリアの魔法に引いていた。

骨しかないが亡霊は深呼吸をして気を取り直し、説明をし始めた。

亡霊の名前はピーター。

二百年前、最愛の妹が貴族の妾《めかけ》になることを断り、恨みを買って、毒を盛られてしまう。ピーターは妹を救うべく必死に治療するも、完治させることができず無念の死を遂げ、アンデッド化した。

その後、無念を晴らすため、万能薬である治癒薬エリクサーの研究を続ける。

ひょんなことでデモンズと出逢《であ》い、意気投合してこの砦《とりで》に連れてこられ、デモンズマップの試験官役を引き受けたそうだ。その代わり、デモンズから貴重な研究素材を分けてもらうことになったらしい。

「デモンズってどんな人なの？」

「気になりますわね」

ミーリアが質問し、アリアがうなずいた。

『変人だな』

亡霊ピーターがノータイムで言った。その一言にすべてが込められているような気がし、ミーリアはデモンズマップが入っている魔法袋に触れた。

『いいヤツではあるんだ。俺の研究を手伝ってくれたりもしたしな。ただ、才能ある魔法使いの教育にここまで仕掛けを作るとか、正直、凝り性を超えて頭のネジが全部吹っ飛んでると思うぞ』

「それはそうだよね……」

（教育のためって言っても、やりすぎもいいとこだよ……）

「ピーターさま。教育のためとはどういう意味ですの？」

アリアが首をかしげ、銀髪ツインテールを揺らして聞いた。

『あー、デモンズマップの所有者はミーリアお嬢さんだな？』

「あ、はい。そうですけど」

『クロスワードパズルの問題を見て、何か共通点があると思わなかったか？』

「何かって……なんだろう？」

ミーリアは魔法袋からデモンズマップを取り出し、クロスワードを見ようとした。しかしすでに設問は消えており、ただの地図になっている。

仕方なく腕を組んで考えるミーリア。

（うーん……設問は大きく分けて知識系、魔法関連、計算問題、歴史系だったかな……あっ）

「貴族社会で生きていくために必要な知識、かな？　クロエお姉ちゃんが言ってた必要知識に似てるような……」

『正解だ』

ミーリアの答えにピーターが手を叩《たた》いた。

亡霊だがカチャカチャと骨の音が鳴るのが不思議である。

『他者に直接設問を聞いてはいけないってのも、貴族には婉曲《えんきょく》的に話を進めるトーク術が求められることと関連してる』

「なるほど。AはBですか？　って直接聞くのはダメで、AはCですか？　とか、ちょっと遠回しに質問しなきゃいけなかったもんね」

「だからミーリアさんがたまに変な質問をしてきたのですね？」

二人のやり取りを聞いていたアリアが納得している。

聞きたい核心部分があるのに、わざと回りくどく聞いてくるミーリアを不審に思ったこともあったのだ。

『デモンズは新米の魔法兵士に貴族とのやり取りを学ばせたかったんだよ』

「……それであんなクロスワードパズルを？」

『そうだ。あいつも貴族との関係にはだいぶ苦労させられたみたいだからな。優秀な魔法使いが使い潰されるのを憂えていたんだよ』

(そう考えるとデモンズめっちゃいい人じゃない？　性格悪そうだけど)

何とも言えない気分になるミーリア。

『ミーリアお嬢さん、魔法使いに必要なもの、なんだか知ってるか？』

「なんだろう……想像力と根気ですかね？」

『もちろんその二つも大事だけどな、本当に必要なものは三つだ』

「三つ？」

亡霊ピーターが骨の指で三を作る。

ミーリアとアリアは彼を見つめた。

『それは――才能、貴族コミュニケーション力……最後に友情だ』

「才能、貴族コミュニケーション力………友情、ですか？」

思わずミーリアはアリアを見る。

彼女と目が合って、ミーリアは照れくさくなって頬を赤くした。アリアが嬉《うれ》しそうな表情で目を逸らした。

『デモンズは三十代まで友人がいなかったんだよ。あいつはそれをずっと後悔してたみたいでな、デモンズマップの仕掛けに二人の魔力を必要としたのも、若者に友情を育んでほしいと思ったからだ』

「そうだったんですか」

『お嬢さんたちは見事うまくいったみたいでよかったよ。試験官を引き受けてよかった。まあ最後の魔法、貫通魔光線《マジックレイ》だっけ？　あれは死ぬかと思った……もう死んでるんだけどな』

亡霊ピーターが笑い、ミーリアとアリアも笑った。

「あの……はい。アリアさんと今回の件でお友達になれました。それは本当に感謝してます。ね、アリアさん？」

「そうですわね。わたくしも、その、ミーリアさんに先を越されてしまいましたけど……ずっとお友達になりたいと思っておりまして……でも勇気が出ずにずるずるとここまで……」

アリアが恥ずかしさと悔しさの混ざった表情でうつむいた。

ミーリアが彼女の手を取った。

「いいんですよアリアさん。私もまったく同じ気持ちだったので」

「ミーリアさん……」

『女子の友情もいいもんだな』

ピーターに言われてミーリアがえへへと頭をかいた。

人生初の友達に、顔のにょにょが止まらない。

デモンズマップの謎には、デモンズによる新人教育の一面があったことを知った。

(クロスワードで知識と貴族コミュニケーション力を、解答で友情を……理由を聞けば納得の内容だね。ちょっと悪辣なところもあるけど。あと凝りすぎてるところもあるけど)

『デモンズマップの謎を解いたということは、お嬢さんは間違いなく才能がある。そしてマップを手にした者は、砦の秘密に挑戦できるってわけだ』

「まだ何かあるんですか？」

『俺も詳細は知らないんだけどな』

亡霊ピーターが人間くさく肩をすくめた。

『地図を埋めていけばいずれわかることさ。ああ、その地図、行った場所が自動で埋まるようになっている。見てみな?』

(自動マッピング?)

デモンズマップを取り出して開くと、ミーリアが行ったことのある場所が地図になっていた。空白のほうが大きい。

「あ、ホントだ。寮塔、逆さの塔、食堂、校庭、花壇、教室……行ったところだけ埋まってる」

『埋めていくのは楽しいぞ。俺もデモンズにもらって持ってるからな』

亡霊が雑多な器具が置かれているテーブルに指を向けると、一枚の地図が浮かんだ。

『ま、俺は基本ここから動けないんだけどな。あ、そうそう、相方のお嬢さんも地図は見られるぞ。二人で砦……今は女学院になったんだっけ? それを探索してみるのもいいかもな』

「アリアさん。いずれ全部埋めましょう」

「ですわね」

ミーリアはアリアとうなずきあった。

それから、ミーリアは本題に入ることにした。

「あの、聞きたいことがあるんですけど、いいですか?」

『ああ、なんでも答えよう』

「私たち、魔古龍バジリスクの石化を解く方法を探していて……」

ミーリアの言葉に、アリアが緊張で表情を固くした。

魔法薬を研究している亡霊ピーターがヒントを持っている可能性は十分にある。

『石化?　ほほう』

亡霊ピーターが興味深そうに落《お》ち窪《くぼ》んだ瞳を赤く光らせた。

「私たちが二人でデモンズマップを解こうとしたのは、石化解呪の方法を探すためです。この学院のどこかに石化を解く魔道具はありませんか?」

「わたくしの祖母と関係がございます」

ミーリアに代わって、アリアが説明をした。

祖母が石化してしまい、解呪方法を探して学院に入学した経緯も合わせて伝える。

聞いたピーターはローブを広げた。

透けたドクロ頭が何を考えているのかわからないが、彼のまとっている空気が変わった。この話を受け止めてくれたようであった。

『そうか。石化か……こっちに来い。見せてやろう』

「え?」

ピーターがふわふわと奥の部屋へ進む。

ミーリアとアリアは後をついていった。

ピーターの地下研究室の最奥は厳重な扉で閉ざされていた。

彼が魔法を唱えると、扉が重い音を上げて開いた。

「え……」

「これ……」

中に入ったミーリアとアリアは室内の光景に絶句した。

部屋の奥に立派な石像が飾られている。

その石像は若く美しい少女であり、石像にしては妙なリアリティがあった。まるで生きているようだ。

『紹介しよう……妹のマギーだ』

亡霊ピーターが悲しげな声で言った。

（ピーターさんの妹さん……石化の呪いを受けたの？　ひょっとして治せなかったのって石化のこと？）

ミーリアは不安になってアリアを見る。

二百年前から研究をして、未《いま》だに解呪方法がないと思ったのか、アリアの顔色が悪くなっていく。

そんな二人を見たピーターが、明るい声を出した。

『ああ、勘違いするな。石化は治せるぞ？』

「え、それって」

「どういうことですの？」

ミーリアに合わせてアリアが前のめりに質問した。

『妹を石化させたのは病気の進行を止めるためだ。石化した人間は時間が停止する。それを利用して、妹が死なないように若さを保たせ、未知なる毒の研究をしてるってわけだ。かれこれ二百年ね』

「では、石化を解く方法をご存知《ぞんじ》ですの⁈」

アリアが興奮した様子で尋ねた。

亡霊ピーターは気軽な調子でうなずいた。

『ああ、知ってる。解呪の薬をかけるだけだ』

そう言いつつ、研究室の奥にある小瓶を魔法で持ち上げた。

「あの！　ご無理を承知でお願いいたしますがそちらを売ってくださいませんか！　いくらになっても構いません」

『……悪いがそれはできない』

「そんな。なぜですの？」

『妹を解呪できなくなる。薬は一本しかないもんでな……悪い』

「それは……」

アリアは目の前に浮いている薬瓶を泣きそうな顔で見つめている。

『ただ、作り方なら知っているぞ』

「本当ですの？　お教えいただくことは可能ですか？」

『ああ、いいぞ。俺が言う魔法素材と交換でどうだ？』

「ぜひお願いいたしますわ」

アリアが深々と一礼した。

ミーリアも嬉しく思い、頭を下げる。

(よかった……! これで一歩前進だね。亡霊ピーターさんが知っているなんてすごいよ)

鼻息を荒くしていると、亡霊ピーターがカタカタと笑う。

『そうだな………ミスリル百gでどうだ?』

「ミスリル……百g……ですの?」

笑顔を一変させ、アリアが顔を青くした。

ミスリルは魔力伝導率が高い希少金属だ。百gで金貨百枚。日本円で換算するならば一千万円ほどであろうか。換金レートも時期によって大幅に上下する物質だ。そもそも世の中にあまり出回らない。

「そんな……用意するのにどれだけ時間がかかるか……」

『石化解呪薬のレシピを作るのにも二十年かかったからな。これでもかなりおまけしてるんだぞ? 無期限で待ってやるからいつでもここの地下に――』

そこまでピーターが言ったところで、ミーリアが気楽な声を上げた。

「ピーターさん、これぐらいでいいですか?」

ミーリアが魔法袋からミスリルの塊を出した。

「私、結構持ってるのであげますよ」

その後、アリアが申し訳ないからと断るも、「後払いでいいから」とミーリアが強引に了承させ、ピーターの手にミスリルが渡った。

ピーターは嬉しそうだ。

空中でくるくるとターンを決めている。

レシピを教わったミーリアとアリアはメモ書きを覗《のぞ》き込《こ》み、視線を交差させた。

(自然薯《じねんじょ》、クレセントムーン、マジックトリュフ、ナツメ草、魔法石、聖水……この辺はどうにかなりそうだよね。大商人が売ってくれそうだし……でも最後の一つがなぁ……)

「問題の素材が一つございますわね」

アリアが親の仇《かたき》を見るような視線を、メモ書きに向ける。

「ですね……」

ミーリアも視線を一点へ向けた。

メモ書きの最後には『魔古龍バジリスクの血・二百g』と記されていた。

12・銀髪姉妹

地下迷宮を脱出すると、空が白んでいた。

（時計魔法……もう午前四時か）

ミーリアは脳内で時間を確認する。

花壇の隅でアリアと顔を寄せ合った。

「アリアさん、亡霊ピーターの話だと魔古龍バジリスクは春の終わりに出てくるということでした。今を逃すとチャンスは来年になります」

「ミーリアさん……まさかとは思いますが、討伐しに行くおつもりですの？」

アリアが不安げな目をミーリアに向ける。

ピーターの話によれば、バジリスクは春の終わりに現れる。

桜桃《チェリーピーチ》が好物なので、群生地帯に行ったアリアたちが鉢合わせになったのでは、と考察していた。人間領域に出没することは滅多にないらしい。

「おばあさまが石化したのもちょうどこの時期でした。ですが……あまりに危険ですわ！」

「アリアさん。私にまかせてください！」

ミーリアはドンと薄い胸を叩《たた》いた。

アリアは規格外の魔法使いであるミーリアならば討伐できるかもしれないと思うも、初めてできた友達が危険な目に遭う可能性に胸が痛くなった。

魔古龍バジリスクは魔法使い百人がかりで討伐する魔物だ。討伐成功例は二回しかない。ちなみに百年前、デモンズが秘密裡《ひみつり》に一体倒している。

「ミーリアさん、バジリスクは凶悪な魔物です。いくらあなたでも単独討伐は……おやめになってくださいませ！」

「大丈夫ですよ」

「いえ、危険です！」

ミーリアはつらそうな表情のアリアを見て胸が熱くなり、逆に燃えてきた。

（アリアさんに似合うのは笑顔だよ。取り戻したい、その笑顔……）

「友達を助けるのは当然のことです。私はこういうときのために魔法があると思うんですよ。それに……私とアリアさんは友達ですから、ねっ？」

「ミーリアさん……」

その言葉に、アリアの瞳に涙が溜《た》まっていく。

素敵な友人を得てアリアは神セリスへ祈りたくなった。

「お気持ちは大変嬉《うれ》しく思います。ですが、初めてできたお友達を失ってしまう可能性を考えると……この身が引き裂かれる思いです。どうか……別の方法を考えてくださいませ……」

「アリアさん……そこまで……」

（泣ける……アリアさんが友達でよかった……）

ミーリアは本気で心配してくれるアリアに涙がこぼれそうになり、さらにバジリスク討伐への意志を強固にした。一度決めたら最後までやり遂げなければ気が済まない性分がここで発揮された。

ミーリアもアリアも、頑固な部分は似た者同士かもしれない。

「私は、初めてできたお友達のために、全力を尽くしたいんです」

ミーリアが涙を我慢して言った。

「だから、行かせてください。魔古龍バジリスクを討伐してきます」

深紫の瞳には必ずや成し遂げるという明確な決意が宿っていた。

アリアはその想《おも》いが痛いほど伝わり、かあっと胸が熱くなって、言葉を発するのも無粋に思える感動に打ち震えた。

黙ったままポケットからハンカチを出し、目頭を押さえて、小さくうなずいた。

「大丈夫です。まかせてください！」

ミーリアの言葉に、アリアは何度もうなずいた。

「……代わりに、わたくしにできることはなんでもいたします。ミーリアさんは今後どんなことを目標にされているのですか？　わたくしも、ミーリアさんの夢や目標のお手伝いをいたしますわ」

アリアは愛情深い女の子だ。

恩を受けたら、それを十倍にして返す。そういう心づもりであった。

「目標というか……私のマニフェストは〝YES焼き肉、NO結婚〟です」

ミーリアの意味不明な発言に、アリアはハンカチを動かす手をはたと止め、赤い目を上げた。

「あの、申し訳ございません、わかるように教えてくださいませ」

「あ、ごめんなさい。えーっとですね、私は毎日焼き肉を食べたいんです。結婚はしたくありません。端的に言うとそんな感じです」

「……」

アリアが理知的な瞳をぱちぱちと開閉し、手にハンカチを持ったまま考える。

「焼き肉とは、具体的にどういったものなのでしょうか？　お肉料理ですの？　公爵家が雇っているシェフにお願いすることはできますわ」

「よくぞ聞いてくださいました。焼き肉とはですね――」

ここからミーリアの熱弁が始まった。

焼き肉とはすなわち七輪に網をのせ、その上で様々な肉を焼くことである。この世界にも焼いた肉を食べる文化はあるが現代日本と同等まで発達していない。せいぜいが丸焼き、素揚げである。ジョジョ園の最強焼き肉ダレなど存在していないのだ。

「――よってですね、まずは食べれるお肉をすべて試すこと。タレを開発するところから始めたいと思っているんです」

焼き肉演説によって、先ほどの湿っぽい空気はすっかりなくなった。

アリアはくすりと笑って、ハンカチをポケットへしまった。

「……聞いていたらお腹《なか》が空《す》いてきましたわ」

「あ、ダボラちゃん食べます？」

ミーリアが魔法袋から焼き鳥を出した。

何度かもらっているので、アリアも慣れている。

「ありがとうございます」

「いえいえ。胡椒《こしょう》岩塩味でいいですか？」

「高級調味料ですけれどよろしいんですか？」

「アトウッド領に埋まってたのを掘り返しただけですよ」

脳筋領主と次女ロビンが聞いたら、悔しがって地団駄を踏むセリフである。

美しい銀髪の少女と、ラベンダー色の髪をしたお気楽娘が、美麗な花壇の隅で焼き鳥を頬張った。世界は平和である。

「では、ＹＥＳ焼き肉、ＮＯ結婚――わたくしもお手伝いさせていただきますね。結婚に関しては回避方法が多数あるのでお力になれますわ。いつでも相談ください」

「それは心強いです」

ミーリアは二本目の焼き鳥に取り掛かった。

（アリアさんさすが公爵家ご令嬢だよ。貴族関係のことは全然わからないからなぁ。今回のデモンズマップといい、かなり勉強になったよ）

ミーリアは焼き鳥を頬張りながら、アリアを見た。

「それじゃあ私はこの足で、師匠のところへ行ってきます」

「え？　どういうことですの？」

急な話にアリアが声を高くした。

「師匠なら魔古龍バジリスクの生息地や、討伐方法を知っていると思います。さすがに準備していこうかなと思ってですね」

「授業後ではダメなのですか？　わたくしたち一年生は外出許可なしで外には行けませんよ？　それに、無断外出で罰則一回ですわ」

「どのみち覚悟していました。大丈夫です。星《スター》は後でゲットすればいいですけど、おばあさまの石化解呪のチャンスは中々ありませんよ」

「……わかりましたわ。キャロライン教授の授業はわたくしがしっかりと病欠報告をしておきます」

「それはかなり助かります。あ、それとこれを――」

ミーリアは魔法袋から金貨二千枚が入った箱を取り出し、地面に置いた。

アリアが何かと視線を向ける。

「金貨二千枚です。これでレシピの素材を集めてください」

ミーリアが箱を開けると、中にはぎっしりと金貨が詰まっていた。

「え……こんな大金をどこで……」

「魔古龍ジルニトラを女王陛下に買い取ってもらったお金です。アリアさんのお家《うち》はお金がないと聞きました。だから、使ってください」

「ミーリアさん……」

「断らないでください。これは貸し、ということでどうですか？」

「ふふっ……考えていることがわかっていたようですね……。ありがとうございます。これは父に言って必ずお返しいたします」

「いつでもいいですよ。正直、困っていたので」

女子高生がいきなり二億円もらっても困るのと同じで、ミーリアも金貨の扱いをどうするか悩んでいた。信用できるアリアのために使うのは素晴らしいアイデアだと思う。

それに、もしお金が必要になったら、魔物を狩ればすぐに手に入る。

（魔法袋に入ってる金と銀のインゴット百ｋｇを売ってもいいしね）

例の大仏の形を模した、あのインゴットだ。

ちなみに鉄は四百ｔ保管されている。ティターニアも知らない。

アリアが魔法袋に金貨をしまうところを見届け、ミーリアが寮の方向を見た。

「アリアさん。そろそろ部屋に戻ったほうがいいですよ」

「ですわね……」

アリアが空を見上げた。

朝日がのぼってきている。

「あの、姉にも石化解呪薬のレシピを伝えてもよろしいですか？　とても喜ぶと思います。貴族とのやり取りは姉のほうが詳しいです。きっとミーリアさんの力になってくれますわ」

「もちろんいいですよ」

（ディアナさんも美人で素敵な人だよなぁ……ちょっと気が強そうだけど）

ミーリアは姉ディアナの銀髪ツーサイドアップを思い出した。

そして黒髪ロングの愛する姉、クロエのことも思い出した。事前に言っておかないとまた心配をされそうだ。

「アリアさん、クロエお姉ちゃんに伝言をお願いしてもいいですか？」

「もちろんですわ」

「師匠に会ってバジリスク倒すから大丈夫だよ、と伝えてください」

「それだけで大丈夫ですの……？」

「はい。クロエお姉ちゃんならだいたいのことはわかってくれます。私と違って頭がいいので」

「そうですか……わたくしから補足を入れておきますね」

色々と察するアリアは優秀であった。

「ではアリアさん。私、行きますね」

「ミーリアさん。ご武運を――」

「オーケーです！」

ミーリアが焼き鳥の串を魔法袋へ放り込んで親指をビシリと立て、転移魔法を発動させた。

一瞬でミーリアの身体《からだ》がかき消えた。

○

転移魔法を繰り返してミーリアはアトウッド領に入った。

実家にはもちろん寄らず、そのままティターニアの家へ転移する。

(師匠の家、懐かしいな)

新緑がまだら模様の影を芝生へ落としている。

森に住むエルフの家はどこか幻想的な雰囲気があった。

あの実家で耐え続けることができたのも、ティターニアがいたからこそだ。

(師匠、まだ寝てるよね)

目をこすりつつ、ミーリアは家のドアを開けた。

たった三ヶ月であるのに、ここに通っていたのがずいぶん昔の出来事に感じる。

(徹夜してるから眠い……)

やわらかい香りが眠気を誘う。途中、転移ポイントを間違え、休憩を挟んで転移してきた。

時間は午前五時だ。魔力はまだ半分以上残っている。

ティターニアの寝室に入ると、神々が造形したかのような美しい女性が眠っていた。金髪がベッドからこぼれ、長い耳が呼吸に合わせて上下している。寝苦しかったのか、ティターニアはへそ丸出しだった。

「……ん？　ミーリアなの？」

ティターニアが薄く目を開けた。

「師匠、おはようございます」

「そうかそうか、退学になったのね。あなたちょっと抜けてるところあるからね。さ、いらっしゃい」

「え、ちょっと師匠？」

細い腕がするりと伸びて、ミーリアは布団の中に引き込まれた。

「抱きまくら……んー……んふふ」

「師匠、私、退学になってません。あ、寝ないでください、師匠？」

じたばたもがいても、ティターニアが両手両足でがっしりつかんでいるため抜け出せない。

仕方なく起きるまで待とうと思うも、ミーリアもすぐに寝てしまった。


（ん？　ああ、私寝ちゃったんだ……）

ミーリアは目をこすってベッドから起き上がった。

制服のローブと上着が脱がされている。ティターニアがやってくれたらしい。

（時計魔法――えーっと、ええっ⁈　午後一時！）

がばりと起き上がって、ミーリアはローブと上着をつかんで家から飛び出した。

「おはようミーリア。帰ってくるなんてどうしたの？　退学？　元気そうでよかったわ」

切り株に座って日光浴しているティターニアが笑顔を向けた。

「おはようございます師匠。退学じゃありませんよ」

ミーリアがティターニアに駆け寄って飛びついた。

エルフ特有の柔らかい匂いがする。

ティターニアが何度かミーリアの頭を撫《な》でると、顔を覗《のぞ》き込《こ》んだ。

「退学じゃないって知ってるわよ。私を誰だと思ってるの。何かあったんでしょう？」

「千里眼で見てたんですか？」

（さすが師匠！）

ミーリアは端整なティターニアの顔を下から見上げた。

「ええ。暇つぶしでたまーにね。魔法電話が使えたらいいんだけどねぇ」

いつもと変わらぬマイペースな調子でティターニアが言う。

「あの、魔古龍バジリスクを討伐したいんです。知恵を貸してくれませんか？」

ミーリアは事情を説明した。

アリアの姿を千里眼越しに見ているティターニアは、だいたい察していたのか、すぐに納得してくれた。

「そういう事情ね。そうね……今のあなたなら一人で大丈夫でしょう」

「師匠は一緒に来てくれませんか？」

「一緒に行きたいのは山々なんだけどね、私、グリフィス公爵領に行ったことないのよ。転移で行くのは無理よ？」

「飛行魔法はどうですか？」

「今ここを離れると、アトウッド領が魔物領域になりそうだわ。あなたが抜けた穴があるからね」

「え、それはどういう……？」

「人間が内包している魔力が集まって人間領域になるでしょう？　膨大な魔力を持つあなたがいなくなって、アトウッド領の人間領域が狭まったのよ。今、森が活性化してるの。この状態で私まで長時間いなくなると危険だと思うわ」

「それはまずいですね」

（さすがに領地が魔物領域に飲み込まれちゃうのは心が痛いな……）

ティターニアがミーリアの肩に手を置いて、ゆっくりと身体を離した。

「バジリスクが現れるのは時期的にギリギリってところね。今日中に見つけるのがいいでしょう」

ティターニアがそう言いながら長い指を回すと、家のドアが勝手に開いて焼き立てのクッキーが皿ごとふわふわ飛んできた。

魔法袋からテーブルとティーセットを出し、ミーリアに座るように促す。

「クッキー！」

ミーリアは今でもティターニアのクッキーが大好物だった。

「ふふふ、食べながら話しましょう。昼ごはんも食べていきなさい」

「はぁい」

ミーリアは嬉しくなっていい返事をした。

○

ミーリアがクッキーへ手を伸ばした約五時間前、アドラスヘルム女学院ではアリアが銀髪を揺らし、逆さの塔の隣にある職員塔へと足を運んでいた。

徹夜をしているせいか妙に頭の中がクリアだ。

(わたくしはわたくしにできることをいたしましょう)

枯れ枝で覆われた大きな扉を開くと、吹き抜けの広い空間にいくつもの階段が延び、床が浮いている光景が目に飛び込んできた。職員室に入るのは二回目だったので驚きは少ない。

アリアは長い脚をお淑《しと》やかに、しかし素早く動かして、キャロライン教授の席がある浮いた床まで階段を上った。

「失礼いたします」

声をかけると、童話の魔女のような黒尽《ず》くめで青白い顔をした教授が振り返った。

魔法書を読んでいたらしい。

（授業の無断欠席がこの方に露見するとまずいですわ。ミーリアさんを正式な病欠扱いにしていただきましょう）

キャロライン教授はアリアとその首元の水色のリボンを見て、やや不機嫌になった。

「なんですか、アリア・ド・ラ・リュゼ・グリフィス嬢」

「お時間をちょうだいしてしまい恐縮にございます。我がアクアソフィア魔法科、ミーリア・ド・ラ・アトウッド嬢ですが、本日体調不良のため教授の授業をお休みするとのことです」

「……ほう……ドラゴンスレイヤーが休み？」

「ええ、そうですわ」

不気味な笑みを浮かべる教授からアリアは目を逸《そ》らさずにうなずいた。

気の弱い学院生なら逃げ出したくなる笑みだ。さすがは公爵家の令嬢であった。

「体調不良である証拠は？」

「証拠でございますか？　体調不良で休むために証拠が必要だとおっしゃるのですか？」

「ドラゴンスレイヤーは授業中の態度が悪い。疑って当然よ」

「ご冗談を。彼女は真面目に授業を受けておりますわ」

アリアはミーリアが眼球に魔法で絵を描いて熟睡していることは棚に上げ、ばさりと髪を手ではねさせた。

「わたくしからは以上です。失礼いたしますわ」

「お待ちなさい！　勝手に話を終わらすんじゃありません」

優雅に一礼したアリアを教授が呼び止め、鋭い瞳を炯々《けいけい》と光らせた。

「今からこの私が確かめに行きます。案内しなさい」

そう言って教授が立ち上がろうとする。

アリアは二の句を継いだ。

「それはローズマリア担当であるキャロライン教授の領分を越えているのではございませんか？　ミーリア・ド・ラ・アトウッド嬢はアクアソフィア寮塔におります。なぜわざわざ足を運ばれるのです？」

「それは私が疑っているからよ」

「キャロライン教授――このようなことはあまり言いたくはございませんが、アトウッド姉妹への当たりがいささか強いと皆が噂《うわさ》しております。学院の教師としての公平性に欠けると思われる行動は控えたほうがよろしいかと存じますわ。わたくしの姉ディアナはローズマリアですが、わたくしはアクアソフィアです。父と母も心配しているでしょう」

「……」

キャロライン教授が悔しそうに黙り込んだ。

グリフィス公爵家の名前をちらつかせて牽制《けんせい》したのはかなり有効だった。

（使えるものはなんでも使う。ミーリアさんのためですから）

アリアは何も言わない教授へ「ごきげんよう」とお淑やかに一礼し、その日授業を受け持つ他の教師にミーリアの病欠を伝え、職員室を後にした。

午前の授業を受け、次に向かったのは姉である公爵家次女ディアナのところだ。

商業科の授業が行われていたレインボーキャッスルの前でつかまえることができた。

「お姉さま、ごきげんよう」

「ごきげんようアリア。あらあなた、寝不足？　目の下がぼんやりとしているわよ」

姉ディアナは妹の目から見ても見目麗しい精霊のような美貌を持つ少女だ。

艶のある銀髪が太陽の光で輝いている。

「これには訳がございまして、お時間よろしいでしょうか？」

「……わかったわ。中庭に行きましょう」

聡明《そうめい》なディアナは妹の様子が普段と違うことに気づいて、周囲にいた友人らへ断りを入れた。

二人は並んで歩き、人気《ひとけ》のないベンチへ腰を下ろした。

防音魔法が使えればいいのだが、アリアはまだ習得していないため、小声での会話となった。

「それで、どうしたのかしら？」

ディアナは落ち着いて見えるが、実はせっかちな性格だ。無駄が嫌いと表現したほうが正しいだろうか。遠まわしに用件を伝えられるのを何より嫌がる、ある意味で貴族らしくない人物であった。

アリアは前置きを抜きにし、姉を見つめた。

「石化解呪の方法を発見いたしました」

「――！」

その衝撃たるや。ディアナは身体を震わせ、アリアの両肩をつかんだ。

「本当なの？　どこで、どうやって発見したの？　まさか……デモンズマップ……」

「ミーリアさんとデモンズマップの謎を解き、地下迷路を踏破して、魔術亡霊《マジックゴースト》から教わりました」

「聞きたいことが山ほどあるけれど、違うのね？」

ディアナはアリアが他に言いたいことがあると察し、両手を肩から離して続きを促す。

「こちらを」

アリアは石化解呪薬のレシピを見せ、ミーリアから借りた金貨二千枚を魔法袋から出した。

公爵家が六年間探し求めていた解呪方法を提示され、興奮冷めやらぬディアナは「まあ……なんてこと……」とうわ言のようにつぶやいて、レシピの書かれた紙を手に取った。

「自然薯《じねんじょ》、クレセントムーン、マジックトリュフ、ナツメ草、魔法石、聖水……すぐに手配するわ。まかせてちょうだい。でも――」

「そうなのです。バジリスクの血が……」

ディアナも祖母が石化した瞬間を目撃していた一人だ。

あのときの恐怖と、バジリスクの凶悪な体軀《たいく》を思い出して身震いした。

「なんてことなの……結局……解呪はできないのね。バジリスクを討伐するなんて無理よ……何人の魔法使いと騎士を雇えばいいのか……」

「お姉さま。こちらの金貨はミーリアさんが貸してくれたものですわ」

「そうでしょうね。女王陛下が魔古龍ジルニトラを金貨二千枚で買い取った情報は、こちらにも流れてきているもの」

「はい……それから……」

アリアは瞳を潤ませて、ぐっとお腹《なか》に力を込めて口を開いた。

「ミーリアさんが、魔古龍バジリスクを討伐しに行かれました」

「…………それは本当なの？」

頭を重い何かで殴られたような衝撃を受け、ディアナは全身を硬直させた。

「ドラゴンスレイヤーの意図が不明だわ……そもそも単独で討伐なんて死にに行くようなものよ……。あの子、何を考えているの？」

「ミーリアさんは、わたくしと友誼《ゆうぎ》を結んでくださいました。わたくしが初めての友だと……友のためには苦労を惜しまないと……そうおっしゃられて……」

ミーリアの優しさと熱い想《おも》いに歓喜が広がり、それと同時に心配と不安も湧き上がる。

アリアは何とか涙を流さないように、言葉を繋《つな》いだ。

「お姉さま、ミーリアさんはグリフィス公爵家を救う翼となるお方ですわ」

「あの子が……わたくしったら、歓迎会であんなことを……」

グリフィス公爵家は何よりも義理を重んじる家柄だ。

ディアナはミーリアの志に応えないのは末代までの恥になる、と相貌を引き締めた。

「お父さまにはわたくしが連絡するわ。レシピの材料はまかせてちょうだい。問題なのは――」

「はい。クロエお姉さまですわ」

「先に話しておかないと後々にグリフィス公爵家が攻撃されかねないわね。クロエの妹への愛は本物よ。良きライバルならまだしも、敵対されるのは困るわ」

ディアナが喧嘩《けんか》を吹っかけているのは、あれくらいならクロエの逆鱗《げきりん》に触れないからである。

ミーリアへの溺愛ぶりを間近で見ていると、今回の件は非常にまずいことになりそうだ。

説明を入れなければ、グリフィス家姉妹がミーリアをバジリスク討伐へ誘導したと思われてしまう。

「大食堂にあの子を呼ぶわ。アリアは席を準備しておいて」

「承知いたしましたわ」

銀髪姉妹は弾《はじ》かれるようにベンチから立ち上がった。

○

アリア、ディアナ、クロエが大食堂で対面していた。

アリアとクロエがアクアソフィアで水色のリボン、ディアナがローズマリアで赤いリボンをつけている。

なにかと注目度の高い三人が集まっていることに、周囲の目が自然と向いていた。

三人は昼食には手をつけずにいる。先んじて話し始めたのはクロエだった。

「あの子が魔古龍バジリスクを討伐すると言って出ていったの？　だからいないのね？　ああ、ああ、なんてことでしょう……無断外出で罰則一回じゃない……。何よりそんな危険なことをしようとするなんて……心配だわ……ミーリア」

夜中ずっと窓に張り付いていたクロエの顔は疲れていた。

それでも美貌は失われていない。

徹夜しているせいで、目つきが少々鋭くなっていた。

「アリア・ド・ラ・リュゼ・グリフィス嬢。どうしてあの子を止めてくれなかったの？」

クロエはアリアをフルネームで呼び、端的に質問することで、ここは学院であるから公爵家令嬢と騎士爵家令嬢の身分差はないと強調する。

そんな牽制をわかっているアリアは、にこりと笑みを浮かべた。

「アリアで結構ですわ、クロエお姉さま」

「あなたにお姉さまと呼ばれるのは承服しかねるわ」

「大切なお友達のお姉さまです。お姉さまと呼ばせてくださいませ」

アリアが揺るぎない目で見てくるので、クロエはため息をついた。

「……最近のミーリアを見ていたからわかるわ。あなた……アリアさんが信用できるってことよ。あの子、ああ見えて危険を察知する能力は高いの。ダメな家族に囲まれていたからね」

その言葉にアリア、ディアナは安堵《あんど》の息を吐いた。

アリアがうなずいて口を開いた。

「お聞きしましたわ。その、まともな家ではなかったと……」

「それで、なぜ私に事情を説明してくれる気になったのかしら？　ディアナ、あなたが私を派閥に取り込もうとしているわけではないわよね？」

クロエが静かに話を聞いているディアナへと目を向けた。

気の強そうな瞳を細め、ディアナが首を横に振った。

「違うわ。わたくしの事業を手伝ってくださるならもちろん歓迎いたしますけれど。これは……あなたの妹への敬意と感謝を伝えたくて……わたくしも同席したの」

普段の態度とは違い、ずいぶんとしおらしい。

クロエは理由を知りたくなってアリアに尋ねた。

「どういう経緯があったのかしら？」

「はい。まずはミーリアさんからの伝言をお伝えいたします」

「ミーリアの？　それを早く言ってちょうだい。さ、早く早く」

クロエが急《せ》かした。

「あなた妹のことになると目の色が変わるわね」

ディアナが言うと、クロエが頬を赤くした。

「別にいいでしょう最愛の妹なんだから。さ、話して」

「ミーリアさんはこう言っていました。師匠に会ってバジリスク倒すから大丈夫だよ、と」

クロエは聞き漏らすまいと、じっと耳をすましている。

数秒してアリアがそれ以上何も言わないので、何度も瞬《まばた》きをした。

「……それだけかしら？」

「はい。これだけですわ。クロエお姉さまならこれで大丈夫だと言っておられました」

「ああ、ミーリア……ああ、ミーリア……」

クロエが頭を抱えてうなだれた。

「何度も何度も説明を端折《はしょ》ってはいけませんと教えたのに……あの子ったら一個やりたいことを見つけると猛牛のように一直線なのよ。風の魔法を練習しているときだって私が何度話しかけても全然聞こえてなくって耳元でミーリア、ミーリアって三回呼んでやっと――」

「あの、クロエお姉さま？　わたくしが代わりに補足説明をいたします」

クロエが独り言をやめ、両手を広げた。

「まあ、まあ、それは大変素晴らしい提案よ、アリアさん。さ、話してちょうだい今すぐあますところなく」

それからアリアは話した。

アリアの祖母が石化していること、二人で協力してデモンズマップを解いたこと、地下に亡霊がいて薬品研究をしていること。その亡霊に石化解呪薬のレシピをもらったこと――

話が進むにつれ、クロエは「ミーリア。ああ、なんてこと。危険な魔法まで使って、ああ」と、額に手を当て、首を振る動作が止まらなくなる。あまりの心配ぶりにアリアとディアナは苦笑した。

話が終わると納得したらしく、クロエが大きくうなずいた。

「よくわかりました。あの子の性格なら、あなたを助けようとするでしょう」

「ミーリアさんは優しい女の子です」

「そう、そうなのよ。あの子はとても優しい、人の痛みがわかる子なの」

クロエが二人と対面してから、初めて笑みを浮かべた。

「あの子がアリアさんと一緒で、楽しそうにしていたのは知っているわ。話してみて、あなたが悪い人でないとわかって……まあ、よかったと思うことにしましょう。ただ、一つだけお願いがあるの。いいかしら？」

「はい。何なりと仰《おつしや》ってくださいませ」

「もし、あなたのお父さまがグリフィス公爵家にあの子を取り込もうとしたら、止めてちょうだい。それ以外の家もそうよ。教会派閥も危険だわ。あの子をなるべく自由にしてあげて？」

「承知いたしました」

アリアが何も聞かずに快諾した。

姉のディアナはなんてもったいない、という顔をしているが、「返し切れない恩があるわね」と笑みを浮かべ、「約束しましょう」とクロエへと頭を下げる。

そんな三人の姿を遠巻きに見ていた学院生は、公爵家のディアナが頭を下げていることに驚いていた。

残念なことに、三人ともミーリアがクシャナ女王にお気に入り登録されていることを知らない。しかもクロエも遠隔合わせ技でお気に入り登録されている。もし知っていたら、また違った話も出ていただろう。今後どうなるかは――セリス神のみぞ知る、だ。

「さ、食べましょう」

クロエが話を切り上げて、パスタを食べ始めた。

姉ディアナもお上品にスープを飲む。

「はい、クロエお姉さま」

アリアが返事をしてフォークを取った。

その呼び方にクロエは特に指摘をせず、静かにフォークを動かした。

13. バジリスク討伐

ミーリアはティターニアにバジリスクの弱点と討伐方法を伝授され、飛行魔法で空を飛んでいた。グリフィス公爵領の最北端が目的地だ。

風切り音が耳朶《じだ》を揺らし、ミーリアのスカートとローブがバタバタと風でなびいている。

顔の前方に防護風魔法を使っているので空の移動も快適だ。

「師匠、聞こえますか?」

『聞こえるわよ』

移動中は魔法電話を繋《つな》いでおくことにした。

「おさらいなんですけど、バジリスク——成体は全長四十m。目が合うと石化の呪いをかけてくる。広範囲の魔力弾を撃ってくる。空を飛んでいればただの雑魚。あってます?」

ミーリアは飛びながら注意事項を再確認した。

大きなあくびのあと、ティターニアが電話越しにうなずいた。

『ええ、図体《ずうたい》がでかいだけの的よ。石化の呪いも魔力量が多い魔法使いなら無効になるしね』

「私なら大丈夫ですかね?」

『私で平気なんだから、ミーリアも平気に決まってるわ。じゃんじゃん目を合わせなさい』

「それはちょっと怖いんですけど……」

ミーリアは前方に見えていた鳥の群れに追いついたので、群れの端に自分も加わり速度を落とした。一人で飛んでいるとちょっと寂しい。

鳥たちは急に加わったミーリアに興味がないのか、隊列を崩すことなく飛んでいる。

『ミーリア、方角は合っている？　飛んでいると方向がズレるものよ。確認しなさい』

「はぁい」

ミーリアはコンパス魔法を唱えた。

目の前に魔力でできた方位磁石が現れる。針は目的地の方角を指していた。

「大丈夫そうです」

『いいわ。バジリスクの弱点は覚えてる？』

「首ですよね？」

『そう、首よ。ついでに言うと首の肉が美味《おい》しいわ。確保してちょうだい』

「もちろんですっ。今から楽しみですよ」

『白身でさっぱりしてるのよ。ワインと一緒に食べたいわ』

「バジリスクは醤油《しょうゆ》をかけて蒲焼《かばや》きにしたいです」

（未知のお肉だよ。白身ならうなぎみたいな味？　うなぎ食べたことないけど！　待っててねバジリスクちゃん）

早くも食用認定されているバジリスク。

ミーリアがだらしない顔を作ると、鳥たちがアホピュー、アホピューと鳴いた。そういう鳴き方なだけだが、タイミングが秀逸であった。

(なんかアホと言われたような気が……でも、そうだね。第一に血がほしいんだから、気を引き締めないと)

『打撃系の魔法でガンガン攻撃して、弱ったところを風魔法で真っ二つにするのよ。風の刃《やいば》は必ず身体《からだ》の線に沿って入れること』

「首を飛ばそうとすると鱗《うろこ》に弾《はじ》かれるんですよね？　覚えてますよ」

『いい子ね。バジリスクの鱗は縦に走ってるのよ。知らない魔法使いはだいたい首筋を切ろうとして弾かれるわ。上空から見て、縦に切り裂いてやりなさい』

「倒したら、すぐに重力魔法で浮かして血が流れないようにする」

『そうそう。いいわね』

ティターニアが嬉《うれ》しそうに肯定し、何かに気づいたのか声色を変えた。

『ミーリア、鳥と一緒に飛んでたら日が暮れるわよ。全速力でいきなさい』

千里眼で見ていたティターニアが言った。

「まだ着きませんか？」

『そのペースだと、五時間かかるわよ』

「了解です。飛ばします！」

ミーリアは飛行魔法に魔力を注入した。

キィィインと魔力が身体を包んでいき、一気に放出され、ミーリアの身体が弾丸のように直進する。

鳥の群れが風圧で体勢を崩し、批難するようにアホピューと鳴いた。

（ちょっと飛ばしすぎたかも）

後方を見ると鳥の群れが見えなくなっている。眼下の景色が後方へと飛ぶ。

修学旅行で一度だけ乗ったことのある新幹線より速い気がした。

『すごい加速ね……今度私にもイメージを教えてちょうだい』

「いいですよ」

『そろそろ――魔法電話が――切れ、そう――気をつけて――リア』

「師匠、お肉持ってすぐに帰りますね」

魔法電話が効力の限界距離にきてしまった。

ミーリアは笑顔で呼びかけ、魔法電話を切り、飛行魔法に集中することにした。

◯

目標である公爵領の最北端に到着した。

眼下には桜桃《チェリーピーチ》の群生地帯が広がっていて、一面にピンク色の絨毯《じゅうたん》が敷かれているように見える。山岳地帯のほうまで桃色の花が咲いていていた。

（桜に似てるよね。外で焼き肉しながらお花見とかしたいなぁ）

そんなことを考えながら、ミーリアはソナー魔法を発動させた。

魔力を超音波のようにして三百六十度打ち出し、物体が保有している魔力を感知する探索魔法だ。半径三十ｋｍまで探索可能である。

（そこそこ大きい魔物の反応アリ……強い魔物が住み着いてるみたいだね。バジリスクっぽい反応はナシ――次）

ミーリアは飛行魔法で二十ｋｍほど移動して、再度ソナー魔法を打ち出した。

波紋のように魔法が広がり、巨大で長い体躯《たいく》の魔力を捉えた。

（全長約三十五ｍ――形状はヘビ型。バジリスクかな？）

群生地帯の最奥で反応がある。

思ったよりも早く見つかり、ミーリアは飛行魔法で一気に移動する。

しばらくして反応があった場所を見下ろすと、桜桃《チェリーピーチ》の木がガサガサ、ガサガサと北の方向に移動するように振動していた。

（よし、魔力を変換して、熱感知サーモグラフィー魔法――発動…………目標は平地に移動してるね。木が邪魔して見えない。あと、めちゃくちゃでっかいね……これ魔法使いじゃないと絶対倒せないよ）

兵士はもちろん、普通の魔法使いには到底討伐できない。

ミーリアはそのまま巨大ヘビらしき反応を追った。

五分ほど宙から移動を見届け、桜桃《チェリーピーチ》の群生地帯が途切れると、巨大生物の全貌が明らかになった。

「――バジリスクだ」

ミーリアは思わずつぶやいた。

魔古龍バジリスクと呼ばれるだけあり、頭部にはトナカイのような角が折れ曲がって生えている。稲妻みたいな形だ。口は真横に裂け、岩を簡単に砕きそうな凶悪な牙が並んでいる。両側から太い髭《ひげ》が伸び、触角のように動いていた。

(あの目……赤黒いね)

見たものを石化させる瞳からは邪悪な魔力が漂っていた。

一般の魔法使いが見たら、目を回して失禁するレベルの魔力を内包している。

ミーリアは深呼吸をして精神を統一した。

心が乱れると魔力も乱れる。ティターニアと訓練してきた成果はすぐに出た。

(……オーケー。落ち着いていこう。危険になったら転移魔法で脱出だよ)

退路をしっかり確認し、ミーリアは魔力を変換して胸部に充填――圧縮を開始した。

爆裂火炎魔法でもいいが、できるだけ身体を残して討伐したい。先制攻撃は貫通魔光線《マジッククレイ》を撃つことにした。

(両手への魔力連結……成功……魔力を胸部タンクへ移行……)

キイィィン、と不可思議な音を響かせてミーリアの胸部に光が集まる。

莫大《ばくだい》な魔力が集結し始めると、バジリスクがミーリアの存在に気づいた。

「シャアアァァッ！」

バジリスクが浮いているミーリアに首を伸ばし、魔眼で石化の呪いをかけようとする。

ばっちり目が合ったミーリアは何かが身体を通り抜ける感覚がした。

(今のが石化の呪い――全然平気だね)

気にせずミーリアは魔力を胸部から両手に移動させ、発射準備を進める。

(魔力充塡八十パーセント――)

石化が効かなかったのを見て、バジリスクがミーリアを強敵として認識する。長軀《ちょうく》をしならせ、ミーリアを丸呑《まるの》みにしようと俊敏《しゅんびん》に跳躍した。

「――ッ!?」

低空飛行していたミーリアがあわてて旋回する。

(あぶなっ！　ジャンプするとか聞いてないよ?!)

さらにバジリスクが魔力を二本の髭に集中させて、魔力弾を打ち出した。

ミーリアは超高速で離脱して魔力弾をかわしていく。

バァン、バァンと破裂音が空中で響いた。

(当たったら痛そう～。師匠の攻撃に比べたら大したことないけど)

魔古龍バジリスクの魔力弾は広範囲にホーミングする凶悪仕様だ。王宮魔法使いが三十人でどうにか処理できるレベルである。クロエがこの光景を見たら間違いなく失神する。

ちなみに、防御システムを構築しているミーリアに当たっても大したダメージにはならない。

ミーリアは魔力充填をしながら、飛空戦を繰り広げる戦闘機のように魔力弾をかわす。

「シャアァァッ――」

魔古龍バジリスクがイライラした調子で、でたらめに魔力弾を放出する。

(充塡百パーセント！　まずは攻撃して様子見！　そのあと、弱らせて仕留める！)

ティターニアの教えを反芻《はんすう》して、ミーリアが右手を突き出した。

(アリアさん待っててね！)

「いけぇっ――貫通魔光線《マジックレイ》！」

ドン、と射出音が響く。

ミーリアの右手が反動で跳ね上がった。

ビーム砲のごとく貫通魔光線《マジックレイ》が魔古龍バジリスクの身体、真ん中あたりに着弾した。完全に不意打ちのような様相になった。

「――ギギャッギジャヤ――ッ！」

バジリスクから絶叫が響く。

「もう一発！」

ドンッ、と今度は左手で貫通魔光線《マジックレイ》を射出。

これも着弾した。

「何発か当てれば弱る……あれ？」

「――ギギャッギジャヤ――ッ！」

貫通魔光線《マジックレイ》は、バジリスクが展開していた魔法障壁を貫通し、地面を溶解させて地中深くまで穴を作っている。

「……あれ？」

バジリスクは貫通魔光線《マジックレイ》で真っ二つになっていた。

魔古龍バジリスクがギャアギャアと悶《もだ》えている。

（二発で倒しちゃった……？）

あっさりと決着がついたことにミーリアは一瞬呆然《ぼうぜん》とするも、すぐにティターニアの『とどめを刺すまで安心しちゃダメよ』という言葉を思い出して、気を引き締めた。

（魔物は再生能力が高い。油断しないで――魔力変換、風魔法・特大風刃《ふうじん》猫ちゃんギロチン――）

バジリスクの真上へ移動して、魔力の刃でできたギロチンを出現させる。

歴史の教科書でギロチンを見た衝撃と言ったらなかった。想像力豊かなミーリアは二日ほど首筋が冷たくなったのを今でも覚えている。

（ギロチンのままじゃ怖すぎるからね……上の部分を猫ちゃんの形にしておいたよ）

ギラリとした刃の上で、デフォルメされた猫が紅茶をすすっている謎の魔法だ。

（横じゃなくて縦に頭を切る感じで――自動追尾機能も付与して！）

身体の小さいミーリアが、冷や汗ものの凶悪魔法をバジリスクに撃ち込んだ。

特大風刃猫ちゃんギロチンが奇っ怪な風切り音とともにバジリスクの頭部へ吸い込まれていく。

「ギシャァァ」

命の危機を察知したのか、バジリスクが回避行動を取った。

風のギロチンが勝手に軌道を変えて斜めに頭部へ突き刺さる。勢いのままバジリスクを貫通して、頭部を地面に縫い付けた。自動追尾が優秀すぎる。猫ちゃんは優雅に茶をすすっている。

「よし！　成功！」

（血を回収！　猫ちゃんギロチンは消してっと！）

すぐさまミーリアが重力魔法を発動させ、流れる血がこぼれないようバジリスク全体を浮遊させる。真っ二つになっている下半分も浮かせた。

（血はできるだけ回収しよう。あとで使えるかもだし）

まだ息のあるバジリスクが恨めしい視線で何度もミーリアを睨《にら》みつける。

石化の呪いをかけようとしていた。

（私には効かないよ）

これまで多くの人を苦しめてきた魔古龍だ。ミーリアは下唇を突き出して、眉間にしわを寄せた。大した威圧感はないが、バジリスクは膨大な魔力で光っているミーリアの胸部と両手を見てあきらめたのか、だらりと力を失った。髭がロープのように垂れる。

(討伐成功ッ！　私も師匠に追いつけたかな？)

秒で討伐できるらしいティターニアと比較して、ミーリアは拳を握った。

(よーし、作っておいた銀の桶《おけ》を出してっと――)

魔法袋から、銀を引き延ばして作った巨大即席桶を取り出し、首から出ている血を回収する。

胴体からはあまり血が出ていないのが不思議だった。

(もっと血が取れると思ったけど……そうでもないね。お風呂一杯分ぐらいかな？)

意外にもバジリスクからはあまり血が出てこない。血の色は青色だ。ちょっと気味が悪い。

(今回必要な分は小瓶に移しておこう……重力魔法で垂れてる血を移動させて――よし)

浮いているバジリスクの下に小瓶を移動させ、風魔法でじょうごのように血を回転させて回収した。

あとは銀の蓋を魔法袋から出し、簡易桶にのせる。分解魔法で桶と蓋を溶接して完了だ。

小瓶一つと、巨大桶一つ分のバジリスクの血を手に入れた。

(魔法袋に回収――オッケー、うまくいった)

「ふう……」

無事に血を回収できて、ミーリアは安堵《あんど》のため息をついた。

そしてまだ浮いているバジリスクを見て目を光らせた。

「お肉ゲットだよ」

まずは風魔法で頭部と、首の付け根部分をカット。頭部は魔法袋に入れる。

ティターニアに美味しいと教えてもらった鱗が鮮やかな箇所だけを丁寧に切り取って、それ以外を魔法袋に収納する。残されたのは輪切りになった首肉だった。

(サーモンピンクで美味しそう！　魔法袋に入れちゃおう)

自分の目でニューお肉を堪能《たんのう》してから、ミーリアはバジリスクの首肉を収納した。

(この世界に来てから、血とかお肉とか解体するの全然平気になっちゃったなぁ……師匠のおかげだね)

最初は解体作業もビビりまくっていたミーリアだったが、今では慣れてしまい、すべてが美味しいお肉様にしか見えない。

こうして魔古龍バジリスクは討伐された。

戦闘開始から終了まで、数分の出来事であった。

本来なら討伐には魔法使い三十名、騎士団大隊が必要である。しかも、石化の犠牲者が多数出るはずだ。

それをほぼ一撃、余裕で討伐したミーリア。

クシャナ女王が見ていたら拍手喝采で自宅の晩餐《ばんさん》会に招待されていただろう。

「ん〜……」

ミーリアは空に浮いたまま、大きく伸びをした。

桜桃《チエリーピーチ》が咲く平地には、ミーリアとバジリスクが戦闘をした痕跡だけが残り、爽やかな風が吹き抜けた。すでに太陽は夕日になろうとしている。

ミーリアは肉を食べたいと思ったが、まずは待っているアリアのもとへ行くことにした。ティターニアにも伝えてある。

「師匠ー、見てますか～⁉ これから女学院に戻ります！ 用事が終わったら蒲焼き食べましょうね～！」

千里眼で見ているであろうティターニアに、ぶんぶんと手を振っておく。

ミーリアはティターニアが笑っている姿を想像してから、転移魔法で女学院を目指した。

転移魔法を二十回繰り返し、ミーリアは待ち合わせ場所の花壇裏に到着した。

（結構疲れたぁ。魔力はまだあるけど体力が続かないかも）

通路から見えない花壇裏に魔獣の皮で作ったレジャーシートを出し、ティターニアにもらった紅茶を魔法袋から取り出して飲んでいると、アリアがやってきた。

アリアはミーリアを見ると胸に手を置いて、大きな安堵の息を吐いた。

「ミーリアさん！ 無事でよかったですわ！」

「任務完了です」

笑顔で親指を立ててみせるミーリア。

のほほんと紅茶を飲んでいるミーリアを見て、アリアが嬉しそうに笑った。

「こちらもお姉さまと協力して解呪薬のレシピ素材を集めましたわ。ミーリアさんにお借りしたお金が役に立ちました。心より感謝申し上げますわ」

アリアが美しい所作で一礼する。

銀髪ツインテールも合わせて垂れた。

「いいんですよ、友達なんですから」

ミーリアが恥ずかしそうに友達と言って立ち上がり、紅茶とレジャーシートを魔法袋にしまった。

「じゃあ亡霊ピーターのところに行きましょう！」

「そうですわね」

ミーリアとアリアは互いにうなずき合った。

○

地下迷路には貫通魔光線《マジックレイ》でできた穴が開いていた。

ミーリアが強引に穴を拡張してショートカットコースを作る。デモンズは草葉の陰で泣いているに違いない。

飛行魔法を使って亡霊ピーターの部屋に入ると、すでに準備を終えていた彼が待ち構えていた。

「素材を持ってきました。石化解呪の秘薬を作ってくれませんか？」

亡霊ピーターはミーリアの持つ小瓶を見ると、カタカタとドクロを震わせた。

『新鮮な状態だ。これなら問題ないだろう。他の素材はどうだ？』

「こちらにございますわ」

アリアが魔法袋から自然薯《じねんじょ》、クレセントムーン、マジックトリュフ、ナツメ草、魔法石、聖水を取り出した。

『聖水もあるな。やるじゃないか』

「公爵家のツテで買うことができましたわ」

『いいだろう。ミスリルを譲ってもらった礼ってことで一人分作ってやるよ』

「ありがとうピーター」

ミーリアが礼を言い、アリアが身体を震わせてうなずいた。

『しばらく待ってな』

「はーい」

「かしこまりましたわ」

研究室の椅子に座り、ミーリアはアリアに魔古龍バジリスク討伐の経緯などを話す。

三十分ほど経《た》つと、ピーターが小瓶を持って現れた。

『できたぞ。これを頭の上から振りかければ、石化は解呪される』

「アリアさん、やりましたね」

「はい……！　ミーリアさん、本当にありがとうございます。これでおばあさまがもとのお姿に……」

「これはアリアさんが持っていてくださいね」

亡霊ピーターから石化解呪の秘薬を受け取り、アリアが秘薬を大事に胸に抱いた。

「長かったですわ……本当に……」

「アリアさん……」

アリアは祖母を助けるため、青春のほとんどを魔法訓練と勉強に費やしてきた。

そんなアリアを、ミーリアは友人として誇らしく思う。

ミーリアは遠慮がちにアリアの身体を抱きしめた。こういうときに、どう言えばいいのかわからなかった。困ったときやつらいときは、クロエがいつも抱きしめてくれたことを思い出し、なるべく優しくアリアの身体に両手を回す。

「ミーリアさん……」

アリアがミーリアの肩に顔をうずめた。

『うんうん。友情ってのはいいもんだねぇ』

亡霊ピーターが嬉しそうに宙で回っていた。


二人が地下迷路から出て寮塔に戻ろうとすると、アクアソフィア寮塔の入り口が何やら騒がしい。

なんだろうとミーリアとアリアが近づくと、クロエ、ディアナ、ウサギの学院長、キャロライン教授が待っていた。

さらに、騎士団を引き連れた豪奢《ごうしゃ》な貴族服を着た男女がいる。

(何の騒ぎだろう。嫌な予感が……)

クロエがこの上なく心配げな表情をしている。

「お父さま、お母さま」

隣を歩いているアリアが驚きの声を上げ、早足で近づいた。

(アリアさんのご両親ってことは、グリフィス公爵家の当主と奥さんってこと?)

銀髪をオールバックにしたダンディズム漂う男性が、一歩前へ出た。

「アリア、そちらの方がミーリア・ド・ラ・アトウッド嬢かい?」

「お父さま、ごきげんよう。そうですわ。こちらがドラゴンスレイヤーのミーリア嬢ですわ」

アリアがお上品にレディの礼を執って、うなずいた。

ミーリアはどう対応していいのかわからず、ひとまず近づくことにした。

無言でいるクロエ、ディアナ、ウサちゃん学院長、キャロライン教授が恐ろしい。

「どうもはじめまして。私が――」

ミーリアがそこまで言ったところで、グリフィス家当主がミーリアに向かって膝をついた。

それに合わせて隣にいた夫人も膝をつく。

あまりに突然の出来事に、ミーリアは目玉が飛び出そうになった。

公爵家と言えば王家の血を引く権力者だ。

グリフィス家が散財して衰退しているとはいえ、その威光はこうして学院長やキャロライン教授が一歩引いて見ていることで説明がつく。

公爵家がまさか自分に膝をつくなど思いもせず、ミーリアはあせってきょろきょろと皆の顔を見た。変な声が漏れそうになる。

成り行きを見ていたクロエ、ディアナ、学院長、キャロライン教授もその光景に息をのんでいた。

困っているミーリアを見て、当主が口を開いた。

「貴女《あなた》がミーリア・ド・ラ・アトウッド嬢ですね。私はグリフィス家当主、ウォルフ・ド・ラ・リュゼ・グリフィスでございます。此度《こたび》の件、ディアナとアリアから聞いて、どれほど感謝すればいいかわからず、こうして失礼を承知で女学院まで足を運ばせていただきました」

グリフィス家当主、ウォルフは膝をついたままミーリアを見上げた。

隣にいる夫人は膝をついた姿勢でハンカチを出し、目頭を押さえている。

「石化解呪薬のレシピを探し出し、魔古龍バジリスクの討伐に行ってくださったとお聞きいたしました……友であるアリアを助けるためだけに……そこまでしてくださるとは……誠……誠に……信義に厚きレディです」

ウォルフは感動が身からこぼれそうなほど、喉を震わせている。

隣の夫人も涙を拭きながらうなずいている。

（レ……レディって……）

ミーリアはレディ呼びに困惑した。

本物のレディはバジリスクの蒲焼《かばや》きを熱望したりしないと思う。

「い、いいえ、あのぉ、私はただ、アリアさんに頼まれてお手伝いしただけで……アリアさんが優しくて素敵な方だったので、何かせずにはいられなかったというか……」

「なんと……！」

「……」

ミーリアの発言にウォルフはさらに感動で身を震わせた。

ご夫人はハンカチを左右交互に当てる。

アリアは真面目な顔つきだったが、どこか照れていた。

（と、とりあえず立ってもらおう。いや、お立ちになっていただきとうござる）

いたたまれないこの状況に混乱するミーリア。

学院長、魔女っぽいキャロライン教授、ディアナ、クロエ、公爵家騎士たちの視線が痛い。

ミーリアは公爵夫妻の前にしゃがんで手を取った。

「お立ちになってください。お膝が痛くなってしまいます」

どうにかこうにか気持ちを落ち着かせて普段の口調で言うと、二人が礼を言ってゆっくりと立ち上がった。

立ち上がるとわかるが、公爵家当主と夫人の二人はかなりの迫力だった。立ち姿だけで気品のようなものが漂っている。公爵フレグランス的な何かがあるのかとミーリアは思った。

（リアルファンタジーお貴族さまだよ。アトウッド家と比べたらA5和牛と雑草だよ）

公爵家の威光が眩《まぶ》しい。

二人が立ち上がってくれたので、学院長たちが安堵《あんど》のため息を漏らした。

ミーリアはアリアがいいとこ出のお嬢さまだと、あらためて思い知らされた。

「あの、公爵さま。お礼を言わなければいけないのは私のほうなんです」

ミーリアは自然と言葉が口から滑り落ちた。

「アリアさんは公爵家のご令嬢であるのに、ど田舎騎士爵家出身の私と仲良くしてくださいました。友達だとも言ってくださいました。だから、これぐらいのお手伝いは苦にもなりません。デモンズマップが解読できたのもアリアさんがいたからです」

「……ミーリア嬢……」

「あと、魔古龍バジリスクはさっき討伐してきました。石化解呪の薬も完成しています。ね、アリアさん？」

「なんですと？」「は？」「なんですって……？」「ああミーリア」

学院長、キャロライン教授、ディアナ、クロエが各々違う反応をした。

クロエはミーリアが魔古龍バジリスク討伐に向かったことを知ってはいたが、いざこうして本人の口から聞くと心配で胸の鼓動が速くなった。小声で「なんてことを……次は絶対に相談してから行ってもらいましょう」とつぶやいている。

ミーリアに話を振られたアリアは誇らしげな動作で魔法袋から小瓶を取り出し、ウォルフに手渡した。

「お父さま、こちらが石化解呪の秘薬です。ミーリアさんがとあるツテを利用して、調合を頼んでくださいました。わたくしも立ち会っていたので本物に間違いございませんわ」

「おお……これで母上が……」

ウォルフが小瓶を手に持ち、夫人と顔を見合わせた。

ご夫人は感激屋なのかずっとハンカチで目元を拭いている。

あの気の強い次女ディアナもポケットからハンカチを出して顔を押さえていた。

アリアの祖母である、エリザベート・ド・ラ・リュゼ・グリフィスの石化解呪が、公爵家の悲願であることは間違いないらしい。

「はい、こちらでおばあさまを元の姿に戻すことができます」

「そうか……。ミーリア嬢、あなたは誠に……」

（アリアさんも、ディアナさんも、ウォルフさんも、本当によかったね……！）

ミーリアはいいことをしたと嬉《うれ》しくなった。

自分の力で誰かを救う。そんな経験は今まで一度もない。

前世ではダメ親父《おやじ》から逃げ出して毎日を生きることで精一杯だった。

「ミーリアさん、本当にありがとうございました」

アリアが笑顔で礼を言った。

「いいんですよぉ。これからも私にできることがあったら協力しますから」

ニコニコとミーリアが笑う。

「……」

ウォルフは純真なミーリアの瞳を見て、心から感激した。

石化解呪方法の模索で公爵家の資金は底をつきかけている。ここ数年で、弱った獲物を狙う政敵から悪意ある提案などを幾度もされ、ウォルフはミーリアの存在を疑わざるを得ない状態になっていた。

何か裏があるかもしれない。

公爵家の名をほしがる連中は後を絶たない。

海千山千、老獪《ろうかい》な貴族を相手にしてきたこともあって、無条件に石化解呪薬のレシピを教えてくれるなどありえないとまで考えていた。

だが、蓋を開けてみればどうだ。

ラベンダー色の髪をした少女は、純粋な気持ちでアリアを手伝ったと言っている。しかも嘘《うそ》をついているように見えない。秘薬まで作って提供してくれた。頑固者のアリアが明らかにミーリアを慕っている。

ウォルフはミーリアを見て自分を恥じた。

グリフィス公爵家は信義に厚いことで有名だ。その懐に入ることは困難であるが、一度認めてもらえれば家が滅びようとも味方をしてくれる。そんな熱い血の流れる家である。

ウォルフは何かを決断したのか、力強い視線をミーリアへ向けた。

「ミーリア嬢の穢《けが》れなき瞳を見て、私は目が醒《さ》める思いです。グリフィス公爵家はいついかなるときもあなたをお助けすると、天と大地とセリス神に誓いましょう」

それを聞いた学院長、魔女教授、ディアナ、アリアは驚いた顔をした。グリフィス公爵家当主の後ろ盾など、受けたくても受けられるものではない。

クロエだけは顔を青くしていた。

「え？　そんな、恐れ多い……あはは……」

ミーリアは分不相応な気がして尻込みし、顔が引きつった。

「ミーリア嬢に敬礼！」

背後にいた騎士たちが、ザッと足を揃《そろ》えて胸に手を当てた。

（いやぁ……そんなにしてもらわなくても……）

友達の家に遊びに行ったらフレンチのフルコースが準備してあった。そんなノリだ。

ミーリアからしたら、ただアリアの役に立ちたかっただけである。事態が大事になってきて頭痛がしてきた。

（何かあったらグリフィス公爵家に助けてもらえるっていうのはいいことなんだよね？　これってラッキーなことじゃ……）

ちらりと姉クロエを見ると、小刻みに首を横に振っていた。

ミーリアは察した。

（お姉ちゃんがアカァンって感じの顔してる！　ど、どういうこと?!）

ミーリアは貴族の政治に疎い。

グリフィス公爵家の後ろ盾を得るということはすなわち、その派閥、グループに入ったと他からはみなされる。魔法使いは特にそうで、貴族同士で取り合いとなる存在だ。

強い魔法使いは強大な戦力となる。

自家で雇用していればそれだけで大きな牽制《けんせい》ができるのだ。

本人が「公爵家とは関係ありません」と言い張っても後ろ盾になってしまえば、他の貴族は信じないだろう。ミーリアは学院生だが貴族に仕える気があると勘違いされ、引き抜きから牽制から、かなり面倒なことになる。

しかも現在のグリフィス公爵家は経済的に弱体化しているため、他からの手荒い引き抜きが予想される。

クロエはミーリアが貴族同士の面倒な争いに巻き込まれると予想して、顔を青くしていた。

ミーリアが困り顔全開にしていると、アリアが前へ出た。

「お父さま、ミーリアさんに対するお気持ちはわたくしも同じです。どれほど感謝していいかわかりません。ただ、そちらにいらっしゃるミーリアさんのお姉さま、クロエお姉さまと約束をいたしました……。ミーリアさんを公爵家に取り込まないでほしいのです」

美しい相貌をキリリとさせ、アリアが父を見つめた。

アリアから、絶対に引いてなるものかという気迫を感じる。

学院長、キャロライン教授は公爵家の後ろ盾を断る流れに驚いていた。

グリフィス公爵家に認められたとなれば名声は高くなる。衰退していても公爵家は公爵家だ。

粘るかと思ったが、ウォルフにはミーリアを面倒な貴族の争いに巻き込むつもりはなかったらしい。一も二もなく承知した。

「ミーリア嬢、大変申し訳ない。貴女を困らせるつもりはなかった。あまりの感謝に冷静さを欠いていたようだ」

ウォルフが上品に一礼した。

ミーリアもあわてて返す。

「申し出があった場合のみ、グリフィス家はあなたをお助けしよう。これは内々の約束だ。ここにいる面々は今の話を決して口外しないでくれたまえ」

クロエがほっとした顔をし、学院長、キャロライン教授も了承する。

アリアとディアナも安堵したのか目を合わせていた。

「ありがとうございます。何かあったときは、お願いいたします」

ミーリアが無難に返答する。

ウォルフは笑みを浮かべ、さらに口を開いた。

「だが、これだけでは我々の感謝は収まらないな……。ミーリア嬢、グリフィス公爵家は貴女に謝礼として——金貨一万枚を支払おう」

「お父さま、それは」

「い、いちまんまい？？？」

今度はアリアが顔を青くし、ミーリアは口をぱくぱくと動かした。

金貨一万枚——日本円に換算すると十億円である。

「アリア、私たちの誠意をミーリア嬢にお見せしたいのだ。お借りした金貨二千枚と合わせて支払わせていただきたい。すぐにとはいかないが、必ず、早急にお支払いする」

「お友達のお父さまに、そんな……そんなそんな」

ミーリアが両腕を突き出してぶんぶんと首を横に振った。

厄介払いした金貨二千枚が一万枚増えて返ってくるなど意味不明だ。

（いきなり十億円もらっても本気で困るよ！　しかもアリアさんのお父さんにもらうとか……胃が痛いでござる……断り方教えて……ヘルプッ、ヘルプミィィ！）

ミーリアはついにクロエへ助けを求めた。

お姉ちゃん助けて。

ミーリア、必死の口パクである。

「……その言葉を待っていたわ」

クロエがぼそりとつぶやいて、話の輪に加わった。


商業科のベレー帽をビシリとかぶり、星《スター》を胸元で10個輝かせているクロエが黒髪を揺らし、ミーリアの隣に立った。

クロエが隣にいる。

それだけでミーリアは落ち着きを取り戻した。

（お姉ちゃんの安心感……公爵さまの申し出は悪いことじゃないから、もっと冷静にならないと……)

あらためて冷静になり、クロエに身体《からだ》を寄せた。

ミーリアがくっついてくるので頬を緩ませそうになるも、クロエは表情を引き締めた。

「お話し中のところ失礼いたします。ミーリアの姉、商業科三年生クロエ・ド・ラ・アトウッドでございます。発言をお許しください、公爵さま」

さすがに公爵と話すのはクロエでも緊張するらしい。声が少し硬い。

「丁寧な挨拶痛み入る。もちろん発言していただいて構わない。私はミーリア嬢を困らせるつもりは毛頭ない。……しかし、我々にもメンツがあることは理解していただきたい」

「はい、承知しております」

(メンツ……そっか！　助けてもらって、何もお返しをしないって公爵としてどうなの？　ケチなの？　ってなるよね。なるほど……貴族っぽい考えだね)

ミーリアはそこで初めて気づいて、クロエとウォルフを見上げた。

(それにしても絵になる光景だよねぇ……イケオジ公爵、黒髪美少女、銀髪ツインテール魔法少女、その背景に騎士団……絵葉書にしてほしいもんだよ……)

クロエが話してくれているので余裕が出てきたミーリア。

早速、全然違うことを考え始める。

「ミーリアは入学して間もなく、政治に大変疎いです。金銭感覚もまだ駆け出しの商人といった具合でございます。急に金貨一万枚と言われても、この子は目を回してしまいますわ」

「なるほど、それで?」

「ですが、公爵さまのお申し出を断るわけにも参りません。金貨一万枚、謹んで頂戴したく存じます」

クロエがスラスラと言ってのけた。

ミーリアはぎょっとする。

(ちょっとぉぉぉ！　お姉ちゃん結局金貨一万枚もらうのぉ?!)

それを聞いたウォルフは笑顔を作った。

「クロエ嬢、お気遣い感謝する」

(いやいやいやいやいや、家にお金ないのに十億円あげちゃう約束してなぜ笑顔?!)

ミーリア、貴族のやり取りにまったくついていけない。

デモンズマップのクロスワードではまだ勉強が足りないらしい。

「私の提案としましては、受け取りはミーリアが学院を卒業してから十年以内、という形でございます。ご精査くださいませ」

「大変ありがたい申し出だ。後ほど魔法証文をミーリア嬢にお送りしよう。ミーリア嬢、よろしいですかな?」

ここでクロエがミーリアに耳打ちした。

「はいと言いなさい。大きな貸しを作れるわ」

その言葉に、ミーリアがうなずいた。

「はい。大丈夫でございます」

クロエならまかせて大丈夫だと承諾するミーリア。

ウォルフと夫人が、よかったと満足げにうなずいた。

ここでミーリアが「いりません」と言っては公爵家のメンツ丸つぶれである。謝礼は必ず払うつもりでいたが、いかんせん公爵家には金がない。分割払いなど口が裂けても言えないため、いかにして支払いを延ばすか、ウォルフは苦悶《くもん》していたのだ。

クロエの提案は公爵にとって渡りに船であった。

さらに、ミーリアにとってもいい提案だ。

まず公爵に貸しを作れる。

次にミーリアの評判も落ちない。すぐに金貨一万枚支払わせたとなれば、石化解呪の美談も公爵家乗っ取りのためか？　と疑われ、悪評に変わりかねないからだ。

「クロエ嬢のお噂《うわさ》はそこにいるディアナから聞いている。ディアナがライバルとして見ている理由もわかる」

「お父さま……！」

次女ディアナが咎《とが》めるような視線をウォルフに向けた。

ハハハ、とウォルフが楽しげに笑った。

（仲良し親子っぽいね。うちとは大違いだよ……格差や……Ａ５和牛とパンくずや……）

エセ関西弁になって、ディアナとウォルフのやり取りを羨ましがるミーリア。

自分もこんな優しい父親がほしかったと思う。

「恐縮でございます」

クロエが一礼した。

「まだお話したいことがあるのですが、ここから先は個室にてお願いいたします。学院長や教授もおりますので……」

クロエの言葉に、ウォルフが確かにと視線を外し、学院長を見た。

「ジェイムス学院長、夜分に迷惑をかけましたな」

「いえいえ、いつでもお待ち申し上げておりますぞ」

ウサギの顔で笑みを浮かべ、学院長が言った。

二人は旧知の仲のようだ。

それからウォルフ公爵は後でミーリアに連絡をすると言い残し、夫人と馬車に乗り込んだ。

ディアナ、アリアも石化解呪の瞬間が見たいと、王都にある公爵家へ帰ることになった。

アリアが一緒に来てほしいと何度か言ったが、やはりそこは家族だけで解呪してほしいと思い、ミーリアは丁寧に断りを入れた。

(よかったね……これで一件落着かな?)

馬車を見送りながらミーリアは締めに入ろうとしていた。

主演・アリア、助演・私、と脳内でエンドロールを再生し始めている。

グリフィス公爵家の馬車が見えなくなると、学院長がふむ、と息を吐いた。

寮塔の前に残されたのはミーリア、クロエ、学院長、キャロライン教授だ。

「ミーリア嬢は誠に優秀な魔法使いだ。デモンズマップの謎を解明し、魔古龍バジリスクを討伐——規則違反も目をつぶりたくなる」

学院長がウサギの手で、ぽむとミーリアの肩を叩《たた》いた。

聞き捨てならないと、出番を待っていたらしいキャロライン教授がミーリアの顔を覗《のぞ》き込《こ》んだ。

「学院長、規則は規則です。無断外出、夜間行動、罰則二つは必ず付与いたします。ミーリア・ド・ラ・アトウッド、わかっているのですか？」

ミーリアを見つつ、キャロライン教授が言った。

罰則二つ。

すでに罰則を一回受けているので合計三つ。星剝奪《スター》まであと二つ。セーフである。

（ひいぃぃぃぃぃっ、やっぱり罰則ぅ！　あと魔女先生の顔が怖いぃ）

ロビンの仕掛けた地雷である彼女が、ミーリアを睨《にら》んでいる。ついでにクロエにも視線を飛ばしている。

「キャロライン教授、わかっている。ミーリア嬢、そこまで気を落とさないでくれたまえ。罰則もあるが、星《スター》ももらえるぞ」

ダンディボイスなウサギが嬉しいことを言う。

「デモンズマップ解読、魔古龍バジリスク討伐、石化解呪薬のレシピ入手……星《スター》3つをミーリア嬢に進呈しよう」

「本当ですか？」

「ああ、もちろんだ。本当ならば10個あげてもいいぐらいなのだが、功績一つに1個と決まっていてね。ミーリア嬢の在院中に、この規則は変更したほうがよさそうだ」

ウサちゃん学院長がニヤリと笑う。きっとニヒルな笑いなのだろうが、今は可愛《かわい》いウサギであった。

「お姉ちゃんやったよ！　これで胸の星《スター》が5つだよ！」

「ミーリア、すごいわ！　アクアソフィアに大貢献したわね！」

「不死鳥印のお菓子！　不死鳥印のお菓子！」

「食べてみたいわっ。今年はもっと頑張らないと！」

ミーリアとクロエは手を取り合って喜んだ。姉妹でアクアソフィアクラスの星《スター》数にかなり貢献している。一位になるのも夢ではない。

キャロライン教授はしかめっ面でその場を去った。二人が活躍するのは不服らしい。

「今日のところはもう部屋に戻りなさい」

「かしこまりました」

「はぁい」

学院長に見送られて、ミーリアとクロエは寮塔へ戻った。

翌日、ミーリアは自ら授業の前に罰則証明書を二枚、星《スター》獲得証明書を三枚、アクアソフィア寮塔の掲示板に貼り付けた。

両方の証明書を合計で五枚貼った学院生は今まで一人もいない。

バカと天才は……いや、これ以上言うのはやめておこう。

色んな意味で紙一重なミーリアである。

(罰則で二枚、星《スター》で三枚……目立ちまくりだよ……)

穴があったら入って冬眠したい気分だ。

ミーリアが台に乗って証明書を画鋲《がびょう》で貼り付けると、アクアソフィアの寮生が集まってきた。

「星《スター》3つ獲得?!」「罰則も二つ?!」「ミーリアちゃん、何したの?」「なんとしてもこれ以上は罰則を出さないようにね!」「でもすごいわ！　天才だわ!」「さすがクロエさまの妹君だわ!」

いつの間にか掲示板前には輪ができ、拍手喝采であった。

ミーリアは嬉《うれ》し恥《は》ずかしで照れながら、「いやぁ〜、なんか偶然っていうか……」と頭をかいた。

アクアソフィアの団結力は強い。

ドラゴンスレイヤーであるミーリアが天才魔法使いだと皆が認識はしていたが、どうにも見た目がぽわっとしているため信じ難かった。しかし、ここまではっきり実績を残すと自然と皆も確信が持てた。

（恥ずかしいけど嬉しいなぁ……）

これもすべてアリアのおかげだな、とミーリアは思う。

アリアと行動をともにしてから状況が好転しているような気がした。

（私、今、色んな人と話をしてるよ！）

そんなこんなでアクアソフィアの学院生と話していると、クロエが黒髪をなびかせながら走ってきた。商業科の制服がタイトスカートのため走りづらそうだ。胸についた星《スター》が上下に揺れている。

ミーリアは姉の姿を見つけると、おーいと笑顔で手を振った。

「ごめんなさい、ちょっとどいてね」

人垣をかきわけてクロエがミーリアに向き合うと、真剣な表情を作った。

「ミーリア、ここからが本番みたいよ。大変なことになったわ」

「どうかしたの？」

「落ち着いて聞いてちょうだい。あなたと、私が、女王陛下に呼ばれたわ。すでに門の前に馬車が待機しているの。急いで行きましょう」

「じょ、女王陛下が……なんで？」

「歩きながら話しましょう。公爵家の方々も王城にいらっしゃるわ。さ、ミーリア、手を繋《つな》いで。転んだら大変だわ」

ミーリアは白くて綺麗《きれい》なクロエの手を握り、寮塔を抜けて、学院の正門へと向かった。

(女王陛下の呼び出し……イヤな予感がビンビンにするよ……逃げたい)

ミーリアは転移魔法が脳裏をよぎるも、さすがにクロエを置いて逃げるわけにもいかず、二秒であきらめた。逃げてどうにかなる問題でもない。

「制服はしわになってないわね。あら、リボンが曲がっているわ」

クロエが歩きながらリボンを直してくれる。

身だしなみをやけにチェックされ、緊張感が高まってきた。

(悪いことはしてないから大丈夫……だよね？　またバジリスクを買い取ってくれるとか？)

ミーリアはクロエの手をぎゅっと握り、校門で待っていた王国エンブレムの輝く馬車に乗り込んだ。

15．女王陛下に謁見再び

馬車に揺られて、ミーリアとクロエは王城に到着した。

中央にメインの城があり、尖塔《せんとう》が幾重にも連なっている。政権交代で外壁を塗り替える慣例があり、クシャナ女王は真っ白に塗り替え、屋根をワインレッドに統一していた。王都の中でなら遠くからでも王城が目立つため、国民から人気だ。

「こちらでございます」

クシャナ女王の使者が二人を誘導する。

「かしこまりました。ミーリア、行きましょう」

クロエは荘厳な佇《たたず》まいに圧倒されながらも、平静を保って歩き出した。

ミーリアも後に続く。

王城内をしばらく歩くと、謁見の間に到着した。

特に何の心構えもさせてもらえず、使者が「ドラゴンスレイヤー、ミーリア・ド・ラ・アトウッド、並びにその姉、クロエ・ド・ラ・アトウッド、参上いたしました」と奏上し、大きな扉を開けた。

クロエがごくりと喉を鳴らした。

幼少期から田舎で育ち、つい二年前王都へやってきた十四歳の少女が、いきなり女王に謁見だ。クロエは今まで味わったことのない緊張感を覚えた。

可憐《かれん》な相貌が、緊張で固まっている。

（二回目だけど緊張するね……）

ミーリアも表情が硬い。

扉が開き、赤絨毯《じゅうたん》の向こうにある玉座に女王が座っているのが見えた。

（女王さまやっぱりガチだよ。威厳がパないよ）

二人は静かに進み、赤絨毯にひざまずいた。

クシャナ女王はクロエを見て「ほう」と一つうなずいて、鋭い視線を少々やわらげた。

ミーリアは周囲をちらりと観察する。

（アリアさんのパパさん、ウォルフ・ド・ラ・リュゼ・グリフィス公爵がいるね。げっ……戦闘大好きっぽい王宮魔法使いの人もいるよ！　忘れてた……名前はたしか……ダリア・ド・ラ・ジェルメール男爵だっけ？）

クシャナ女王の右後ろに、王宮魔法使いの証明である軍服を着用した女性が立っていた。

ダリア・ド・ラ・ジェルメール男爵はミーリアを見て、せわしなく眼鏡を上げている。

（アハハ……また魔法を撃たれるのはご勘弁願いたい……）

ミーリアは全力で目を逸《そ》らした。

案内係の使者が音もなく下がっていくと、クシャナ女王が口を開いた。

「クシャナ・ジェルメーヌ・ド・ラ・リュゼ・アドラスヘルムだ。授業前にもかかわらず呼び出しに応えてくれたことに感謝するぞ」

女王のハスキーボイスが謁見の間に響く。

よく通る声に、参列している面々が表情を引き締めた。

「女王陛下に謁見でき恐悦至極に存じます」

クロエが挨拶を返す。

素早くクロエに視線を送られたので、ミーリアは頭をフル回転させて応えた。

「お呼び出しくださり誠にありがたき幸せにござるます……ございます」

(くううぅぅうっ。くううっ)

ミーリア、脳内で自分に腹パンした。

早速噛《か》んでいる。

言い慣れない言葉だから仕方ない。

笑わないことで有名なクシャナ女王がふっ、と口角を上げ、謁見の間の椅子に座っているアリアの父、グリフィス公爵へ視線を向けた。

「まずは事実確認をしたい。グリフィス公爵、説明してくれ」

「はっ」

銀髪をオールバックにした公爵が立ち上がった。

ミーリアを見て、彼が笑みを浮かべる。

「ミーリア嬢はアドラスヘルム王国女学院、最大の謎とされていたデモンズマップを解読し、石化解呪薬のレシピを入手いたしました。必要な素材の一つに〝バジリスクの血〟があり……ミーリア嬢は果敢にも魔古龍バジリスクを探し出し、討伐し、石化解呪の秘薬を作ってくださいました」

謁見の間にいる文官や貴族から、「おお」と声が上がった。

どこかで情報を入手した貴族もいるようであったが、やはり本人の口から聞くと真実だと確信が持てる。興奮冷めやらぬ状態で、各々が隣の人間と話し始めた。

それを見てグリフィス公爵、ウォルフは声を大きくした。

「聞いていただきたい。ミーリア嬢は我がグリフィス家のエリザベート・ド・ラ・リュゼ・グリフィスを救ってくださった。秘薬の効果はてきめんで、石化から戻り、健康な状態である」

さらに感嘆の声が上がる。

ミーリアは褒められて、嬉《うれ》しくなった。

(よかった。アリアさんのおばあちゃん、治ったんだね。今度お会いしたいよ)

「ミーリア嬢は娘のアリアと学友である、ただそれだけの理由で己の命をかえりみず、魔古龍バジリスクを討伐したのだ。これに感謝せぬはアドラスヘルム王国貴族の名折れ。ミーリア嬢こそ、新しい時代を担う魔法使いだと私は強く思う」

ウォルフが感極まった声で言った。

(大したことはしてないんだけど……照れるね)

うんうんとミーリアがうなずいていると、クシャナ女王が持っていた王笏《おうしやく》で手を軽く叩《たた》いた。

「誠、素晴らしき美談だ。ミーリアよ、前へ」

「は、はい！」

突然呼ばれ、ミーリアは立ち上がって前へ進み出た。

クロエがハラハラした目で後ろ姿を追う。

「此度《こたび》の行い、見事であった。まずは確認をしたい。魔古龍バジリスクの死骸は収納しているか？」

クシャナ女王がミーリアの腰についた魔法袋へ視線をやった。

ミーリアがうなずいた。

「はい。ございます」

「して、どのように討伐したのだ。今後、防衛の参考にしたい」

「ええっとですね……まずは打撃系の魔法で弱らせようと思い、自分で開発した貫通魔光線《マジッククレイ》という魔法を二発撃ち込みました。そうしたら、あまり皮膚が強くなかったのか胴体が真っ二つになりました。そこで最後に風魔法でトドメを刺しました。風魔法は頭上から縦に割るようにして撃ち込みました」

緊張して遠足の感想文のような話し方になってしまったが、ミーリアの言葉に謁見の間はしんと静まり返った。

（え？　え？　私、何か変なこと言ってるかな？）

魔法二発でバジリスクが両断されるなど誰も想像がつかないのだ。

普通であれば魔法使い三十名と騎士団大隊で討伐する強敵。

それを魔法三発。

魔古龍ジルニトラの悲劇再来である。

前回はアムネシア経由で討伐方法が語られたため、全員が討伐まで数時間を要したと勝手に解釈していたが、今回はジルニトラのときとは違い、何発で仕留めたか明確に伝えている。

クロエはなんとなく事情を察し、ミーリアがまたとんでもない魔法を作り出したのかと頭を抱えた。「ああミーリア……注目されるようなことを……」と小さくつぶやいている。

「あのぉ〜、何か問題がありますでしょうか？」

ミーリアが恐る恐る聞いた。

すると、クシャナ女王の背後にいる、ダリア・ド・ラ・ジェルメール男爵が口を開いた。

「発言お許しいただきたい。ミーリア、ダリアだ。覚えているか？」

「はい、覚えております」

「よろしい」

嬉しかったのか、王宮魔法使いダリアがくいと縁無し眼鏡を人差し指で上げた。

黙っていれば黒髪の美人である。

だが、彼女はとんでもないことを言った。

「では、その貫通魔光線《マジッククレイ》とやら、ここで実演してほしい」

ダリアが決め顔でそう言った。

ミーリア含め、全員がぎょっとした顔を作る。

「え?」

(いやいやいや、王城の壁に穴が開くよ!)

ミーリアは顔全面を苦笑いにして、首をかしげた。

「いやぁ……それはちょっと危ないと思います。壁に穴が開いちゃうと思うので、どうかなーと思うのですが」

「かまわん。私に向けて撃ってみろ」

「いやいや、そんなのできませんよ!」

さすがにミーリアは拒否した。

王宮魔法使いの筆頭であるダリアが一撃で倒れるとは思わないが、貫通魔光線《マジッククレイ》の軌道が逸れて壁にぶつかったら絶対に穴が開く。どんなお叱りを受けるかわかったものではない。

見守っているクロエが「謁見の間で魔法を撃つなんてそんな」と、ダリアの発言に引いている。

ちなみに、ダリアへ貫通魔光線《マジッククレイ》を放ったら、一撃で彼女の展開する魔法障壁が貫通破壊される。

「どうした、さあ来い!」

ダリアはその気だ。ホルスターから杖《つえ》を引き抜いて構える。

クシャナ女王が止めに入った。

「まあ待て、ジェルメール男爵。魔古龍バジリスクの検分が先だ。傷口から魔法の威力を見ればいいだろう。それからでも遅くない」

「はっ。失礼いたしました」

ダリアが鶴の一声で一歩下がった。

ミーリアは胸をなでおろし、後ろにいるクロエも深い息を吐いた。

「ミーリアよ。魔古龍バジリスクを見せてみなさい。前回のジルニトラ同様、重力魔法で浮かせてくれると助かる」

「わかりました」

ホッと息を吐いて、ミーリアが魔法袋からバジリスクを出そうとする。

そういえば、とバジリスクの大きさを思い出して、手を止めた。

「女王陛下。全部出すと邪魔だと思います。半分だけでいいですか？」

「そうか。それほどの大物か。かまわんぞ」

「はい。あ、お姉ちゃん、ちょっと下がったほうがいいよ」

「え？」

クロエと一緒に数歩下がって、ミーリアが広さを確認する。広々とした謁見の間だからこそ出せる大きさだ。

（魔法袋ちゃん、バジリスクの頭から半分を出してね）

ミーリアが魔力を込めると、魔法袋から魔古龍バジリスクの真っ二つになった顔面と、途中でちぎれた胴体が出現した。バジリスクは長い髭《ひげ》を無念そうに垂らし、絶命している。

「おおっ」「これは……！」「バジリスク！」「なんと巨大な」

謁見の間にいた面々から驚愕《きょうがく》の声が漏れる。

凶悪な魔古龍バジリスクが悲壮な表情で絶命している姿を見て、その脇にちょこんと立っているラベンダー色の髪をした少女へ視線をずらす。ミーリアとバジリスクがあまりにもかけ離れた存在なので、奇妙なトリックアートでも見せられている気分になった。

「……ミーリア、こんなとんでもない魔物を討伐に……命がいくつあっても足りないわ」

クロエは心配と驚きで今にも倒れそうになっている。

「ほう」

「ふむ、素晴らしい」

王宮魔法使いダリアと、クシャナ女王が同時に声を漏らした。


ざわつく謁見の間。

討伐した龍を見せるのは二回目だ。反応を見て、だよねぇ大きいよねぇと周囲をうかがい、黙って女王の言葉を待った。

（結構大きいよね……鱗《うろこ》に魔法を弾《はじ》く効果があるらしいけど、どうなんだろう？）

小さな手でぺたぺたとバジリスクを叩いてみる。

金属を叩いているような硬さを感じた。

「ミーリアよ、そなたは歴史に残る魔法使いになるであろう。皆も見てみろ、切断部分に肉をえぐり取ったような傷がある」

クシャナ女王がバジリスクの断面部分へ王笏をかざすと、皆が注目した。

断面には焼け焦げた傷跡がある。高火力で一気に蒸発させた証拠だ。

王宮魔法使いのダリアが壇上からひらりと飛び降りて、ふわふわ浮いているバジリスクに近づいた。

「女王陛下、魔古龍バジリスクは魔法攻撃に強い生物です。火炎魔法で焼いてもこのようにはなりません。なぜでしょうか？　やはり、貫通魔光線《マジッククレイ》とやらを実演してもらう必要があると愚考いたします」

ダリアが危険な発言をする。

魔法大好き人間の彼女にとって、未知なる魔法は垂涎《すいぜん》ものだ。

だが女王は違う。

意志の強い瞳に力を込めて、じっと何かを考えている。何も答えない彼女を見て、さすがのダリアも口をつぐんでその場で待機した。

（だ、大丈夫だよね……、怒ってないよね……？）

何も言わない女王を見て、ミーリアが隣にいるクロエへ視線を送る。

姉が深紫色の瞳を何度もまばたかせ、何も言わずに待っていなさいと、ミーリアに伝えた。

背筋を伸ばし、バジリスクを浮かせたままミーリアは言葉を待った。

緊迫した空気が謁見の間に広がっていく。

数十秒後、クシャナ女王が顔を上げた。

「ミーリアの評価をあらためねばならんようだな」

「……！」

「……っ」

その一言に、ミーリア、クロエは悲鳴を上げそうになった。女王の不興を買ってしまった、そう思った。

（もし罰則とかだったらどうしよう。転移魔法で逃げようかな……あ、クロエお姉ちゃんがいるからダメだ……）

「ミーリアよ、魔古龍ジルニトラを討伐した際は、魔法を何回撃ち込んだのだ？」

女王がバジリスクでなく、ジルニトラについての質問を投げかけた。

てっきり怒られると思ったミーリアは我に返り、えーっとと指折りして思い出しながら言った。

（猫型カウンター魔法、爆裂火炎魔法、とどめの風刃《ふうじん》で……）

「三発です」

「……やはりな」

謁見の間がまたしてもざわついた。

王宮魔法使いダリアが「まさか」とつぶやいている。

実のところ、ジルニトラのほうが格上の存在だ。魔法防御力もバジリスクよりも上と判断されている。バジリスクは石化が厄介であり、それさえ封じ込めればジルニトラよりも戦闘被害は抑えられる。

「ミーリアよ、貫通魔光線《マジックレイ》という、そなたが作った魔法だが、撃つ前段階まで魔力を込めることはできるか？」

「できます。撃たなくてもよろしいですか？」

「ああ、撃たなくてよい」

「わかりました。やってみます」

（バジリスクはしまっておこうか）

ひとまず、重力魔法で浮かせているバジリスクを魔法袋に収納しておく。巨大な死骸の圧迫感がなくなった。

ミーリアが魔力を高めようとすると、クロエがあわてた様子で耳打ちしてきた。

「ミーリア、大丈夫なの？　魔力が暴発したりしない？」

ミーリアはクロエの息がちょっとこそばゆくて肩を小さくした。

「うん、平気だよ。また戻せばいいだけだから」

「そう。くれぐれも粗相のないようにね」

（お姉ちゃんっていつも気にしてくれて……優しいよね……ありがとう）

こくりとうなずいて、ミーリアが魔力を充填し始めた。

キィイイィンという魔力音が響き、ミーリアの胸部、両手に光が集まっていく。

（魔力充填率――五十――七十――）

魔力の風圧でミーリアのラベンダーヘアがゆらゆら揺れている光景を見て、謁見の間にいる全員が言葉を失った。魔力感知のできない人間ですら、その膨大な魔力に鳥肌が立った。

「すごいぞ。膨大な魔力だ！」

「これほどまでか……！」

王宮魔法使いダリアが興奮で叫び、クシャナ女王が噛みしめるようにつぶやく。

（充填百パーセント！　貫通魔光線《マジッククレイ》、準備完了）

集中していたミーリアが周囲を見ると、全員がぽかんとした表情をしている。

どうしたものかとクロエを見ると、愛する姉も、「ああ、私の想像以上だわ」と愕然《がくぜん》としていた。

「ええっと、女王陛下、貫通魔光線《マジッククレイ》の準備はできましたけど……」

「ああ、わかっている。あとは魔法を撃つだけなのだな？」

「はい」

クシャナ女王がキィインと音を鳴らしている両手に目をやり、興味深そうに目をすがめた。

「ミーリアよ、あちらの窓に向かって貫通魔光線《マジッククレイ》を撃ってみよ」

「えっ?!　いいんですか？」

「かまわん」

「窓ガラスを貫通しちゃいますけど……」

「大丈夫だ」

「あとで怒られたりしませんか……?」

国内で一、二を争う魔法使いダリアが黙るほどの魔法を使おうとしている者の発言とは思えず、ミーリアが純粋な少女だと思い出し、クシャナ王女が高らかに笑った。

「ハッハッハ！　かまわん！　あとで報酬もやる。撃ってみせろ、ミーリア」

「はいっ！」

(ここまで言われたら断れないよね。よし！)

決意して右手を突き出した。

「ミーリア、行きます——貫通魔光線《マジッククレイ》！」

ドン、と貫通魔光線《マジッククレイ》が射出され、ミーリアの右腕が反動で跳ね上がる。

あっ——とその場にいる全員が息をのんだ。

光線が謁見の間で輝き、あっさりと窓ガラスを貫通して青空へと消えていく。遥《はる》か遠くを飛んでいた怪鳥ダボラに直撃したのだが、誰も気づかなかった。ダボラ、不運な飛行交通事故であった。生命保険には入っているだろうか。

強烈な威力に、場は静まり返った。

ちりちりと円状に溶解した窓ガラスから音が漏れ、熱で溶けたガラスが固まって赤黒くなっている。

「……あのぉ……こんな感じですけど……いいでしょうか」

ミーリアはもう一発撃つ気にはなれず、貫通魔光線《マジッククレイ》を止めた。胸部、両手の輝きが収束して魔力が体内に戻っていく。

誰よりも先に口を開いたのはクシャナ女王だった。

「もういいぞ、ミーリア。協力感謝する」

「恐縮です」

「実のところ、そなたが一人で魔古龍を討伐したのは嘘《うそ》ではないかとの声が多く寄せられていてな。主にドラゴンスレイヤーを輩出した貴族からだが、どうやらそれは大きな間違いであったようだ。魔古龍ジルニトラに関しても、弱っていたから仕留められたと勘違いし、ダリアともそれを踏まえて話し合っていたが……」

クシャナ女王がそこまで言って、玉座から身を乗り出した。

「しかし、すべて間違いであった。そなたは王宮魔法使い三十人が束になっても勝てない魔法使いである。此度の件で、はっきりした」

人材マニアの女王が至極嬉しそうに言った。

女王的にはスーパールーキーが予想を遥かに上回る伝説級に有能な人材だった、という気分だ。

これに驚いたのはミーリアだった。

（王宮魔法使い三十人でも勝てない？　師匠には魔力が六十倍って言われたけど……まだ魔力は完全に使えてないって言われたし……人と勝負したら負けちゃいそうだよなぁ……）

勝負したらそこにいる王宮魔法使いダリアにも負けそうだと思っているミーリア。

それでもようやく、自分が人とは違うということに気づき始めた。

ついに、クシャナ女王がミーリアは規格外の魔法使いであると認識した。

ミーリアをお気に入り登録していた女王であったが、今日をもってミーリアを最上位のお気に入り人材としてランクインさせた。

この世界では、魔法使いというだけでも貴重な人材だ。

魔古龍を単独で撃破できる魔法使いを他国に流出させるわけにはいかない。重大な人材流出問題だ。ミーリアの存在は国家戦力と国防問題にまで発展してくる。

（うーん……師匠に詳しく聞いてみよう。私がどれくらいの魔法使いなのか、ちょっと判断できないよね。はっきり言われてない気がするし。学院の授業も一年生は座学ばっかりだし……）

むうと可愛《かわい》い眉間にしわを寄せる国防問題。

本人はピンときていないらしい。

（それにしてもクシャナ女王、やけに嬉しそうだけど……バジリスクって天災みたいなものだもんね。討伐してよかったよ）

ミーリアはクシャナ女王を見た。

女王は宰相らしき老人と、何かを話し込んでいる。

クシャナ女王の面白いところは、いかなる出自の者であろうとも公平に評価し、優秀だとわかれば男女問わず登用する点だ。未《いま》だ男尊女卑の強いこの世界で、革新的な政治をする人物であった。

政敵も多いが、クシャナ女王が即位してからアドラスヘルム王国は目覚ましい発展を遂げている。誰も揚げ足を取れない状態であった。

クシャナ女王が顔を上げた。

そこからは話が早かった。

「ミーリアよ。魔古龍ジルニトラ討伐の報酬を覚えているか？」

クシャナ女王が楽しげに言った。

いつになく上機嫌な女王に部下たちは驚く。

「報酬でしょうか？　あ、そういえば、爵位の件があったような……」

「いかにも。保留にしていたな？」

「はい。恐れ多くも爵位をいただくことを、保留にしております」

ミーリアが言うと、隣にいたクロエがびっくり箱を開けたみたいに両目をくわと見開いた。

爵位を保留。聞いたことがない。

クロエがうつむいて、「この子、爵位のことなんて一言も……しかも叙爵を保留するなんて……常識外れも甚だしい……」と目を回しそうになっている。

爵位は保留で、と女王に願い出る国民はアドラスヘルム王国には一人もいない。女子高生の身で転生して、身体《からだ》が子どもになり、精神が身体に引っ張られているミーリア特有の感覚と言えるだろう。

「保留であったな」

「はい。保留でした」

「そなたの希望は、姉のクロエ・ド・ラ・アトウッドが爵位を持てば、自分も爵位をもらう。そうであったな」

「――――ッ！！！？」

クロエは女王の言葉に口から心臓が飛び出て赤絨毯を転がっていくかと思った。

「？！？！」

驚きすぎて開いた口が塞がらない。

これにはミーリアも驚いて比喩なしに跳び上がった。

（ぎぃやあああぁぁあああっ！　お姉ちゃんに言ってなかったッ！　あのとき必死すぎて忘れてたぁぁあ！　アカァァァァアン！）

ミーリアは脳内で頭を抱えてのたうち回った。

「あ～……はい。いちおう、そんなお約束をしたような、していないような……」

クロエをちらりと見ると、「説明しなさい説明しなさい説明しなさい――」という眼力を浴びせられた。

(ひぃいいいぃいぃいっ。お姉ちゃんごめぇん!)

変な汗が出てきたミーリア。

報・連・相は徹底すべきである。完全にミステイクだった。

「そこでだ。ミーリアの姉、クロエ・ド・ラ・アトウッドよ」

「はい、女王陛下」

クロエがクシャナ女王に呼ばれ、背筋を伸ばした。

さすがクロエ。疑問が脳内で吹き荒れていても、女王に失礼のない態度を取る。

「ミーリアとアムネシアからそなたが優秀だと聞いてな。そなたが書いた昨年度の論文を読ませてもらったぞ」

クシャナ女王が目を細める。

急に自分の話題になり、クロエは緊張で全身がこわばった。

「ありがたき幸せにございます」

「うむ。斬新な企画であるな。飼育したグリフォンを用いて王国中に配達をする、運送に特化した商売を行いたい。そういうことだな」

「はい――」

クロエは女王の口から自分の夢が語られ、歓喜に打ち震えた。

王国のどこにいても物が買えるようにしたい。

閉鎖的なアトウッド家にいたクロエが、ずっと夢見ていたことだ。ど田舎では最新の本を買うこともできず、衣類や食料品もその土地にあるものでまかなわねばならない。

小さな頃自分が感じた歯がゆさと、あきらめの気持ちを思い出し、あのときの自分が救われたようにクロエは感じた。

「しかも、あの偏屈なグリモワール伯爵が後見人になると言ったのだな？　十四歳であの婆《ばあ》さんを説得するとは大した交渉術だ。グリモワール伯爵の協力が得られるなら、現実味のある計画と言える」

「ありがとう存じます……」

「うむ」

クシャナ女王が鋭い視線をやわらかくし、クロエを見つめた。

クロエは涙ながらに何度もうなずいた。

（お姉ちゃんすごいな。女王さまに認めてもらえるとか……ホント天才だよ。前から夢があるって言ってたもんね……）

ミーリアはクロエが褒められて純粋に嬉しかった。

姉に笑顔を向けると、クロエと目が合って、お互いに笑い合った。

（それにしても今言ってたグリモワール伯爵ってどんな人だろ？）

グリモワール伯爵は動物調教の第一人者で、王都に飛んでいる大ガラス便の運営を手助けしている六十五歳の女性だ。非常に気難しくて、大ガラスの件ですらクシャナ女王自らが自宅に出向いて、ようやく手伝いの了承を得た経緯がある。

クロエは女学院の外出許可を得ては、グリモワール伯爵のもとへと通い、後見人になってもらうことを二年かけて認めてもらった。

「他にも飛行生物はいるだろう？　なぜグリフォンがいいのかここで説明してみなさい」

「かしこまりました」

クシャナ女王が言い、クロエが一礼した。

「大ガラスは調教が簡単でございますが、短期飛行に特化した飛行生物です。加えて軽量なものしか運べません。長期での輸送となると、魔法で浮遊力を得るグリフォンが一番でございます」

「そうであるな」

「はい。ただ残念なことに、グリフォンが人間に懐くことは滅多になく、私はグリモワール伯爵とグリフォンの生態について研究を始めました。まだ確証はありませんが、グリフォンの調教に成功すれば王国中に物資を輸送できるようになります」

「素晴らしい！　遠方諸侯への輸送方法には頭を悩ませていた。クロエよ、グリモワール伯が認めたそなたを放置しておくのは実に惜しい。騎士爵家の六女では平民と変わらんではないか」

クシャナ女王がまっすぐ伸びている眉を上へ押し上げ、横を向いた。

「法衣《ほうえ》爵位はまだ余っていたな？」

「はっ」

文官の一人が素早くうなずいた。

法衣爵位とは土地を持たない貴族のことだ。給金だけもらえる。

クシャナ女王がクロエに向き直った。

「クロエ・ド・ラ・アトウッドよ。そなたに準男爵の位を授けよう。貴族であればグリフォン便の計画も動きやすいだろう」

「……！」

クロエが、騎士爵を飛び越えて準男爵を与えられた。

貴族と騎士爵の六女では交渉する際の相手の対応がまったく違う。無名騎士爵の六女など、平民と同じだ。

クロエは十四歳の若さで、女性の身でありながら平民から貴族に昇格したことになる。

通常であれば親から長男へと爵位は世襲される。六女に世襲のチャンスなどない。

よほどの手柄を立てない限り、平民から貴族になるなど夢のまた夢だ。

「……よろしいのでしょうか……？」

まさかとは思ったが、本当に貴族になれるとは思えず、クロエは驚きと喜びで両手を胸に抱いて顔を伏せた。

周囲からは「騎士爵家の六女を貴族にするなど……」や「女王の人材眼は確かだ」など、肯定と否定、両方が聞こえてくる。

「どうした。爵位はいらぬか？　ミーリアのように保留するか？」

クシャナ女王が両目を細めて口角を上げた。

ミーリアは会話のネタにされてぎくりとした。保留がいかに常識外れか、クロエの態度を見て思い知った。穴があったら十日ぐらい引きこもりたい気分だ。

「保留など……とんでもございません。妹にはあとでよく言い聞かせておきますので、ご容赦くださいませ。準男爵の位、謹んでお受けいたします」

「うむ」

クシャナ女王がうなずき、おもむろに口を開いた。

「クシャナ・ジェルメーヌ・ド・ラ・リュゼ・アドラスヘルムの名において、アトウッド騎士爵家六女、クロエ・ド・ラ・アトウッドを本日をもって貴族とし、クロエ・ド・ラ・アトウッド準男爵を名乗ることを認める。これからも王国のために励め」

「ありがたき幸せに存じます。謹んでお受けいたします」

謁見の間に拍手が巻き起こる。

こうしてクロエは準男爵へと昇格し、実家から独立した形になる。

脳筋の父親や次女ロビンが知ったらどんな顔をするか見ものだ。

「お姉ちゃん、よかったね」

「ええ……ミーリアのおかげよ。てっきりお叱りを受けるものと思っていたから、青天《せいてん》の霹靂《へきれき》よ」

ミーリアとクロエが小声で言う。

「さて、次はミーリアだな」

ついに話は本命へ移った。

「ミーリアよ、姉のクロエが準男爵になった。そなたの保留していた件は今日をもって解除される。よいな？」

「……はい。私なんかが貴族になるのは問題しかないような気がしますが……謹んでお受けいたします、女王陛下」

「よい返事だ」

クシャナ女王が一つうなずいて、前もって決めていたのか、よどみなく宣言した。

「アトウッド家七女、ミーリア・ド・ラ・アトウッドは人類にとって天災である魔古龍ジルニトラ、魔古龍バジリスクを討伐し、王族の血を引く公爵家エリザベート・ド・ラ・リュゼ・グリフィスを石化から救った。これらの功績から、クシャナ・ジェルメーヌ・ド・ラ・リュゼ・アドラスヘルムの名において――アトウッド騎士爵家七女、ミーリア・ド・ラ・アトウッドが男爵を名乗ることを認める。王国のために励め」

「……男爵ですか？」

クロエよりも一つ上、男爵位を与えられた。

「ミーリア、返事よ」

ミーリアはクロエにせっつかれて我に返った。

「はい。謹んでお受けいたします」

（えっと……男爵って、騎士爵、準男爵、男爵の順番だから、アトウッド家とクロエお姉ちゃんよりも位が上？　あそこにいる王宮魔法使いのダリアさんと同格ってこと……？　ぜ、全然イメージが湧かない……芋くらいしか思い浮かばない……）

スーパー特売品の男爵芋にしか馴染《なじ》みのないミーリアである。

男爵の位になったと言われても、自分がどうなるのかが想像できなかった。

頼みの綱であるクロエを見ると、笑みを浮かべていた。貴族社会に飛び込む覚悟ができたらしい。位は高いほうがなにかと便利で、他貴族にも便宜を図ってもらえる。自分と同じ準男爵ではなく安心したようだ。

（あとで聞こう……そうしよう）

女学院で貴族についてはある程度学んでいるが、いざ自分がなったらどうすればいいのかは勉強していない。ＹＥＳ焼き肉、ＮＯ結婚を公約に掲げ、焼き肉お大尽を目指していたのだから当然だ。

「姉のクロエは法衣貴族であるが、そなたには領地をやろう。これはダリアや文官と話し合って決定した事項だ。保留はできんぞ」

「領地……？」

ミーリアは混乱した。

領地がもらえると言う。

（脳筋親父《おやじ》のやってた領主を私がやる感じだよね……うん、できそうもないよ……）

ミーリアは遠い目になった。

いきなり領主をやれだなんて、無茶ぶりである。

「とは言ってもだな、領地に空きがないためまだ場所は決まっていない。少なくとも数年はかかると思ってくれ。そなたもまだ十二歳だ。今は人生経験を積むがいい」

「はい。承知しました」

状況を理解できないミーリアだが、ここはうなずいておくしかなかった。

「ミーリアとクロエは学院生だ。王国の官職で縛るつもりはない。自由に行動し、己のやるべきことを全力で見つけ、卒業した後に王国へ貢献しなさい。よいな？」

「かしこまりました」

「はい」

クロエ、ミーリアが返事をする。

「うむ、うむ、今日は良い日だ。優秀な人材が王国の臣となった素晴らしき日である。誠にめでたい」

クシャナ女王が言うと、謁見の間に拍手が響いた。

騎士爵家の六女と七女――ほぼ平民の女性が貴族になるなど異例だ。クシャナ政権でなければ一生起こり得ないことであったろう。

女王としては、ミーリアを王国で囲い込むことに成功し、さらにはミーリアのおまけで考えていたクロエも想像以上に優秀な人材とわかり、ご満悦だった。

「ミーリア、クロエよ。貴族は付き合いが重要だぞ。グリフィス公爵」

「はっ」

女王の呼びかけに、アリアの父ウォルフが立ち上がった。

「ミーリアには貴族の後ろ盾がない。そなたが全面的に教えなさい」

「承知いたしました。グリフィス公爵家の名に恥じぬ支援をいたしましょう」

ミーリアに恩義を感じているウォルフだ。断るはずもない。

イケオジ公爵、とても嬉しそうな笑みを浮かべている。

（ああああっ！　結局、アリアさんのお父さんが後ろ盾になったよ！　大丈夫なのかな？）

クロエにはやめておけと言われていた。

クシャナ女王の指名とあっては断れない。

（お姉ちゃん？）

横を見ると、クロエが納得したようにうなずいていた。

（あれ？　いいってこと？）

クロエが見かねたのか、ミーリアの耳に口を寄せて囁《ささや》いた。

「自分が貴族か平民かで、後ろ盾の意味は変わるわ。あなたはもう貴族だから、誰かしらの後ろ盾は必要になるのよ。その地位は高ければ高いほうがいい。騎士爵家七女のままだったら一方的に魔法使いとして勧誘されたり、最悪誘拐なんかもあったでしょうけど、貴族になれば大丈夫よ。グリフィス公爵家は名前的にも最大の後ろ盾となるわ」

「えっと、貴族は親分が必要で、公爵家は名前的に最高の親分……そういうことかな？」

「そういうことよ。グリフィス公爵家の名前は伊達《だて》じゃない。まあ……あまりお金がないのは気になるところだけど……」

クロエがそう付け加え、身を離した。

領地を持った際、資金援助は受けられないだろう。

クロエはそこまで視野に入れている。

(アリアさんと一緒にいられるから、もとからグリフィス公爵家とはずっとお付き合いするつもりだったし……よかったよ。なんなら金貨一万枚もチャラでいいよね……十億円をお友達のパパさんからもらうとか……うん、考えるとおぽんぽんが痛い。考えるのやめよう)

「これからよろしくお願いします、グリフィス公爵さま」

ミーリアがウォルフにぺこりと一礼する。

小さな魔法使いはグリフィス公爵家にとって、大きな救いになった。ウォルフは純粋無垢《むく》なミーリアを守らねばと笑顔を作った。

「こちらこそよろしく頼む。アリアも喜ぶだろう」

「はいっ」

アリアの美しい微笑《ほほえ》みを思い出し、ミーリアは笑顔になった。

謁見の間からは「あのグリフィス公爵家が後見人か」「百年ぶりではないか――」などの声が上がる。グリフィス家は一度後見人になると、その一族を見放さない。信義の厚さは王国一だ。

ミーリアとウォルフに確かな絆《きずな》を見たクシャナ女王が満足した顔になり、次の話題へと移った。

「では、ミーリア・ド・ラ・アトウッド男爵よ。そなたに報酬を授けよう」

「報酬ですか？」

「そなたが貴族になったならば遠慮なく渡せるというものだ。魔古龍二体撃破の賞金として、金貨二万枚。魔古龍バジリスクを金貨十万枚で買い取ろう」

合計金貨十二万枚——日本円に換算すると百二十億円だ。

「ほっ？」

ミーリアは目が点になった。


クシャナ女王の一声で財務官と小姓が金貨を運んでくる。

ミーリアの目の前にテーブルが置かれ、銀のトレーに金ピカの金貨が積み上げられていく。

(きんかじゅうにまんまい……じゅうにまん……？)

隣にいるクロエも完全にフリーズしている。

「お姉ちゃんどうしよう……お姉ちゃんがもらってくれる？」

「冗談はやめてちょうだい……」

ミーリア、この期に及んでクロエへ金貨爆弾を誤爆させようとしている。

さすがに本人の目の前では無理だ。

「続いて、魔古龍バジリスク討伐を評して龍撃章《ドラゴンスレイヤー》、星徽章《スターきしょう》を授ける」

呆然《ぼうぜん》としている二人をよそに、クシャナ女王が宣言した。

小姓とメイドが素早くやってきて、ミーリアの制服の胸元へ龍撃章《ドラゴンスレイヤー》と星徽章《スター》をつけ、去っていった。

ミーリアはされるがままだ。

魔法科の制服には、龍を雷で貫いた銀色細工の龍撃章《ドラゴンスレイヤー》が二つ、星《スター》の徽章が6つ輝いている。龍撃章《ドラゴンスレイヤー》はあどけない少女がつけるにはいかつい気もするが、割とミーリアに似合っていた。

「うむ。龍撃章《ドラゴンスレイヤー》が二つとは目立つな」

「ありがたき幸せにございます」

もはや、そう言うしかない。

「さて、バジリスクの査定もしておかねばな。状態がよければ買取金額を引き上げよう」

「あ、ありがとうございます」

（なんかすごい勲章が二つ……金貨いっぱい……目立ちまくり……）

そんなことを考えながら、ミーリアは半ば放心状態でバジリスクを取り出す。今度は頭と胴体すべてだ。悔しそうな顔つきで絶命しているバジリスクが再び登場した。重力魔法で浮かせるのも忘れない。

王宮魔法使いのダリアが壇上から降りて、縁無し眼鏡をくいと上げた。

「首の肉がないな。ミーリア・ド・ラ・アトウッド男爵、どうしたのだ？」

初の男爵呼びに困惑するミーリア。

やはり芋しか連想できない。

「首の肉は私が取りました。美味《おい》しいと言われたので……」

「そうか！　では、半分譲ってもらえぬか？　私が私財で買い取ろう」

「いえ、売りません」

ミーリアが速攻で返事をした。

肉のことになると食い意地が張っている。目上とか年上とか一気に関係なくなった。

「なんだと？　そう言わずに頼む」

「ダメです」

「三分の一、いや四分の一でいい。バジリスクの首肉を食べてみたいのだ」

食い下がるダリアは食通として知られている人物であった。

「自分で味を確認してからならいいです。食べる前はダメです。美味しかったら焼き肉リストに入れるので譲れません」

ぽわっとしていたミーリアがここにきて一番ハキハキと受け答えする。

ダリアや女王がちょっとばかり驚いた。

「ミーリアよ、その焼き肉とはなんだ？　肉を焼くのか？」

クシャナ女王が瞳を鋭くして聞いた。

ミーリアにとって特別な思い入れがあるものだと察したらしい。百万人に一人の逸材である魔法使いの趣味嗜好《しこう》を知っておこうという腹積もりのようだ。

「ミーリア、やめておきなさい。あまり人様に話す内容ではないわ」

クロエがやんわり止めに入った。

食い気の多い女子と思われるのはどうかと思ったのだ。

「大丈夫お姉ちゃん。ちゃんと説明するから」

「そういう意味じゃ――」

「はい。焼き肉というのはですね――」

ここからミーリアの説明が始まった。

語ること十五分。

ダリアが心から興味を持ち、クシャナ女王の琴線にも触れた。

「――という、贅沢《ぜいたく》の頂点が焼き肉なのです」

「ふむ……おもしろいではないか。焼き肉パーティーとやら、招待しなさい」

「私もだ。絶対に呼んでほしい。そうだ、招待してくれたら、私が編み出した破壊魔法を伝授しよう」

女王が参加表明する。ダリアは誰にも教えたことのない魔法を対価にしてでも参加したいらしい。

クロエが心配そうな顔で様子を見ていたが、やがてあきらめたのか、手で額を押さえている。

「いずれそのときが来れば」

ミーリアが真面目な顔つきで言った。

気分は焼き肉大使である。

(自信を持って焼き肉ができるとわかったら誘おう！　まだまだ足りないものばかりだしね。

タレもお肉も全然ないからなぁ。王都へ買い物に行きたいよ)

ミーリアはここが王城だと忘れて、ジョジョ園で食べた焼き肉を思い出していた。

霜降り肉、タン、ハラミ、カルビのランチセット。デザートに杏仁豆腐《あんにんどうふ》がついてきた。最高だった。鼻をぴくぴく動かせば、炭火に焼かれる肉の匂いが鼻孔をくすぐる。記憶力がいいのか、かなりの再現度だ。

(どうせならこの世界のお肉を全部集めたいよね。タレも開発したいし)

「査定に話を戻そう」

クシャナ女王が言った。

気づけば財務官や魔物素材のエキスパートがバジリスクを検分していた。

財務官の一人に査定結果をもらったクシャナ女王が、メモに目を落とした。

「ふむ。バジリスクは金貨十一万枚で買い取ろう。鱗の状態は最上級。内臓にも傷がない。首肉があればもっと値段は上がったな」

小姓が金貨をミーリアの前に追加し始めた。

それと引き換えに、ダリアがバジリスクをすべて魔法袋へと回収する。

ミーリアは現実に引き戻された。

「パーティーと言えば、そなたも男爵だ。受爵のパーティーを開催せねばならんぞ。グリフィス公爵に聞くがよい」

「パーティーですか？」

「アトウッド領にいたそなたにはわからんだろうな。参加する皆には、多少の無礼講は許すようにと言い含めておく」

「よくわかりませんが、わかりました」

「よろしい」

クシャナ女王が斜め上に伸びた眉を、少し下げた。あどけないミーリアの顔を見ていたら、思うところが出てきたようだ。

お気に入り登録しただけあって、ミーリアが心配らしい。

「賞金で金貨二万枚か……規定とはいえ……ふむ、魔古龍を二匹退治した報酬としては少ないか。よし、王都にある屋敷《やしき》をそなたにやろう。財務官、女学院から近い空き家を探してミーリアとクロエの名で登録しなさい。寮だけでは不便であろうからな」

クシャナ女王がさらに褒美を追加した。

財務官が渋い顔をしているが、功績に見合った褒美なので何も言えない。

「ああ、ミーリアは一年生か。確か一年生は通年で寮住まいがルールであったな。ではクロエ、そなたが寮と家を行き来して住むがよい」

「承知いたしました」

話をいきなり振られるのに慣れたクロエが一礼した。

ミーリアは勲章と爵位と金貨十三万枚、ついでに家もゲットした。

（あとで整理しよう……もうよくわからないよ。金貨、魔法袋にしまっておこ……）

「では、話はこれで終わりだ。ご苦労であった」

クシャナ女王がアルトボイスを響かせ、謁見は終了となった。

○

謁見の間を出ると、グリフィス公爵ウォルフが話しかけてきた。

「ミーリア嬢、受爵おめでとう」

娘を見るような、優しい視線を送ってくれる。

アリアの面影がある整った顔立ちに、中年らしい皺《しわ》が刻まれていた。イケオジ好きの女子が一目惚《ひとめぼ》れしそうな、気品と信念がウォルフからにじみ出ている。

ミーリアはアリアの父ということもあり、心強く思った。

「ありがとうございます。こんなことになるとはまったく思っていなかったので、びっくりしてますけど……」

「ミーリア嬢なら遅かれ早かれ受爵していたさ。それが少し早かっただけだ」

謁見の間で見た魔法がウォルフの脳裏にチラついている。

あれを見せられて、ミーリアが超一流魔法使いでないと否定する気にはなれない。

「クロエ嬢も、誠におめでとう。魔法使いでない騎士爵家の子女が貴族になるのは初めてのことだ」

一番の幸運者はクロエだ。

ミーリアの提示した条件のおかげで受爵できた。

もちろん提出した論文の効果もあったが、少なくとも通常の流れで受爵するなら、実績を残してからだ。それをクロエ本人も十分に理解できているため、謙虚でいようと思っている。

ミーリア、天然なファインプレーだった。

「ありがたきお言葉感謝いたします」

隣にいたクロエが流麗な動作で一礼した。

着こなしている商業科の制服のおかげで、クロエは高貴な生まれの人間に見える。

ウォルフはクロエを間近で見て感心した。

「月夜に咲くローズマリアのように美しいレディだ。ミーリア嬢のことは私にまかせなさい」

「もったいないお言葉です。大変心強く思います」

貴族流の褒め言葉にもクロエは難なく応える。

実は、クロエは学院の外で未婚の男性に相当数誘われており、この手の言葉には耐性があった。黒髪美少女で二年連続商業科一位、品行方正、ど田舎であるが騎士爵家子女。一般人から貴族の跡取り息子まで、多くの男性にとって宝石のごとく輝く優良物件な女性だ。

だが、クロエはまったく興味がないのでほとんど無視している。百人ぐらいの坊《ぼ》っちゃんが、枕を涙で濡《ぬ》らしていた。

「クロエ嬢は将来男泣かせなレディになりそうだ」

「そうでしょうか？　いつも丁寧にお断りしているので、泣いている方などいないと思いますよ」

クロエが視線を斜めに上げ、断ってきた男たちを思い返して言った。

「ああ、これは本物みたいだ……」

「お姉ちゃんズバッと言うからなぁ。想像できるよ」

ウォルフとミーリアが目を合わせた。

クロエは「んん？」と首をかしげている。どれくらい自分が一刀両断してきたかわかっていないらしい。

気を取り直し、ウォルフが大人の笑みを浮かべて、ミーリアを見た。

「アリアがミーリア嬢に会いたがっていてね。これから公爵家の屋敷に来てはもらえないか？」

「行きます！」

ミーリアが即答した。

「手土産など持っておりませんが、よろしいのですか？」

クロエがすかさず聞いた。

「構わないよ。それ以上のものをミーリア嬢にはもらっているからね。学院には授業を休むと私から伝えておこう」

そう言って、ウォルフがミーリアとクロエを促した。

ウォルフに連れられて公爵家の馬車に乗り込んだ。

ガタゴトと馬車が発車し、王城が遠ざかっていく。ふかふかな椅子を堪能《たんのう》しながら、ミーリアはぼんやり窓の外を眺めた。

レンガや木造の建物が流れていく。王都だけあって、どれも凝った造りの建物ばかりだ。

（私が貴族……男爵芋かぁ……あっ、焼き肉のサイドメニューにポテトサラダもいいねえ……）

ミーリアの不安は二秒で終わった。

「グリフィス公爵さま、質問があるのですがよろしいでしょうか」

クロエがウォルフに聞いた。

「ああ、構わないよ」

「受爵パーティーは私も開催したほうがいいのでしょうか？」

「そうだね……ミーリア嬢と合同でいいだろう。君たちは学院生だ。あまり派手じゃなくていいな」

ウォルフがミーリアへと視線を移した。

「ミーリア嬢、大金をもらって驚いただろう？　あれはね、すぐになくなるよ」

その言葉にミーリアが驚いた。

（金貨十三万枚――百三十億円がなくなる……？）

「すぐになくなるんですか？」

「勲章は名誉だけどね、その分、金がかかる。貴族になったらもう義務からは逃れられないよ。ミーリア嬢がパーティーを開催したら王国中の貴族が参加したがるだろう。皆がドラゴンスレイヤーと知己になりたがるからね」

「げっ、王国中……」

「賓客を歓待するには金がかかる。男爵ともなれば孤児院、教会、王宮魔法騎士団にも寄付が必要だ。こうやって貴族は金をばらまく必要が出てくるんだよ。君は最初から金持ちだから余裕はだいぶあるがね」

ウォルフが真面目な顔で言った。

横でクロエがうなずいている。

「クロエ嬢は後見人のグリモワール伯爵に手助けしてもらうのがいいだろう。資金はミーリア嬢から借りるといい。もっとも、法衣貴族だから体裁を整えるだけでいいよ」

「承知いたしました」

クロエが神妙にうなずく。

「じゃあお姉ちゃんに金貨半分あげるね？」

「何を言ってるのミーリア。そんな大金もらえないわ」

「私はまた稼ぐからいいよ。こうなったら開き直ってバンバン魔物狩りに行っちゃうよ」

金貨十三万枚で感覚が麻痺《まひ》してきたミーリア。

（バジリスク一匹で十万枚……千匹で金貨一億枚か……いっとく？）

その前にアドラスヘルム王国が破産する。

「ああ、ああ、ミーリア。お願いだから無茶だけはやめてちょうだい。どれだけお姉ちゃんが心配したと思ってるの？　いい子だからしばらくは大人しくしてほしいわ」

クロエがミーリアを抱きしめ、頭をなでくりなでくりした。

効率よくミーリアのふわっとしたラベンダー色の髪を撫《な》でていく。クロエプロの手付きだ。

ミーリアが一瞬で大人しくなった。

「そうだね。私がお金を持ってても何に使っていいかわからないし、管理はクロエお姉ちゃんにまかせるよ」

「そうしてちょうだい。運用して増やしておくからね」

満面の笑みを浮かべるクロエ。十倍ぐらいにしそうである。

16・公爵家にご招待

王都にある公爵家に到着した。

さすが公爵家だけあって敷地《しきち》面積が広く、屋敷《やしき》も大きい。

石化の件もあり、公爵は領地に帰らず、しばらく王都に残るそうだ。

(豪邸だよ、豪邸……メイドさんもいるし。公爵家すごっ)

ミーリアはバロック様式のお洒落《しやれ》な屋敷を見上げて唸《うな》った。

大きな門をくぐるとお茶会の準備がされていて、庭に人が集まっていた。

「ミーリアさん!」

ミーリアとクロエに気づいたアリアが早歩きでこちらにやってきた。

銀髪ツインテールを揺らし、白いワンピースを着ているアリアは美しかった。

「アリアさん!」

ミーリアが弾《はじ》かれたように走り出した。

学院の地下迷宮に潜ってから、落ち着いて話ができていない。アリアと会えたことが嬉《うれ》しかった。

公爵家の手入れが行き届いた庭の真ん中で、二人は止まった。

本当はお互い抱き合いたいぐらいだったのだが、なんとなくそれはできなくて、ミーリアもアリアも急停止したあと、顔を見合わせた。

「ミーリアさん……またお会いできて嬉しいです」

アリアが気恥ずかしそうに頬を赤らめた。家族の前で友人と話すのが、照れくさいらしい。

「私もです。色々話したいことがあるんですよっ」

ミーリアは気にせずにこりと笑みを浮かべた。

「あの、ミーリアさん。おばあさまがいるんです。ぜひ、会ってくださいませんか？」

「もちろんです！　よかったね、アリアさん」

「はい……！」

アリアが笑顔でうなずく。

ミーリアの飾らない、心からの言葉が嬉しくて、なんだか気を抜くと泣きそうだった。

アリアは自分の感情を悟られまいとミーリアの手へ腕を伸ばしたが、了承を得ずに握るのは礼儀知らずかと思い、恥ずかしくなって引っ込めてしまった。

「アリアさん？」

「あの、ミーリアさん。行きましょう。おばあさまを紹介いたしますわ」

アリアが意を決してミーリアの手を取った。

ミーリアは初のお友達に手を繋《つな》がれて、あたたかい気持ちがじんわり広がった。

（アリアさん……本当によかったね……。おばあさんのために勉強も魔法も頑張ってきたんだもんね……）


二人は照れながらテーブル席へと進む。

手を繋いで歩いてくる二人を見て、アリアの母、姉ディアナ、後ろからついてきていたクロエとウォルフが微笑《ほほえ》ましく目を細める。

「おばあさま、こちらのお方がミーリア・ド・ラ・アトウッド嬢でございます」

アリアが祖母にミーリアを紹介した。

（すっごい美人なおばあさんだよ。威厳がパないよ。女王さまと同じ感じがするね）

ソファ席に座る女性は五十代前半に見え、銀髪に黄金の瞳をしている。

高名な魔法使いと聞いていたが、やはりただならぬ人なのか、ぶれない芯が一本通っている人物に見えた。あと、おばあさんと呼ぶには見た目が若すぎた。

「エリザベート・ド・ラ・リュゼ・グリフィスです。あなたがミーリア嬢ね。私の石化を解いていただき感謝申し上げます」

心に染みるような上品な笑みを向けられ、ミーリアはどきりとした。

「あ、はい！　アリアさんは大切な友達です。友達を助けるのは当然です」

「そうなのね……アリア」

エリザベートがアリアへ目を向けた。

「はい、おばあさま」

「ミーリア嬢は二人といない稀有《けう》なお人です。家訓を忘れず、関係を大切になさい」

「はい。承知いたしました」

エリザベートは可愛《かわい》い孫へ笑顔を送ると、再びミーリアを見た。

「ミーリア嬢、座ったままで申し訳ありませんね。石化が長かったせいか、まだ手足がゆっくりとしか動かせないのです」

「いえいえ、座ったままで大丈夫ですよ」

それからミーリアとアリアは席につき、エリザベートと話をした。

気づけばお茶会が始まっていて、クロエとディアナが商業の話で議論を交わしている。

その後ろで、公爵夫妻が話に補足を入れていた。

一方で、ミーリアは出されたスコーンをすべて平らげた。

（異世界のスコーンうまし。侮れんぞぅ……こっちのオサレなクラッカーに海鮮がのってるやつも美味《おい》しい。紅茶も香り高いね。賞味期限切れギリギリの格安紅茶とは雲泥の差だよ……）

ミーリアの食べっぷりにアリアもエリザベートも笑っている。

エリザベートが魔力操作について語ってくれた。

限りある魔力をいかに効率良く運用するか。魔法使いの醍醐味《だいごみ》はそこにあると言う。

膨大な魔力と想像力で不可能を可能にする誰かとは趣向が違う。

（魔力操作ねぇ……私も頑張らないと！）

とは言っても、ミーリアも魔力操作はかなり上手《うま》い。魔力が膨大にありすぎて制御難易度が高くなっているだけだ。それを含めてティターニアは「まだ完璧じゃない」と言っている。

ミーリアが何となく考えていると、アリアが心から楽しげにエリザベートと話をしている姿が横目に映った。

（アリアさんの笑顔が金貨百億万枚だよ。美少女の笑顔って素敵だよねぇ）

ほっこりした笑みを浮かべ、ミーリアは紅茶をすする。

ついでにメイドを呼んでスコーンをおかわりした。

（あ、そうだ！）

ミーリア、すっかり忘れていた大事なことを思い出した。

「アリアさん、エリザベートさま。私からお土産があるのですが、いいですか？」

「なんでしょう？」

「バジリスクの首肉を食べてみませんか？　とっても美味しいらしいんです」

ミーリアの提案に、意外にもエリザベートがうなずいた。

「厚かましいかもしれませんけれど、ぜひ食べたいわ。若い頃、一度食べたことがあるのですが、頬が落ちそうなほど美味しいお肉でしたわ」

「まあ、いいのでしょうか？」

アリアが両手を胸に置いて、小首をかしげた。

「もちろんです。ちょっと準備しますので待っててください。あ、小さな火をおこしても大丈夫ですか？」

「コックにやらせますよ？」

「いいんですアリアさん。自分でやりたいんです。

「炭火焼きですよ、炭火焼き」

「炭火焼き？」

肉を食う。

そう決めたらウキウキが止まらなくなってきた。

（へいへい！　お肉の蒲焼《かばや》きだよぉ！　イヤッホォォウ！）

この人、公爵家のシャレオツな庭で炭火焼きを繰り広げるつもりらしい。

（まずは魔法袋からバジリスクの首肉を出して――）

収納していた輪切りでサーモンピンクの肉を取り出し、重力魔法で浮かせる。

（いい感じの大きさにカットしてと……風魔法風刃《ふうじん》――オーケー。おっきい肉は収納！）

ミーリアの手元には人数分の肉が残った。

新鮮な肉は陽《ひ》の光を反射させてテラテラと光り、手にはずっしりした重みを感じる。

ミーリアはさらに風魔法で蒲焼きのサイズにカット。カットした肉を重力魔法で浮かせたまま、魔法袋から七輪と丸網を取り出し、赤くなっている炭を七輪に放り込んだ。

いつでもすぐに焼けるよう、熱した炭を魔法袋に入れておいたらしい。

焼き肉関連になると異常なまでに効率を重視するミーリアに、周囲の声は聞こえていない。

「見たこともない料理機具ばかりです……」

「面白い子だわ」

アリアとエリザベートが宙に浮いたサーモンピンクの肉を見上げている。

「ミーリア……こうなるとダメだわ……ああ……」

止めることをあきらめたクロエが、ミーリアの背後で頭を押さえている。

「あなたがこの子を心配する気持ちがわかった気がするわ」

ディアナがクロエの隣に立って、ぼそりとつぶやいた。

（あとはカットしたお肉に串を刺してっと――）

魔法袋から串を三十本出し、肉一枚につき三本、魔法で浮かせて刺していく。

華麗な魔力操作に公爵家一同が驚いた。

自家製醤油《しようゆ》の入った壺《つぼ》と大皿を魔法袋から出し、これまた魔法で醤油を大皿へと移していく。串の刺さった肉たちを魔法で操作して、醤油に浸した。

「これでよし。さぁ、焼きますね！」

ミーリアが笑顔で振り返った。

公爵家の面々と使用人が集まってきている。クロエが「人のお家《うち》の庭で何やってるの?!」という顔をしていた。

（あ、お姉ちゃんが呆《あき》れてる……まあ、いいか。美味しければオッケーだよ）

ここまできたら開き直りの境地だ。

ミーリアは小さな手で串の部分を持ち、七輪に肉を置いた。

じゅわ、と醤油が七輪に垂れて香ばしい匂いが立ち込めた。

（肉っ。肉〜〜〜〜っ！）

もう目の前の肉にまっしぐらである。

じゅわじゅわと音を響かせ、サーモンピンクのバジリスク首肉が焼き上がっていく。熱で身が少し小さくなり、ひっくり返せばこんがりと網の形に焼き色がついていた。

（くぅっ。くううううっ！　こいつぁ殺人的な匂いです奥さん！　ジョジョ園のお肉よりヤバいかもしれない！）

バジリスクの首肉からなんとも言えない芳醇《ほうじゅん》な香りが立ち上り、周囲に広がっていく。桜桃《チェリーピーチ》を好物としているせいか、甘い香りも混ざっている。

念のため、もう一度ひっくり返し、焼けているか確認する。両面にしっかり焼き色が入っていた。辛抱たまらん肉と醬油のおこげが見える。

（YES焼き肉！　YES焼き肉！　NO焼き肉NOライフ！）

テンション爆上げ。脳内で連呼するミーリア。

両手で両端の串を持ってゆっくりと持ち上げた。

（これがバジリスクの首肉ですか……美味しそう……）

網のあと、醬油の焦げ、炭火であぶられて白身っぽい色に変わった肉。

「いただきまーす」

ミーリアはふうふうと息を吹きかけてかじりついた。

シャクリ、という肉らしくない音が響く。

(こ、これは……！！！！！！！)

ミーリアは両目を見開いた。

デフォルメされたバジリスクが桜桃《チェリーピーチ》を食べながら、プールサイドで醤油を塗って日光浴している姿を幻視した。

固唾《かたず》をのんで見守っていた面々がミーリアの表情を覗《のぞ》き込《こ》む。

「ベリィィィおいしい〜〜〜〜！　表面がサクサクで中がしっとりしてて、ジューシーで甘くてお醤油の味が絶妙にマッチしてる！　新感覚のお肉だよ！」

ミーリアは串を持ったまま、その場でバタバタと足踏みをした。

口の中に醤油と肉の味が広がって、後からバジリスクの甘みが突き抜けてくる。王都でも食べられない、幻の食材と言われるだけあった。

「一回食べたら……はむっ……止まらない……はむっ……最高に美味しい……もふっ」

一心不乱に食べるミーリア。

ここが公爵家の庭であることを忘れ、一枚目を食べ終わり、「ふう」と一息ついて、二枚目を焼き始めた。

(こいつぁ止まらないね。満腹になるまで食べるよ)

小さな背中を全員に向けて二枚目を焼き始めてしまい、アリアがこっそりと話しかけた。

「あの、ミーリアさん？　お味はどうでしたか？」

「ハッ――。アリアさん！　美味しかったです！　そうだそうだ、皆さんにも焼きますね！」

話しかけられて思い出し、ミーリアはパアッと笑みを浮かべた。

「ミーリアさんったら」

アリアがくすりと笑い、ウォルフ、夫人、ディアナもおかしそうに笑う。

クロエはミーリアが喜んでいるのを見て、微笑みを浮かべてミーリアの頭を撫《な》でた。

「お姉ちゃんの分もあるよ！」

「ありがとう。よかったわね、ミーリア」

「うん！　バジリスクの首肉は殿堂入りだよ！　私、もっと色んなお肉を集めるから期待してね！」

ミーリアが口の横に醤油をつけたまま、にかりと笑った。

この世界に来て一番の笑顔であった。

（あれ？　何かを忘れている気が……ま、いいか！）

このあと皆で食べたバジリスクの首肉は大好評だった。

公爵家の庭から、お淑《しと》やかな笑い声が絶えることはなかった。

○

アトウッド領、北の森――

「ミーリア！　最初に私のところへ持ってきてくれるんじゃなかったの?!　あの子忘れてるわ

ね！　なんて美味しそうなの！　ズルいわよ！」
ティターニアが千里眼で肉を食べるミーリアを見て地団駄を踏んでいた。

17.嵐の前の――

男爵芋――もとい、男爵になってからのミーリアは忙しかった。

まずデモンズマップの詳細をウサちゃん学院長に伝え、獣化の呪いを解く方法を調査する約束をした。その後、石化解呪薬のレシピ権利をどうするかなどをクロエ、アリアと話し合った。

クロエの助言で、アリアとミーリアは王国にレシピを公開していない。

金脈を、はいどうぞとみすみす渡してはもったいないからだ。

「ミーリアさんが権利を」「アリアさんが権利を」という押し問答の結果、秘薬レシピで得る収入を折半することになった。


「受爵パーティーの準備、とてつもなく大変ですね」

乗り合い馬車に揺られながら、ミーリアは隣にいるアリアを見た。

現在二人は、パーティー準備で学校を丸々一週間休んでいる。

セリス大聖堂の重役に招待状を渡すため、二人は制服姿で乗り合い馬車に乗っていた。

「仕方がないですわ。わたくしもお手伝いしますから頑張りましょうね」

「アリアさぁ～ん」

白雪の妖精のような可憐《かれん》な微笑《ほほえ》みを向けられ、ミーリアはアリアに抱き着いた。

(アリアさん可愛《かわい》すぎ優しすぎ好き～)

「あ……友達ですからね……お手伝いは、と、当然ですわ……」

アリアは気恥ずかしそうに顔を赤くし、瞬《まばた》きを何度もしている。

ほどなくして馬車が交差点で止まり、とんがり帽子のウーブリ売りが駆け寄ってきた。

「美人なお嬢さま方に～、甘くて切ないウーブリはいかがでしょうか～！　ウーブリ！」

「二つください」

流れるような動作でミーリアが銅貨を四枚差し出し、ウーブリを受け取り、アリアに手渡した。

「ミーリアさん、これは何ですの？」

「ウーブリですよ。知りませんか？」

「乗り合い馬車に乗るのも初めてで……少し驚いておりますわ」

(さすがお嬢さまだね……馬車も専用のものしか乗らないって言ってたし)

ミーリアがいるなら誘拐などの心配も皆無であろうと、グリフィス公爵からはアリアをどこへ連れていってもいいと言われている。むしろ積極的に連れ出してほしいとお願いされていた。

(アリアさんも魔法の訓練ばかりで遊びに出かけたことがないからね。ある意味ぼっち生活を送ってた私と似てる？)

不思議そうにウーブリを見ているアリアが可愛い。

「女学院魔法科のお二人〜、王都で一番のウーブリをお買い上げありがとうございます〜！　ウーブリ！　ウーブリ！」

「まあ」

ウーブリ売りの大声に驚き、アリアが上品に右手で口もとを隠した。

馬車が動き出したので、ミーリアは手すりから身を乗り出して「ウーブリ！　ウーブリ！」と叫び返す。

売り子が嬉《うれ》しそうに回転してコミカルなダンスを踊ってくれた。

「アハハ！　変な動き〜」

ミーリアが満面の笑みでアリアへ視線を移す。

銀髪の少女はミーリアの弾《はじ》けるような笑顔を見て頬を赤くし、そうですわね、と嬉しそうにうなずいた。アリアも二人の時間を楽しんでいた。

（くうううぅっ！　これだよ！　友達とお出かけ！　可愛い友達と制服姿で買い食い！）

念願が叶《かな》ってミーリアは心の底から喜びがあふれていた。

（嬉しすぎて顔がにやけっぱなしだよ）

手すりから手を離し、アリアの隣に座ると顔を覗《のぞ》き込《こ》んだ。

「アリアさん、ウーブリ食べてみてください。美味《おい》しいですよ」

「よろしいのですか？　銅貨二枚を……」

「あ、いいですいいです。次、果実水の売り子が来たら出してくれれば」

「まあ、果実水も売っているんですね」

「そうですよ」

「では、失礼をして――」

アリアは空いている手で口もとを隠し、ぱきりとお上品にウーブリを一口食べた。

「あ……美味しい……」

「ですよね！　馬車に乗りながら食べるのが最高ですよ」

「そうですわね。ミーリアさんと一緒でなければ、きっと味わえなかったと思います」

「これからも色んなところに二人で行きましょうね」

「そうですわね。ぜひ、ご一緒させてください」

二人は微笑みを交わし、王都の景色を眺めながらウーブリをぽりぽりと食べた。


それからセリス大聖堂へ向かい、枢機《すうき》卿《きょう》宛の招待状を届け、王都の商店街を少し回ってから女王に報酬としてもらった屋敷《やしき》へと戻った。

屋敷は女学院近くの一等地に建っている。

「ただいま～」

「クロエお姉さま、ただいま戻りました」

執務室へ入ると、パーティー招待状の名簿管理をしていたクロエが出迎えてくれた。

クロエは寮塔と屋敷を行き来してミーリアを補佐してくれている。自身の準男爵受爵パーティーも合同でやるので、学院から外出許可はすぐに下りた。

「おかえりなさい。早速で申し訳ないんだけれど――アリア、ブルックリン男爵には招待状をお送りしたほうがよろしいかしら？」

クロエに話を振られ、アリアがすぐに答える。

「クシャナ女王とワークレン宰相に誘われても、中立のお立場を貫いていると聞いております。お呼びしたほうがいいかと思いますわ」

「中立ね。理解したわ」

クロエは自分を慕ってくれるアリアを呼び捨てで呼んでいた。公の場では敬称付きで呼んでいるが、クロエはもうひとり妹ができたみたいで嬉しかった。

アリアの実直で正直な性格が、クロエとマッチしているらしい。

「女王派と宰相派に分かれているから厄介ね」

「はい。招待状を送るとよろしくないお方もいらっしゃるので、注意が必要です」

クロエとアリアが難しい顔で言う。

ミーリアが二人を見てため息を漏らした。

「送る順番ちゃんとしろとか、同じ文章がダメとか、初めてのパーティーは代筆ダメとか、もう貴族ってなんなの？　面倒くさすぎでしょ」

ミーリアがぶつくさと言いながら執務机の席についた。

便箋をテーブルに並べ、羽根ペンを取り、ちまちまと残りの招待状へ宛名を書いていく。

しばらく招待状を書いていると、ドアがノックされた。

「はい、どうぞ」

ミーリアが返事をする。

ドアが開いて、若いメイドが静々と入室した。

グリフィス公爵家に勤務していたメイドを数名雇い入れて、家の手入れをしてもらっている。

公爵家の財布事情は厳しいため、こうしてアトウッド男爵家へ使用人を転職させることはお互いにとって利があった。エリザベートを石化から救った英雄であるミーリアの人気は高い。

メイドが笑みを浮かべてミーリアに一礼した。

「ミーリアさま、先ほど請求書が届きました。期限が迫っているようなのでお渡しいたします」

（請求書……？　私、何か買ったかな？）

メイドが机の上に請求書の束を置く。

握り拳ほどの厚みがあった。

「失礼いたします」

メイドが一礼して退出すると、クロエがミーリアを見た。

「ミーリア、何か買い物をしたの？」

怒っているというよりは、何に使ったのかを知りたがっている様子だ。

「いやぁ……記憶にないよ。忙しくてしばらくは買い物にも行けてないし……」

ミーリアが羽根ペンを置き、招待状を横によけて請求書を引き寄せた。

（ドレス代、貴金属代、飲食代、ふんふん、色々買ってるみたいだけど私じゃないなぁ……きっと似た名前の人と間違えたんだね。ミーリア・ド・ラ・ヤキウッド的なさ…………はいぃ？）

請求書の署名欄を見て、ミーリアは全身が硬直した。

人間、驚きすぎると頭が真っ白になるらしい。

（え？　え？　え？　え？）

ミーリアは数秒して我に返り、ものすごい勢いで請求書をめくり始めた。

それを見ていたクロエとアリアが、何事かと請求書を覗き込む。

アリアは可愛らしく首をかしげていたが、クロエは署名欄が見えたのか、突然目の前に死体が降ってきたかのような驚いた反応をして、三歩後退《あとずさ》りした。

「なんてこと……い、意味が、わからないわ……！」

クロエが大きな瞳を揺らして両手で口を覆う。

ミーリアがハイライトの消えた目で請求書から顔を上げ、おもむろに口を開いた。

「請求書……ロビン姉さまの名前になってる……しかも支払いが全部私宛に……」

ミーリアとクロエの視線が交差した。

互いに次女ロビンの顔を思い出して、胸焼けが止まらなくなる。

ミーリアが請求書を放り投げ、がばりと両手で頭を抱えた。

「なんで地雷女が王都にぃぃぃっ⁉　しかも私に全部請求がきてるし！　どういうことか誰か教えてくださぁぁぁぁあああぁぁいッ！」

ミーリアの絶叫が屋敷にこだまする。
パーティーの準備どころではない事態になった。

番外　アドラスヘルム王国女学院・魔法科の授業風景

パーティーの準備で学校を休む少し前。

ミーリアは寝不足であった。

デモンズマップの秘密を解き、アリアと友人関係になれたことは望外の喜びであったが、男爵位を受爵したおかげでパーティーの準備に追われることになった。

一口にパーティーを開くと言っても、会場を決め、イメージや方向性をすり合わせ、段取りの打ち合わせし、招待客へ書状を出すなど、やらなければならないことは多岐に渡る。

（貴族のマナー……覚えることありすぎでしょ……アリアさんから教えてもらえるのは嬉しいけど……）

主催者の気配りはパーティー開催の基本だ。

ミーリアは貴族の立ち振る舞いを徹底的に仕込まれていた。

学院の授業が終わり、パーティーの準備をしたあと、アリアによるマナー講座が行われる。

解散が深夜になることも多々あった。

（ねむいぃぃぃ……眠すぎて魔女先生の声が……理解不能……）

現在、講義室で魔女先生こと、キャロライン教授の授業の真っ最中である。

ミーリアとアリアは後方窓側の席に座り、キャロライン教授の長い説明を聞いていた。

魔法科全員が受ける特別授業のため、各クラスの学院生が席につき、赤、黄、白、水色のリボンが講義室に散っていた。

(夜中の三時半まで……起きてたのがアカン……)

「……ふあぁあぁあぁっ」

ミーリアは分厚い参考書で口元を隠し、大あくびをした。

(あくびが止まらん侍……白刃取り……失敗、無念、がくり……)

キャロライン教授の視線を気にしつつ、参考書を下ろし、あくびでじわりとにじみ出てくる涙を指先で弾いて、ミーリアはむにむにと口の端を動かした。

「……ミーリアさん……ミーリアさん……！」

隣にいるアリアがエメラルドグリーンの瞳を細めた。

彼女はあくびばかりしているミーリアを横目で見て、ハラハラしていた。

数分前にローズマリアの一年生がこそこそとおしゃべりをしていたのが露見して、その二人は一日授業出入り禁止のお達しを受けている。キャロライン教授は非常に厳しい。

「せめてもう少し……我慢してくださいませ……」

小声でアリアが言う。

できることならアリアも思い切りあくびをしたいのだ。

それでも、由緒正しきお家柄――公爵家の三女であるアリアはお嬢様らしく背筋を伸ばし、眠気と闘っている。グリフィス公爵家の家風なのか、何においても忍耐強いアリアは眠気を気合いで抑え込んでいた。

(肘で小突いてこないところがお嬢様らしいよね……アリアさん可愛《かわい》い……ほっぺちゅっちゅしたいですわ……)

「……いかんいかん」

眠すぎて自分の精神年齢がだいぶ下がっているような気がし、ミーリアは小刻みに首を振って眠気を追い出そうと試みる。

二秒ほどは眠気は飛ぶが、すぐにまぶたが重くなった。

(もう……眠すぎて……あくびが止まらんのです……)

ミーリアはまた分厚い参考書を持ち上げ、口元を隠し、大あくびを繰り出した。

(一週間の休みまで……なんとか乗り切ろう……)

特大のおにぎりが入りそうなあくびに、アリアは視線だけを動かし、ミーリアを見て、前方の教卓付近にいるキャロライン教授を観察する。

教授は自身が著者の参考書を読むのに夢中になっている。学院生を見ていない。

アリアはほっと小さくため息をついた。

露骨に何度も顔全体を参考書で隠しては、ああ、あの子、あくびしてるな、と思われるに違いなかった。

「……ミーリアさん……あまりあくびをすると、目をつけられてしまいますわ……」

できる限り声を抑えてアリアが言う。

ミーリアはまたしてもあくびが出そうになり、あわてて口をすぼめ、頬に思い切り力を入れて、強烈にすっぱい梅干しを食べたような顔を作った。

「あの……その顔も……どうかと思いますわ……」

「……ダメ、ですかね……？　多少あくびを我慢できるのですが……」

梅干し顔で前を向いたまま答えるミーリア。

キャロライン教授にその顔を見られたら、ふざけているとお叱りを受けること必至だ。

（やはりここは……新魔法……わさび魔法を使うしかないか……）

以前編み出した、鼻の奥をつーんとさせる魔法だ。

眠気は吹き飛ぶのだが、あまりの刺激に悶絶《もんぜつ》してしまうのがこの魔法の弱点でもある。

先日の授業中、アリアにも使って、「わさび魔法で変な声が出ましたわ……」と遠回しにもう結構ですと拒否されている、いわくつきの魔法である。

（いくぞ……よーし、いくぞ……あ、待って、心の準備が……）

鼻の奥にわさびを思い切り入れられるような刺激のため、使うのにも勇気がいる。

ミーリアは授業そっちのけで深呼吸をし始め、何度か大きく息をして呼吸を整えると、くわっと両目を見開いた。

「……よし」

小さな掛け声を発し、魔力を循環させせ、わさび魔法を鼻の穴に直撃させた。

「〰〰ッ！　〰〰〰ッッ！」

（ひぎゃああぁぁぁあああぁぁっ！）

悶絶。

ディープな悶絶である。

両手で鼻を押さえ、じたばたと足を動かし、両目をきつく閉じた。

同じ列にいる一年生がミーリアのおかしな行動を見て目を白黒させている。

相方だと思われているアリアはその学院生と目が合って、愛想笑いを送ることにした。

（やっぱわさびやばいぃぃ、目が覚めるわこれぇ！）

三十秒ほど苦しんだミーリアは徐々に刺激から解放され、ポケットからハンカチを出してあふれ出る涙を拭い、キリリと表情を引き締めた。

アリアへ視線を送り、うんと力強くうなずいて長机の下で親指を立てた。

やりきったぜ、と言いたげな顔だ。

「……本当にこの方はドラゴンスレイヤーなのでしょうか……」

アリアのつぶやきは残念ながら誰にも聞こえていない。

（そういえばアリアさんも眠そうだしやるかな？　念のため聞いておこう……）

ミーリアはまだキャロライン教授が参考書を読んでいる姿を確認してから、自分の鼻を指さし、へたくそなウインクをビシバシとアリアへ飛ばした。わさび魔法いっときますか？　そんなジェスチャーである。

アリアはお淑《しと》やかに、小さく、首を横に振った。

転生七女ではじめる異世界ライフ 2
万能魔力があれば学院生活も余裕で送れると思ったのですが?!

2021年6月25日　初版発行

著　　者　四葉夕卜《よつばゆうと》
イラスト　nyanya《にゃにゃ》
発 行 者　青柳昌行
発　　行　株式会社KADOKAWA
〒102-8177
東京都千代田区富士見2-13-3
電話／0570-002-301（ナビダイヤル）

印刷・製本　凸版印刷株式会社

●お問い合わせ
https://www.kadokawa.co.jp/（「お問い合わせ」へお進みください）
※内容によっては、お答えできない場合があります。
※サポートは日本国内のみとさせていただきます。
※ Japanese text only

定価はカバーに表示してあります。

ISBN 978-4-04-736683-1　C0093

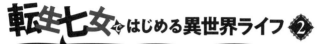